dtv

Es ist ein stürmischer Herbst in Fredenbüll. Die Kneipenstammgäste der ›Hidden Kist‹ planen einen Ausflug nach Hamburg, wo Piet Paulsen gerade ein neues Knie bekommen hat. Polizeiobermeister Thies Detlefsen macht sich derweil Hoffnungen auf einen neuen Fall. An Fredenbülls Küste wurde ein Container mit Elektroschrott angespült. Inmitten des Kabelsalats und ausrangierter Bildschirme taucht plötzlich ein Toter auf. Als auf dem Container die Frachtplakette der Hamburger Reederei ›Blankenhorn Shipping‹ entdeckt wird, ist klar: Der Fundort der Leiche ist zwar Fredenbüll, aber der Tatort ist vermutlich Hamburg. Da kommt es Thies sehr gelegen, dass Hauptkommissarin Nicole Stappenbek der Liebe wegen gerade zur Mordkommission Hamburg gewechselt hat. Und ab geht's in die große Stadt, wo im Dauerregen auf Thies und die Fredenbüller Imbisstruppe ein urbanes Abenteuer nach dem anderen wartet. Wenn das mal gut geht …

Krischan Koch wurde 1953 in Hamburg geboren. Die für einen Autor üblichen Karrierestationen als Seefahrer, Rockmusiker und Kneipenwirt hat er sich geschenkt. Stattdessen macht er Kabarett und Kurzfilme und schreibt Filmkritiken u. a. für ›DIE ZEIT‹ und den NDR. Koch lebt mit seiner Frau in Hamburg und auf der Nordseeinsel Amrum, wo er mit Blick aufs Watt seine Kriminalromane schreibt. Mit seinem Helden, dem Fredenbüller Dorfpolizisten Thies Detlefsen, verbindet ihn die Liebe zur Nordsee, zu Krabbenbrötchen und einem chronisch krisengeschüttelten Fußballverein.

Krischan Koch

Mörder mögen keine Matjes

Ein Küsten-Krimi

Ausführliche Informationen über unsere Autoren und Bücher
www.dtv.de

Von Krischan Koch
sind bei dtv außerdem erschienen:
Rote Grütze mit Schuss (21433)
Mordseekrabben (21515)
Rollmopskommando (21583)
Dreimal Tote Tante (21633)
Backfischalarm (21672)
Pannfisch für den Paten (21721)
Friedhof der Krustentiere (21921)

Flucht übers Watt (21673)
Venedig sehen und stehlen (21783)

Originalausgabe 2019
5. Auflage 2020

Umschlagillustration: Gerhard Glück
Satz: C.H.Beck.Media.Solutions, Nördlingen
Gesetzt aus der Garamond 9,75/13,8'
Druck und Bindung: Druckerei C.H.Beck, Nördlingen
Gedruckt auf säurefreiem, chlorfrei gebleichtem Papier
Printed in Germany · ISBN 978-3-423-21781-1

Für Vops und Wothi
und unseren alten Freund Simon Callaghan

»Ich bin ein ruppiger Bursche und berüchtigt dafür,
dass ich Wiener Hörnchen
mit bloßen Händen zerdrücke.«

Philip Marlowe in ›Tote schlafen fest‹

I

»So gründliche Arbeit sieht man selten.« Phil Krotke erkennt sich im Spiegel seines schäbigen kleinen Bürobadezimmers kaum wieder. Er zieht mit der Rasierklinge eine Schneise durch den Schaum auf seinem lädierten Kinn. Sein linkes Auge ist geschwollen. Auf dem Hämatom schillern die ersten zarten Regenbogentöne. Die Augen sind blutunterlaufen. In der Nase kratzt verschorftes Blut. Das Kinn schmerzt bei jeder kleinsten Berührung mit der Rasierklinge. Unter seiner Schädeldecke spürt Krotke ein rhythmisches Hämmern, als wäre dort eine Party im Gange. Er betastet seinen Hinterkopf. Eine Weile wird die Feier wohl noch weitergehen.

Phil Krotke hat eine böse Nacht hinter sich. Die beiden Schläger im Freihafen hatten ihn ordentlich in die Mangel genommen. Der kurzsichtige kleine Dünne mit den dicken Brillengläsern war vor ihm umhergetänzelt und hatte mit dem Springmesser hektisch vor seiner Nase gefuchtelt. Phil war so abgelenkt gewesen, dass er die fleischige Faust des Dicken gar nicht hatte kommen sehen. Dann hatte er sich nur auf dessen platte, schiefe Nase und sein Ohr, das wie ein Mettbrötchen aussah, konzentriert. Erst hatte der Typ ihm einen Dampfhammerhaken in den Magen gerammt und dann sein Gesicht mit ein paar satten Geraden verarztet. Phil konnte nur noch zusehen, wie die regenglänzende, gepflasterte Straße hochklappte und ihm entgegenprallte.

Dabei hatte er nur wissen wollen, wo sein Partner Ray Kröger abgeblieben war. Kröger ist seit drei Tagen verschwunden, und Phil hat keinen blassen Schimmer, wohin. Als er Ray das letzte Mal zu Gesicht bekommen hat, war ihm nichts Ungewöhnliches an ihm aufgefallen. Er trug wie immer seinen kobaltblauen zerbeulten billigen Anzug und hatte eine nicht angezündete Filterlose zwischen seinen Lippen hängen. Er hatte telefoniert, seine Achtunddreißiger in seinem Jackett verstaut, ihm kurz zugenickt und sich durch die Glastür ihrer gemeinsamen Detektei Richtung Treppenhaus verdrückt. Ray hatte nicht den Eindruck gemacht, dass er auf dem Sprung in den Urlaub war, und Gepäck hatte er auch nicht dabeigehabt. Wo ist sein Partner bloß abgeblieben?

Der Regen schwimmt an den Fenstern herunter. Durch die schlierigen Scheiben sind die Kräne am Hafen und die »Tanzenden Türme« am Ende der Reeperbahn kaum zu erkennen. In den Schlieren scheinen sie tatsächlich zu tanzen. Krotke massiert sich die Schläfen. Dann streicht er sich mit dem Handrücken vorsichtig über das scharfrasierte, lädierte Kinn. Das Rasierwasser brennt auf der Haut, und die Party unter seiner Schädeldecke ist immer noch in vollem Gange.

Er hängt mit einem heißen Kaffee in dem Drehsessel hinter seinem Schreibtisch, auf dem ein halbgegessenes Matjesbrötchen den herumliegenden Fotos und Notizen eines ungelösten Falles Gesellschaft leistet. Draußen herrscht die Sintflut. Phil pustet in seinen Kaffeebecher, als er im Treppenhaus auf einmal das Klackern von Pumps hört. In der Milchglasscheibe zum Flur mit dem spiegelverkehrten Schriftzug »Kröger & Krotke – Private Ermittlungen« erscheint die Silhouette einer Frau. Sie ist groß, hat lange gewellte Haare, und ihre Figur ist nicht zu verachten. Dafür hat Krotke einen Blick.

2

Vor zwei Tagen war ein erster schwerer Herbststurm über Nordfriesland hinweggefegt. Heute ist noch einmal ein milder Tag. Über den Wiesen am Deich liegt ein leichter Nebelschleier. In der anderen Richtung, über dem Watt, tropft die rote Sonne jetzt fast violett in die See. Die in den Rippelmarken stehenden Pfützen blinken wie rote Lichterketten. An der Badestelle Neutönninger Siel ist die Saison längst vorbei. Der Ausguck des weißen DLRG-Häuschens ist verrammelt. Die meisten Strandkörbe sind bereits für den Winter eingelagert. Tadje und ihr Freund Lasse haben es sich in einem letzten zurückgebliebenen Strandkorb gemütlich gemacht. Ihre beiden Fahrräder liegen daneben im Gras. Tadje ist zu ihrem Freund unter den großen Parka gekrochen. Die beiden küssen sich schon eine ganze Weile ausgiebig. Aber Tadje ist nicht recht bei der Sache.

Die Tochter des Fredenbüller Polizeiobermeisters und ihre Zwillingsschwester Telje machen im nächsten Sommer an der Husumer Theodor-Storm-Schule ihr Abitur. Während Telje Medizin studieren will und in den Herbstferien gerade ein Praktikum in einem Hamburger Krankenhaus macht, jobbt Tadje in Lara Brodersens Bioladen und hat noch keine Ahnung, was sie nach der Schule weiter vorhat. Der Bereich Wellness würde sie interessieren oder auch eine Ausbildung zur Tourismuskauffrau. »Und dann ins Reisebüro nach Husum oder in die Touri-Info nach Sankt Peter, oder was?« Telje hält nicht viel von den beruflichen Ambitionen ihrer Schwester. Und ihr Freund Lasse hat zu dem Thema gar keine Meinung und deshalb auch keine Lust, darüber zu reden. Lasse hat sich offenbar vorgenommen, den Nachmittag mit Küssen zu verbringen. Und Tadje küsst gedankenverloren einfach weiter mit. Doch dann löst sie sich plötzlich von ihrem Freund und deutet aufgeregt zum Wasser.

»Ey, Tadje, was is los?« Lasse ist vollkommen verdattert.

Seine Freundin ist unter dem Parka hervorgekrochen.

»Guck mal, was is das denn?«

»Hallo?! Vielleicht küssen wir uns gerade?« Lasse ist beleidigt.

»Is da 'n Schiff gekentert?« Tadje starrt fasziniert auf das Watt, wo keine hundert Meter vom Ufer entfernt ein großer Gegenstand im ablaufenden Wasser dümpelt. Es ist kein Schiff, sondern eine riesige Kiste aus Stahl, die in der Ebbe innerhalb kürzester Zeit immer deutlicher sichtbar wird.

»Das is 'n Container.« Auch Lasses Interesse ist jetzt geweckt. »Mega.«

Der letzte Rest einer romantischen Stimmung ist dahin. Der rotviolette Ball ist endgültig am Horizont abgetaucht. Im letzten Gegenlicht des rötlichen Himmels ist der Container jetzt immer deutlicher zu erkennen. Die großen Buchstaben einer Aufschrift ragen halb aus den müden Wellen heraus. Telje meint »HAN« und »MIN« entziffern zu können. Die beiden Jugendlichen rätseln über den Inhalt des großen Stahlbehälters, der irgendwo auf der Nordsee von Bord eines Frachters gefallen sein muss.

»Han Min? Das ist irgendwelche Plastikscheiße aus China«, überlegt Lasse. »Spielzeug ... oder technische Geräte.«

»Technische Geräte? Vielleicht 'n ganzer Container voll mit dem neuen iPhone X?« Tadje ist gleich Feuer und Flamme. »Das wird doch auch alles in China produziert.«

»Ich weiß nicht.« Lasse ist skeptisch. »Ich tippe eher auf Plüschhasen, vollgepumpt mit irgendwelchen Giftstoffen.«

»Ach, hör doch auf! Dat wissen wir doch nich.«

»Doch! Hast du das nicht gelesen? Voll übel! Von dem Zeug werden die Kinder echt krank.« Aber auch Lasse möchte jetzt wissen, was sich in dem Container befindet.

Das Wasser ist inzwischen so weit abgeebbt, dass die große angerostete grüne Stahlkiste auf dem Watt steht. Es wird von Minute zu Minute dunkler. Nur im Westen glimmt noch ein letztes dunkelviolettes Schimmern. Über der See liegt jetzt ebenfalls ein Nebelschleier, der auch den Container umhüllt. Es regnet nicht, aber die Luft ist feucht.

Die beiden Jugendlichen ziehen sich ihre Schuhe aus und laufen durch das feuchte Watt.

»Voll nass«, jammert Lasse und zieht sich seine Wollmütze tief in die Stirn, als würde das etwas gegen kalte, nasse Füße nützen. Zuerst stapfen sie mutig auf den Container zu, dann nähern sie sich ihm mit vorsichtigen Schritten. Jetzt ist die übergroße Schrift deutlich zu erkennen. Lasse lässt den Lichtkegel seiner Handytaschenlampe über die großen Buchstaben HAN MIN SHIPPING streifen. Beide gehen prüfend einmal um die Stahlkiste herum. An den meterhohen Klappen an der schmalen Seite tropft das Wasser herunter. Tadje, die jetzt ebenfalls ihr Handy gezückt hat, leuchtet auf ein Schild, auf dem »Hamburg« und darunter »Blankenhorn Shipping« zu lesen ist. Der Name kommt den beiden irgendwie bekannt vor. An dem großen Riegel, mit dem die beiden Türen verschlossen sind, können sie kein Schloss entdecken und auch keine Plombe oder etwas Ähnliches. Die Lichtkegel der beiden Taschenlampen tanzen über die gewellten, giftgrünen, mit Roststellen übersäten Stahlwände.

Tadje rüttelt an dem Riegel. »Das ist nicht verschlossen … aber das Ding klemmt.«

»Meinst du, dass wir das echt öffnen sollen?«

»Mann, Lasse, ich glaub's nicht. Sei nich so'n Schisser!« Tadje zerrt weiter an dem Schloss herum. »Wir brauchen irgendetwas, womit wir das Ding aufhebeln können.« Die Polizistentochter ist voll bei der Sache.

So stapft Lasse noch einmal schnell zu seinem Fahrrad und holt sein dürftiges Werkzeug aus seiner Fahrradtasche. Der billige Schraubenzieher verbiegt gleich. Aber die Metallschieber lösen sich trotzdem. Mit vereinten Kräften können die beiden die Verriegelung lösen. Als sie an einem der Türflügel ziehen, kommt ihnen aus dem Inneren des Containers sofort ein Schwall Wasser entgegen. Beide haben augenblicklich durchnässte Hosenbeine. Aber dadurch lassen sie sich jetzt nicht mehr aufhalten. Lasse öffnet die Tür einen Spalt, während Tadje ihm mit ihrem Handy leuchtet. Die dicke Stahlklappe lässt sich nur schwer bewegen. Lasse zerrt mit beiden Händen daran.

Als er sie ein weiteres Stück geöffnet hat, werden mit einem letzten Wasserschwall Blech und Plastikteile aus dem Inneren herausgespült. Verrostete Elektroteile, Glassplitter eines alten Fernsehers, mehrere zerdrückte VHS-Cassetten, eine Fernbedienung und zum Schluss zwei alte Mobiltelefone.

»Nach dem iPhone X sieht das nich aus«, bemerkt Lasse knapp. »Eher nach ein paar hundert Jahre alten Nokia-Knochen.« Beide leuchten das Innere des Containers ab.

Die Herkunft der meisten Teile lässt sich nicht mehr bestimmen. Es sind nur noch Kabel, Blechplatten mit Transistoren, das zerrupfte Innenleben ausrangierter Geräte, vorsintflutliche Videorecorder, zerschlagene Bildschirme und mehrere Kanister mit Flüssigkeiten, die durch die Dreckspuren auf dem Kunststoff verdächtig giftgelb hindurchschimmern. Die Lichtkegel der beiden Handylampen huschen über das Chaos aus Elektroschrott.

Plötzlich springt aus einer ausgedienten Musiktruhe, die ganz oben auf dem Müllberg unter der Containerdecke klemmt, etwas hervor. Ein seltsames Lebewesen, das Tadje und Lasse einen Riesenschreck einjagt. Sie können es in der Dunkelheit zuerst gar nicht erkennen. Aber dann hat Tadje das Tier im Lichtkegel ihrer Taschenlampe. Es ist ein kleiner Affe, der im kaltweißen Gegenlicht erstarrt stehen bleibt. Er sieht die beiden aus großen gelben Augen halb entsetzt, halb erstaunt und irgendwie interessiert an. Der Affe stößt ein kurzes »Uh-uh« aus. Dann springt er auf allen vieren von dem Schrottberg herunter und hüpft an den beiden Jugendlichen vorbei aufs Watt. Er wundert sich über den feuchten Sand. Irritiert schüttelt er eine Muschel von seiner Hand. Erst will er in den Container zurück. Aber dann überlegt er es sich anders und springt an Tadje hoch. Er klammert sich an sie, dann hat sie ihn gleich auf dem Arm. Für den kleinen Affen scheint das ganz selbstverständlich. Er blickt sie aus dem grauhaarigen Gesicht mit der weißen Zeichnung über den Augen freundlich an.

»Voll süß«, findet Tadje, nachdem sie den ersten Schreck überwunden hat. Zaghaft berührt sie den braunen Streifen längerer Haare mitten auf dem Kopf.

»Dieselbe Frisur wie Ove«, bemerkt Lasse.

»Du hast recht. Echt wie Oves Teppichfliese.« Die Ähnlichkeit mit der Frisur ihres Mitschülers, die wie der Rest einer Teppichfliese auf seinem ansonsten kahlrasierten Kopf klebt, ist unübersehbar.

Lasse nimmt Tadje das Handy mit der Taschenlampe ab. Während Tadje mit dem Affen auf dem Arm dasteht, leuchtet er noch einmal alles ab. Und dann bleibt der Lichtkegel auf einmal an einem menschlichen Körperteil hängen. Es sieht aus wie eine Hand und ein Arm in einem durchnässten blauen Jackett. Mitten aus zerschredderten Festplatten und einem wüsten Kabelcocktail starren zwei aufgerissene Augen aus einem bläulich fahlen Gesicht heraus.

3

»Die OP ist gut verlaufen!«, verkündet Antje euphorisch. »Piet muss natürlich noch liegen, aber er konnte schon wieder telefonieren.«

»Dat is ’n gutes Zeichen«, findet auch Klaas und lässt sich von Antje zur Feier des Tages ein Pils über den Glastresen reichen. »Denn Knie is nich so ganz ohne ... wat man so hört.«

Die Stammbesetzung der »Hidden Kist« ist erleichtert. Die Operation in der Hamburger Endoklinik hatte Piet Paulsen auf die lange Bank geschoben. Doch zuletzt hatte er den täglichen Weg von seiner Wohnung zum Imbiss nur unter größten Schmerzen und mit einer Gehhilfe zurücklegen können. Paulsens Abwesenheit hinterlässt eine schmerzliche Lücke an Stehtisch Zwei. Postbote Klaas und Polizeiobermeister Thies Detlefsen wissen mit dem vielen Platz gar nichts anzufangen. Auch Antjes Grill läuft nur noch auf halber Flamme. Mit traurigem Blick stopft sie Putenfleischwürfel in eine Plastikdose. Bounty sieht ihr interessiert zu.

»Ja, muss ich einfrieren«, erklärt die Imbisswirtin. »Putenschaschlik ›Hawaii‹ hab ich praktisch nur für Piet auf der Karte. Wird ansonsten wenig genommen. Aber er is ja hoffentlich bald wieder da.« Mit einem Seufzer schiebt Antje die Tupperdose ins Gefrierfach. Imbisshündin Susi, auch kein großer Schaschlik-Fan, gibt ein missbilligendes Knurren von sich.

»Wir wollen mal hoffen, dat er wieder der Alte wird.« Klaas macht sich offenbar doch Sorgen.

»Freunde, nu mal ganz relaxt.« Althippie Bounty hebt beschwichtigend die Hände. »Es ist eine Knie-Op. Und selbst wenn er mit dem neuen Knie nich ganz so gut unterwegs ist, das Sitzen auf dem Barhocker im Imbiss wird er ja wohl noch hinkriegen.«

»Ja, Piet is 'n Fighter«, davon ist Thies überzeugt. »Aber vielleicht gefällt ihm dat in Hamburg so gut, dass er dableiben will. Telje ist ja auch grad wegen Praktikum unten.«

»Hamburg is doch keine Stadt für Piet«, wendet Antje ein.

»Nee, Piet is Fredenbüller durch und durch.« Klaas kennt seinen Imbissfreund. »Vor allem is er kein Stadtmensch … als ehemaliger Landmaschinenvertreter.«

»Damit er sich in der großen Stadt nich so einsam vorkommt, besuchen wir ihn morgen im Krankenhaus. Ich mach ihm 'n schönes Lunchpaket.« Antje sorgt sich immer, dass ihre Stammgäste außerhalb der »Hidden Kist« nichts Richtiges zu essen bekommen.

»Wir brauchen nur noch 'n fahrbaren Untersatz«, bemerkt Bounty. Antje und Klaas sehen zuerst Thies und dann den Schimmelreiter auffordernd an, der auf einem Barhocker vor dem neuen Spielautomaten sitzt und das Gerät mit Geldmünzen füttert.

Den Flipper, den Piet im letzten Jahr bei einer Pokerrunde im Hinterzimmer des Bredstedter Spielsalons gewonnen hatte, hat Antje nach zähem Ringen aus dem Imbiss verbannt und gegen einen »Action Star Explosion Compact« eingetauscht. Seitdem bringt der Schimmelreiter die Walzen mit den Dollarzeichen, Ananas und Kleeblättern zum Rotieren, begleitet von einem durchdringenden »Dadadüdadadüdüdüda«. Sehr viel seltener klimpern dann auch mal ein paar vereinzelte Zehn-Cent-Stücke in die dafür vorgesehene Münzmulde.

»Im Grunde genommen rentiert sich dat nicht«, hatte Paulsen gleich zu bedenken gegeben. »Da lohnt sich Pokern schon eher.« Aber da war der »Explosion« schon an der Wand zwischen Doppelkühlschrank und Garderobenhaken montiert.

»Alles klar, ich fahr euch!« Für eine Spritztour in seinem tiefergelegten Mustang ist Schimmelreiter Hauke Schröder immer zu haben.

Antje will den Imbiss für einen Tag schließen. Nur Thies weiß noch nicht recht, ob er überhaupt mitfahren kann. Der Fredenbüller Polizeiobermeister ist schließlich immer im Dienst. Aktuell macht er sich Hoffnungen auf einen neuen Fall. Vor der Küste von Kampen und St. Peter-Ording sind zwei Container angespült worden, einer mit Salzwiesenlamm, Lübecker Marzipan und Labskaus in Dosen und ein weiterer mit Elektroschrott. Thies findet das irgendwie verdächtig. Vielleicht sollte er doch besser vor Ort bleiben.

Bei der Planung des morgigen Ausflugs nach Hamburg ist es spät geworden. Antje belegt gerade noch einen Croque »Störtebeker« mit Hering und Krabben. Die Kühltasche mit ein paar Bieren ist bereits fertig gepackt. Die Imbissrunde ist gerade im Aufbruch, als Tadje und ihr

Freund Lasse in »De Hidde Kist« stürmen. Tadje hat den kleinen Affen auf dem Arm.

»Echt, Papa, wieso hast du dein Handy wieder nich an?! Akku leer, oder was?« Tadje ist vollkommen außer Atem, und Lasse, der Blasse aus ihrer Klasse, ist um die Nase herum mal wieder kalkweiß mit einem Stich ins Grünliche. Der Affe lässt seinen Blick interessiert über Glastresen, Fritteusen und das gesamte Interieur und die Gäste des kleinen Imbisses schweifen.

»Wat ist dat denn?«, staunt Thies. Den anderen hat es ganz die Sprache verschlagen. Antje, Bounty, Klaas, der Schimmelreiter und auch Schäfermischling Susi starren den Affen ungläubig an. Das Tier blickt aus seinen wachen gelben Augen erwartungsvoll zwischen Stehtisch Eins und Zwei hin und her. Dann springt es Tadje unverhofft vom Arm, schwingt sich behände über den Glastresen und stürzt sich gierig auf den Croque »Störtebeker«. Er schnappt sich das große Fischbrötchen und bringt sich mit seinem Imbiss auf dem Spielautomaten, dem »Action Star Explosion«, in Sicherheit.

»Wo kommt der denn her?«, will Bounty wissen.

»Haben wir hier neuerdings 'n Urwald, oder wat?«, fragt sich der Schimmelreiter.

»Neeee!« Tadje schüttelt den Kopf. »Badestelle Neutönninger Siel.«

4

Phil Krotke wusste gar nicht, dass die Fahrt von Sankt Pauli zum Falkensteiner Ufer eine halbe Weltreise ist. Auftraggeber aus Blankenese hat er eher selten. Und diese vornehme Familie Steenwoldt ist eigentlich auch gar nicht sein Kunde. Sie hatten seinen Partner Ray Kröger beauftragt. Worum es dabei wirklich geht, weiß Krotke immer noch nicht. Die junge Vivian Steenwoldt hatte sich am Vortag bei dem Besuch in seinem Büro reichlich nebulös ausgedrückt. Und dann hatte sie ein Kuvert mit zwanzig druckfrischen gelben Zweihunderteuroscheinen aus ihrer Handtasche gezaubert. Ihre Schwester habe sich wieder eingefunden. Für sie sei der Auftrag erledigt und die ganze Sache abgeschlossen.

Phil kann die Scheine verdammt gut gebrauchen. Aber er weiß nicht recht, was er von der ganzen Sache halten soll. Er war gestern auch nicht gut in Form gewesen, und dann hatte die großgewachsene Lady in ihrem perfekt sitzenden Kostüm ihm zusätzlich die Sinne geraubt. Als die Frau mit den hohen Wangenknochen, dem blassen Teint und dem leicht asiatischen Einschlag ihm rauchend am Schreibtisch gegenübersaß, war alles nur noch an ihm vorbeigerauscht. Eigentlich wollte sie Ray sprechen, und dann hatte sie vage etwas von ihrer Schwester und von Drogen angedeutet. Ray habe möglicherweise noch Unterlagen und Fotos, die sie jetzt zurückhaben wollte. Phil war gestern nicht in der Verfassung gewesen, sich näher damit zu beschäftigen. Doch dass Ray heute immer noch nicht aufgetaucht ist, gibt ihm allmählich zu denken.

Viel schneller als Schritttempo kann er kaum fahren. Der Regen trommelt mit schweren Tropfen auf das Autodach seines alten Ford Capri. Phil hängt an der Kiste mit der mintgrünen Metalliclackierung und der Zweikommadreilitermaschine.

Auf der Elbchaussee sieht es aus, als würde gerade die Welt untergehen. Immer wieder kommen ihm Scheinwerfer entgegen. Die Autos dahinter sind kaum zu erkennen. Das spritzende Wasser unter den Kotflügeln beim Durchfahren der Pfützen ist lauter als das Motorengeräusch. In Teufelsbrück steht das Wasser mehr als eine Hand breit auf dem Asphalt. Auch von oben schüttet es unaufhörlich. Es kommt ihm vor, als würde er durch ein Aquarium fahren. Die Scheibenwischer des Fords klatschen wie ein müdes Publikum. Gegen die Regenmassen haben sie keine Chance. Für einen Sekundenbruchteil sind immer mal wieder die Lichter oder eine über die Straße hetzende Gestalt mit Regenschirm schemenhaft zu erkennen, dann verschwimmt alles sofort wieder in diffusen Schlieren.

Nach einer halben Ewigkeit biegt Krotke in das Falkensteiner Ufer ein. Hier kommt ihm kein einziges Auto mehr entgegen. Es ist erst Nachmittag, aber die Dämmerung stülpt sich bereits über die Stadt. Die Lichter der Straßenlaternen spiegeln sich auf dem regennassen Pflaster. Die Gegend ist wie ausgestorben. Für einen Moment bleibt

Krotke im Wagen sitzen. Dann fischt er sich ein Regencape von der Rückbank des Capris und läuft über den von riesigen Rhododendren gesäumten Kiesweg zur Villa der Steenwoldts. Im Vorüberlaufen sieht er in einer erleuchteten Garage den Chauffeur mit einem überdimensionierten Lappen an einem silbernen Bentley herumwischen, der neben einem italienischen Sportwagen und einer Mercedes-Limousine neueren Datums parkt. Neben der Garage leuchtet ein Gewächshaus mit einem Kuppeldach durch die Dämmerung. Krotke meint, hinter den beschlagenen Scheiben ein paar Vögel und einen Affen zwischen den tropischen Pflanzen herumturnen zu sehen. Davor leuchten kurz mehrere Koikarpfen orangefarben aus einem Teich, über den eine Regendusche mit dicken Tropfen platschend hinwegfegt. Phil sieht das nur aus dem Augenwinkel. Er hat es eilig, schnell ins Trockene zu kommen.

Auf sein Läuten hin öffnet ein Mann, der wie ein Butler aussieht und vermutlich auch einer ist. Krotke kommt sich vor wie in einem Detektivfilm aus den Neunzehnhundertvierzigerjahren. Er ist ja auch Detektiv, aber die Vierzigerjahre sind ein Weilchen her. Der Mann bittet ihn in eine Halle, die über zwei Stockwerke der Villa reicht. In ihrer Mitte schwebt ein überdimensionierter Kronleuchter. Die geschwungene Marmortreppe, die an einem schmiedeeisernen Jugendstilgeländer ins Obergeschoss führt, ist mit einem schon recht mitgenommenen roten Läufer ausgelegt. An den holzvertäfelten Wänden hängen Ölporträts von Männern mit Nickelbrillen und Monokeln, die Ahnengalerie der Familie Steenwoldt, nimmt Krotke an.

»Sie möchten zu Frau Vivian Steenwoldt, vermute ich.

Wen darf ich melden?«, fragt der Butler in altmodischem Hamburgisch.

»Das vermuten Sie ganz richtig.« Phil überreicht ihm seine Visitenkarte.

»Private Ermittlungen«, liest der Typ in der gestreiften Weste laut vor. Er platziert Phil, während er ihn bei Vivian Steenwoldt anmeldet, auf einem durchgesessenen Samtsofa. Von hier hat Krotke eine Glasmalerei auf einem hohen Fenster, ebenfalls im Jugendstil, im Blick. Sie zeigt einen Jüngling in Lendenschurz, der seiner Freundin mit graziler Geste offenbar aus einem Teich heraushelfen möchte, in dem fünf weitere Mädchen baden. Die Ladys tragen lediglich ihr wallendes Haar. Auf Badebekleidung hat die Damenriege verzichtet. Eigentlich müsste man dem jungen Mann etwas zur Hand gehen, überlegt Krotke, denn allein scheint der Junge mit den Mädchen nicht recht weiterzukommen.

Mitten in diese Überlegungen stolpert, statt der eleganten Vivian Steenwoldt von gestern, ein junges Mädchen von der Galerie die Treppe herunter. Sie trägt zerrissene Vintage-Jeans und ein weites weißes, nicht besonders zugeknöpftes Herrenoberhemd. An ihrem Nacken lugt ein Tattoo mit japanischen oder chinesischen Schriftzeichen heraus.

»Nanu, wen haben wir denn da?«, flötet sie und wirft die blondierten Haare in den Nacken, sodass sie im Licht des Kronleuchters gleißen.

»Ich warte auf Ihre …« Weiter kommt Phil, der sich aus dem Samt erhoben hat, gar nicht, da torkelt ihm das Mädchen auch schon direkt in die Arme. Damit sie nicht auch noch bei der Badegesellschaft im Jugendstilfenster landet, fängt Krotke sie lieber auf.

»Hoppla, Sie kommen ja gleich zur Sache.« Sie hängt sofort an seinen Schultern. Phil lässt sie wieder aus seinem Arm. Einen besonders sicheren Stand hat sie allerdings nicht. Dass sie außer Butterkeksen zum Fünfuhrtee noch etwas anderes genascht hat, sieht er auf den ersten Blick. Sie hält sich an ihm fest.

»Sie sind nett«, zirpt sie lallend. »Ein richtig netter Junge …«

Krotke sieht tatsächlich immer noch recht gut aus mit seinem markanten Kinn, den kurz geschnittenen Haaren und dem teuren Jackett, das er sich vor Urzeiten nach einem lukrativen Auftrag mal geleistet hat. Inzwischen ist das Sakko wie auch sein Besitzer deutlich in die Jahre gekommen. Aber Phils abgetragener Charme hat immer noch eine gewisse Wirkung auf die Damenwelt. Dass er laufend seinen berühmten Kollegen Philip Marlowe zitiert, finden sie schrullig charmant. Manche halten ihn für einen dieser Typen, die beim Küssen die Zigarette nicht aus dem Mund nehmen. Aber das scheint einigen Ladys sogar zu gefallen.

»Richtig süß«, zwitschert das Mädchen. »Vielleicht ein bisschen klein geraten.«

»Das nächste Mal komme ich auf Stelzen und mit einem Tennisschläger unterm Arm.«

Sie kichert. »Haben Sie eine Zigarette für mich?«

Krotke schüttelt eine filterlose Chesterfield aus der Schachtel. »Dürfen Sie denn überhaupt schon rauchen?«

»Wenn Sie es meiner großen Schwester nicht verraten.«

Der Detektiv bemerkt zuerst gar nicht, dass plötzlich ein Affe am Geländer aus dem ersten Stock herunterturnt. Er stürzt sich auf die Zigarettenpackung, reißt Phil die Schachtel aus der Hand und pest die Treppe wieder hinauf.

»Hier sind scheinbar alle knapp mit Zigaretten«, knurrt Krotke und zupft sich am Ohrläppchen.

»Mister Wong!«, quiekt das Mädchen schrill. »Gib das sofort wieder her!« Der Affe stößt ein kurzes »Uhh-uhh« aus. Er nimmt eine Zigarette, die aus der Packung herausguckt, zerbröselt sie zwischen den Fingern, dann wirft er die Schachtel von der Galerie haarscharf an dem Kronleuchter vorbei nach unten.

»Gewöhnt er es sich gerade ab?« Der Detektiv sammelt seine Chesterfield wieder ein. Das Mädchen in den Vintage-Jeans sieht ihn an. Eben hat sie noch durch ihn hindurchgesehen. Jetzt begutachtet sie prüfend sein in allen Farben schillerndes Veilchen.

»Sind Sie Boxer?«

»Wie kommen Sie denn darauf?« Krotke grinst müde, gibt ihr Feuer und zündet sich selbst eine an. »Aber ich muss Sie enttäuschen, so schnell geh ich vor Ihnen nicht auf die Bretter.«

»Wie süß«, zwitschert sie. »Sie sehen wirklich nett aus. Ohne das blaue Auge wären Sie richtig ansehnlich.«

»Da müssen Sie mich erst mal in Badehose sehen.« Er linst zu dem Badenden im Fenster hinüber und nimmt einen tiefen Zug.

In dem Moment kommt der Butler in die Halle zurück. »Frau Steenwoldt erwartet Sie.« Er verzieht keine Miene. Wortlos reicht er Phil einen Aschenbecher, in dem er seine Zigarette ausdrücken kann. »Wenn Sie mir folgen mögen.«

Das Mädchen torkelt hinter ihnen her, und auch der Affe ist wieder zur Stelle.

»Der scheint ja zur Familie zu gehören«, bemerkt der Detektiv.

»Nein, der hat seine eigene Familie.« Der Butler rümpft kaum sichtbar die Nase. »Die Steenwoldts besitzen vier Javaneraffen ... das heißt, zurzeit sind es nur drei.«

»Die kleine Mai-Li ist weggelaufen«, lallt das Mädchen mit trauriger Stimme.

»Und Mister Wong, Sie haben zum Salon keinen Zutritt.« Der strenge Diener verzieht keine Miene.

5

Der Butler führt Krotke in einen großzügigen Raum mit einem spektakulären Blick auf die Elbe. Hinter der zum Fluss abfallenden, parkähnlichen Gartenanlage, die von der aufkommenden Dunkelheit verschluckt wird, schiebt sich gerade ein beleuchteter Containerriese, begleitet von zwei Schleppern, durchs Bild. Der Raum ist mit dicken asiatischen Teppichen, mit Stilmöbeln und allerlei asiatischen Kunstgegenständen eingerichtet. Es duftet penetrant nach Orchideen, die in einer chinesischen Vase auf einem Beistelltisch stehen. An einer Wand hängt ein historischer Gobelin mit zwei asiatischen Edelmännern in langen Gewändern. Auf einem alten chinesischen Schrank droht eine kleinere Elefantenherde aus Ebenholz einen Samurai aus Porzellan über den Haufen zu rennen. In dem hohen Raum schwebt der nächste Kronleuchter. Die Stühle mit den roten Sitzpolstern und der fernöstlichen Ornamentik in der filigranen Rückenlehne sehen nach teuren Antiquitäten aus. Aber wirklich beurteilen kann Krotke das nicht. Er sammelt keine Antiquitäten, abgesehen von den alten Rechnungen, die sich auf seinem Schreibtisch stapeln.

»Wie ich sehe, haben Sie sich bereits mit meiner Schwester Carmen angefreundet.« Vivian Steenwoldt trägt heute statt Kostüm eine Hausjacke aus Samt mit asiatischen Stickereien und einem gesteppten Inlay.

»Ihre Schwester? Ja, wir haben uns schon kennengelernt.« Phil blickt zwischen den beiden hin und her. Auch heute Nachmittag, im Licht des Kronleuchters, ist Vivian Steenwoldt einen Blick wert. Sie ist auch zu Hause sorgfältig geschminkt, die gewellten, strähnig blondierten Haare sehen aus wie frisch frisiert, und sie duftet, wie der Taj Mahal im Mondlicht aussieht. An ihrer rechten Hand stecken gleich mehrere Karat.

Sie sieht anders aus als die Frauen, mit denen Phil sonst zu tun hat. Aber sie sieht umwerfend aus, findet er. Die Schwestern, die aparte Blankeneser Kaufmannstochter und die deutlich jüngere durchgeknallte Göre auf Kokain, Crack oder sonst was, könnten unterschiedlicher kaum sein. Aber bei dem asiatischen Einschlag mit den hohen Wangenknochen und den leicht schrägstehenden Augen ist die Ähnlichkeit unübersehbar. Und beide haben für eine Asiatin ungewöhnlich blonde Haare.

Carmen pustet ihm eine Lunge voll Rauch ins Gesicht. »Ist er nicht süß?«, lallt sie kichernd.

»Carmen, lässt du mich mit Herrn … ähhh … Krotke mal allein.« Ihr Ton ist bestimmt.

»Vivian möchte Sie ganz für sich haben. Wieder wichtige Geschäfte, oder was?« Sie wirft ihrer Schwester einen beleidigten Blick zu und schwirrt aus dem Raum.

Vivian bietet ihm einen Platz auf einem der altenglischen Stilsessel an. »Gibt es etwas Neues, Herr Krotke? Haben Sie etwas von Ihrem Partner gehört? Wohl nicht, sonst würde vermutlich Herr Kröger hier sitzen, oder?«

»Hat er sich bei Ihnen gemeldet?« Krotke kommt gleich zur Sache. »Wann haben Sie ihn zuletzt gesehen?« Phil streicht sich mit der Innenseite des Daumens über seine geschwollene Unterlippe.

»Das ist eine Weile her. Aber wir haben vor ein paar Tagen telefoniert. Er behauptete, er habe neue Erkenntnisse.« Vivian schlägt die langen Beine übereinander. »Dann ist er zu unserem Treffen nicht erschienen.« Sie hält kurz inne. »Und wenig später musste er auch gar nicht mehr erscheinen. Sein Auftrag hatte sich erledigt.«

»Womit hatten Sie ihn denn beauftragt? Ich war wohl gestern nicht so ganz aufnahmefähig.« Aber sobald er der attraktiven Reederstochter gegenübersitzt, hat Krotke schon wieder Probleme, sich zu konzentrieren. »Sie sagten, die Geschichte hat etwas mit Ihrer Schwester zu tun …?«

»Ja, mein Vater und ich hatten Ihren Partner beauftragt. Meine Schwester war verschollen …« Sie macht eine Pause. »Sie ist da ganz offenbar in die falschen Kreise geraten.«

»Die falschen Kreise. Soso.« Krotke versucht ein müdes Grinsen. Er fingert im Jackett nach seinen Chesterfield. »Darf man hier rauchen?«

Sie reicht ihm wortlos einen Aschenbecher aus Jade. Er zündet sich eine Filterlose an. »So ganz verstehe ich das immer noch nicht.«

Ihr Blick gibt ihm zu verstehen, dass er wohl auch nicht so ganz zu den richtigen Kreisen gehört. Sie windet sich. »Wissen Sie … es geht auch um … Drogen.«

»Der Zusammenhang ist nicht zu übersehen«, stellt Phil fest. »Aber Kröger und ich, wir sind keine Drogentherapeuten, wir sind Privatdetektive.«

»Wie gesagt, meine Schwester hat sich wieder eingefunden und …« Die schöne Vivian ist inzwischen noch etwas blasser geworden.

»… und hat immer noch ein Drogenproblem«, brummt der Detektiv. »Hat sie sich mit Drogen vielleicht selbst ein paar Euros dazuverdient, weil Papa mit dem Taschengeld so knauserig ist?« Könnte Vivian das mit den falschen Kreisen gemeint haben?

»Wie Sie ganz richtig sagen, das ist nicht Ihr Metier.« Vivian sieht Phil an, dass der sich schon wieder kaum konzentrieren kann. Dann wird sie sehr geschäftsmäßig. »Ihr Partner hatte den Auftrag, sie wieder aufzutreiben. Das ist ihm, wie Sie sich eben überzeugen konnten, gelungen.«

»Oder ist die Kleine in den zerrissenen Jeans von selbst wieder aufgetaucht?«, fragt Krotke dazwischen.

Vivian hebt die Augenbrauen. »Das restliche Honorar plus Spesen haben Sie gestern von mir erhalten. Über die Höhe können Sie sich nicht beklagen, oder?« Sie verzieht ihre roten Lippen zu einem süffisanten Lächeln. »Für mich ist der Fall erledigt.«

Krotke nimmt einen Zug aus seiner Chesterfield und zupft an seinem Ohrläppchen. »Für mich fängt der Fall gerade erst an. Ihre Schwester mag ja wieder da sein, dafür ist mein Partner jetzt von der Bildfläche verschwunden.«

6

Nachdem Tadje und Lasse aufgeregt in die »Hidde Kist« gestürmt sind und von ihrem Fund an der Badestelle Neutönninger Siel berichtet haben, schreitet Thies sofort zur Tat. Zusammen mit seiner Tochter und ihrem Freund fährt er zu dem Fundort des Toten. Klaas, Bounty und Imbisshund Susi, die bei der Ermittlungsarbeit schon oft wertvolle Dienste geleistet hat, sind mit von der Partie. Antje und Hauke Schröder haben in der »Hidden Kist« derweil ein Auge auf den kleinen Affen, der es sich zusammen mit dem Schimmelreiter vor dem »Explosion Compact« gemütlich gemacht hat. Hauke füttert den Spielautomaten mit ein paar Zwanzigcentstücken. Die Walzen rotieren kaum, schon drückt der kleine Affe in Windeseile hintereinander die leuchtenden Tasten des Gerätes. Prompt bleiben nebeneinander drei Ananas, drei Palmen und immer wieder drei Bananen stehen, worauf eine wahre Münzflut aus dem Gerät herausrasselt. Der Affe gibt ein begeistertes »Uh-uh-uh-uh« von sich. Der Schimmelreiter bringt nur ein knappes »Scheiße, is dat geil« heraus. »Wenn du so weitermachst, haben wir den Explosion heute Abend noch leer geräumt.«

Die anderen sind mittlerweile in Neutönninger Siel eingetroffen. Der kleine Ort liegt wie ausgestorben da. Er besteht ohnehin nur aus der Badestelle mit der DLRG-Bude, einem Schleusenhaus und dem Ausflugslokal »Café Wattblick«. Auch in dem Lokal ist heute Nacht alles dunkel. Im Augenblick wirft der Mond ein letztes fahles Licht über das Watt, das jetzt wie eine Mondlandschaft aussieht. Vom Süden kommt Wind mit ein paar Regentropfen auf. Wolken schieben sich allmählich über den ganzen Himmel. Thies hat sich seine Öljacke übergezogen und zieht sich die Polizeimütze tief in die Stirn.

Der Container steht gespenstisch mitten im Wattenmeer. Das Wasser hat sich so weit zurückgezogen, dass demnächst Niedrigwasser sein müsste. Thies und die anderen laufen mit Taschenlampen zu dem Container. Der Tote liegt unverändert zwischen dem Elektroschrott. Der kobaltblaue Ärmel seines Anzuges leuchtet im Schein des Lichtkegels von Thies' Taschenlampe. Die toten Augen starren aus einem aufgedunsenen kalkweißen Gesicht ins Leere. Die Haare kleben nass an der Stirn. Im Gesicht und am ganzen Kopf sind undeutlich Verletzungen, Hämatome und im Wasser aufgeweichte Schnitte und Platzwunden zu erkennen. Der Rest des Körpers liegt verborgen unter einem Berg von Elektroschrott.

Thies, Klaas, Tadje, Lasse, Bounty und Susi stehen konsterniert vor dem Container. Lasse tendiert unter seiner Wollmütze schon wieder verdächtig ins Grünliche. Kurz verschlägt es allen die Sprache.

Der Fredenbüller Polizeiobermeister findet sie als Erster wieder. »Han Min? Dat liegt irgendwo in China, oder?« Die anderen zucken die Schultern.

»Komisch, wat hat er zwischen den ganzen technischen Geräten zu suchen?«, fragt sich der Postbote.

»Wahnsinn«, entfährt es Bounty. »Echt der Wahnsinn, was der Spätkapitalismus alles an Schrott produziert.«

»Ja, Schrottplatz auf See«, konstatiert Klaas.

Susi schnüffelt an verrosteten Transistoren und einem in seine Einzelteile zerlegten Röhrenfernseher. Sie bleibt kurz in einem Knäuel aus Kabeln hängen, schnauft verärgert und wendet sich dann angeekelt ab.

»Ich kann den Hund verstehen.« Bounty nickt dem Schäfermischling zu.

»Dat ist doch alles Sondermüll«, überlegt der Postbote.

»Nee, Klaas, dat is Mord«, stellt Thies unmissverständlich klar. »Oder sollen wir wegen falscher Mülltrennung ermitteln.«

Der blasse Lasse muss sich jetzt doch ein Grinsen verkneifen. Tadje verdreht die Augen. »Mann, Papa.«

»Thies, wat sollen wir machen?« Klaas wartet auf klare Anweisungen, und auch Bounty und Susi signalisieren Einsatzbereitschaft.

»Recyclinghof Bredstedt, oder?« Lasse zieht die Kapuze seines Anoraks enger.

»Erst mal müssen wir den Toten da rauskriegen, bevor die Flut kommt.« Der Fredenbüller Polizeiobermeister überlegt. »Eigentlich muss die KTU da vorher mal ran. Aber ich fürchte, die Flut is schneller als die Kieler Spusi.« Auf seinen speziellen Freund Börnsen, mit dem Thies regelmäßig aneinandergerät, hat er ohnehin keine sonderliche Lust.

»Willst nich Nicole anrufen?«, schlägt Bounty vor.

»Die is doch nich mehr in Kiel, hast das gar nich mitgekriegt?« Thies blickt einigermaßen ratlos. Er ist regelrecht ein bisschen beleidigt, dass die von ihm so verehrte Kollegin nicht mehr zuständig ist.

Früher hätte er einfach bei Kriminalhauptkommissarin Nicole Stappenbek in der Mord Zwei in Kiel angerufen. Aber Nicole, mit der er mittlerweile schon etliche Fälle zusammen gelöst hat, ist nicht mehr in Kiel. Wegen ihres neuen Freundes hat sie sich vor einem halben Jahr nach Hamburg versetzen lassen. Thies findet das gar nicht komisch. Nicole und er waren ein tolles, eingespieltes Team. Und es ist ein offenes Geheimnis, dass er für die blonde Kieler Kommissarin schwärmt, sehr zur Begeisterung seiner Frau Heike. Beim Fredenbüller Feuerwehrfest hatten Thies und Nicole sich sogar mal geküsst. Aber das ist auch schon ein Weilchen her. Und jetzt war sie zu ihrem Tischler nach Hamburg gezogen.

Thies hatte ihn einmal kurz gesehen, als Nicole mit ihm in der »Hidden Kist« aufgekreuzt war, um ihren kleinen Finn abzuholen. Piet Paulsen, der für den Dreijährigen so etwas wie ein inoffizieller Patenonkel ist, hatte mal wieder das Babysitten übernommen, verbunden mit einem gemeinsamen Fußballnachmittag. Nicoles neuer Freund hatte sich in dem Imbiss mächtig aufgespielt mit seinem Dutt, dem Hipsterbärtchen und der blöden Zimmermannshose mit den hundert Taschen, Gurten und Schlaufen für alles erdenkliche traditionelle Werkzeug. Er hatte die Fredenbüller deutlich spüren lassen, dass er sie für zurückgebliebene Provinzler hält, was bei der Imbissrunde natürlich glänzend ankam.

»Pass mal bloß auf, dass du mit deiner schicken Büchs hier nirgendwo in den Möbeln hängen bleibst«, hatte Paulsen dem hippen Handwerker mit auf den Weg gegeben. Was bildete er sich eigentlich ein mit seiner Werkstatt »Der Tischler«, die er auf einem Hinterhof in Altona betrieb. Die blöde Visitenkarte in brauner Packpapieroptik hatte eine ganz Weile auf Antjes Glastresen gelegen. »Lass mal liegen«, hatte Antje gemeint. »Falls die Stehtische mal repariert werden müssen.« Ihre Gäste hatten nur mit den Köpfen geschüttelt. »Dat kannst du vergessen, für unsern Stehtisch is sich der Herr zu fein«, hatte Klaas die Wirtin gewarnt. »Der Tischler«, das passt doch gar nicht zu Nicole, findet Thies.

Der Fredenbüller Polizeiobermeister steht mit seiner Taschenlampe vor dem Container.

»Papa, Nicole hat doch bestimmt eine Nachfolgerin«, überlegt Tadje. »Oder einen Nachfolger.«

Thies will gerade die Nummer der Kieler Kriminaltechnik drücken, als Tadjes Freund Lasse auf das Schild an der Tür des Containers zeigt.

»Hier, haben Sie schon gesehen, Herr Detlefsen?« Im Lichtkegel seiner Taschenlampe ist die Aufschrift deutlich zu erkennen.

»Blankenhorn Shipping. Hamburg«, liest Thies laut vor. »Dat gibt's doch nich! Wat machen die denn hier schon wieder in Nordfriesland?« In dem Polizeiobermeister arbeitet es. Vor zwei Jahren hatten Nicole und er in einem Mordfall mit der Hamburger Reederei Blankenhorn zu tun. Der Junior war damals ermordet worden. Und jetzt taucht ein Container von Blankenhorn hier auf. Sehr seltsam.

Ist Kiel möglicherweise gar nicht zuständig? Ist das

eventuell sogar ein Hamburger Mordfall? Falls die Tat in Hamburg verübt wurde, müsste Hamburg ermitteln. Denn um Mord handelt es sich auf jeden Fall, da ist sich Thies sicher. Der Fundort der Leiche ist Fredenbüll, aber wenn der Mord in Hamburg passiert ist, dann haben Thies und Nicole vielleicht doch wieder einen gemeinsamen Fall. Er wählt ihre Handynummer. Als das Telefon abgenommen wird, hört Thies laute Kneipengeräusche im Hintergrund. Nicole ist kaum zu verstehen.

»Nicole, bist du gerade in einer von diesen Hamburger Szenekneipen, oder wat?« Er hält den anderen kurz das Telefon hin. »So hört sich die Großstadt an«, flüstert er ihnen zu.

»Mann, Papa!« Tadje ist ihr Vater mal wieder schrecklich peinlich. Lasse muss grinsen.

7

Thies steigt in Polizeiuniform und mit eilig gepackter Reisetasche im Altonaer Bahnhof aus dem Zug aus. Den Escort hat er zu Hause stehen lassen. »Die Autobahn ist eine einzige Baustelle, und Parkplätze sind knapp«, hatte Nicole gemeint. »Außerdem haben wir hier genügend Dienstfahrzeuge.« Im Loft hinter der Werkstatt ihres neuen Freundes, mit dem sie und der kleine Finn seit einem halben Jahr zusammenwohnen, gibt es ein Schlafsofa, auf dem er fürs Erste nächtigen kann. Thies soll doch einfach erst mal vorbeikommen, hatte Nicole ihm am Telefon gesagt, dann würden sie mit dem Fall schon weitersehen. In dem Mordfall »Blankenhorn« hatten sie schließlich schon erfolgreich zusammengearbeitet.

Nach dem Telefonat mit der Kollegin hatte Thies zunächst dann doch noch die Kieler Kollegen informiert. Seine alten Bekannten, KTU-Mann Mike Börnsen und Gerichtsmediziner Carstensen, waren noch in der Nacht angereist und hatten den Toten in die Kieler Gerichtsmedizin verfrachtet. Endgültig sind die Zuständigkeiten noch nicht geklärt. Die Kommissariate in Kiel und Hamburg streiten sich noch, wer zuständig ist. Das heißt, eigentlich wollen beide am liebsten nichts mit dem Fall zu tun haben. Die Kieler Mord Zwei ist nach Nicoles Weggang bisher noch nicht wieder neu besetzt. Der Leiter der Mord Eins ist hoffnungslos überlastet und kann zusätzliche Fälle gar nicht gebrauchen. Und Nicoles neuer Chef in Hamburg fühlt sich für an der Nordseeküste angespülte Container eigentlich auch nicht zuständig.

Bei den ersten Untersuchungen der Kieler Gerichtsmedizin konnten eine Vielzahl von Verletzungen festgestellt werden. Der Tote wies etliche Hämatome, Schwellungen durch die Einwirkung eines stumpfen Gegenstandes und vom Wasser ausgewaschene Stichwunden auf. Dem Mann war ganz offenbar übel zugesetzt worden. Aber das alles war nicht tödlich gewesen. »Tod durch Ertrinken«, hatte der Gerichtsmediziner lapidar festgestellt. Seine Lungen waren mit Wasser gefüllt. Aber wo das passiert war und vor allem wann, darauf mochte der Mediziner sich nicht festlegen. Der Todeszeitpunkt ließ sich aufgrund des längeren Aufenthaltes im Nordseewasser nicht so genau feststellen. Dass der kleine Affe die Reise in dem Container überlebt hatte, grenzte an ein Wunder. Er hatte sich wohl in eine Luftblase über dem Schrotthaufen gerettet.

Die Leute auf dem Bahnsteig und im Bahnhof laufen Thies glatt über den Haufen oder ziehen ihm ihre Trolleys über die Füße. Vor der Bahnhofshalle schlägt ihm sofort der Regen entgegen. Thies trägt immer noch seine Öljacke über der Uniform. Er hat die Polizeimütze tief in die Stirn gezogen. Irgendwie fühlt er sich in der Uniform auf einmal ein bisschen unwohl. Als Fredenbüller ist er hier in Hamburg schließlich gar nicht zuständig, fällt ihm plötzlich ein. Die vielen Menschen rücken ihm ein bisschen zu sehr auf die Pelle.

Heike ist ja immer mal zum Shopping oder zum Musical in Hamburg. Aber Thies ist ewige Zeiten nicht mehr hier gewesen. Die Stadt hat sich seitdem verändert. In den Straßen reiht sich ein Café ans andere, Cafés mit eigener Rösterei, Imbissläden und alle Lokalitäten sind proppenvoll. Deutlich mehr Kundschaft als in der »Hidden Kist«, denkt Thies. Trotz des strömenden Regens sind massenhaft Leute unterwegs. Thies läuft an den Schaufenstern vorüber, an Bäckereien, die nicht einfach Bäckerei, sondern »Zeit für Brot« heißen, an Auslagen mit fair gehandelten, aber unförmigen Wollpullovern, Kindermode zu eher unfairen Preisen. Eine Herrenboutique hat außerdem Gin- und Wodkaflaschen im Schaufenster, und der »Shop for Sweets« kombiniert Süßigkeiten mit Damendessous. Mancher Ladenbesitzer konnte sich offenbar nicht entscheiden.

Jeden Augenblick kommt er an einem Café, Imbiss oder Friseurladen vorbei. So viele Cafés und Friseure auf hundert Meter hat Thies noch nicht gesehen. Dabei dachte er immer, sie seien in Fredenbüll mit dem »Salon Alexandra« schon überversorgt. Im Vorbeilaufen und durch den Regen nimmt er alles nur flüchtig wahr. Die Schaufenster und auch die Einrichtungen der Läden und Cafés sind, so weit Thies das erkennen kann, ausnahmslos mit rohem ungehobeltem Holz eingerichtet. Es sieht nach Obstkisten und Bretterbuden aus, im Vergleich zur »Hidden Kist« recht spartanisch. Aus der Werkstatt von Nicoles tollem Tischler stammt das Bretter-Mobiliar vermutlich nicht. Die Ladenschilder ziehen an dem nordfriesischen Polizeiobermeister vorüber: »Friends and Brgs«, »Veggi World«, »Urban Foodie« und »Zweite Heimat«. Thies dachte ja, durch Heikes wechselnde Küchenmoden halbwegs auf dem Laufenden zu sein. Aber jetzt versteht er kein Wort mehr. Ihm schwirrt der Kopf, als er sich durch den strömenden Regen zu der Adresse von Nicoles Freund durchgekämpft hat.

Das unübersehbare Schild »Der Tischler« in der obligatorischen Rohbretteroptik über dem Eingang versteht er wenigstens. Auf dem regennassen Kopfsteinpflaster des kleinen Hofes wackeln ihm mehrere Hühner entgegen, die gleich fröhlich auf sein Hosenbein einpicken. Im ersten Moment ist sich Thies gar nicht sicher, ob es sich wirklich um Hühner handelt. Die Vögel gackern und scharren verzweifelt auf dem Kopfsteinpflaster, aber sie sehen aus wie Plüschtiere oder flauschige Fellhausschuhe, die man unter Strom gesetzt hat. Die weichen weißen Haare stehen ihnen wie elektrisiert vom Körper, dass Augen, Schnabel und Krallen in dem weißen Flaum verschwinden.

Aus der Werkstatt schreit eine Kreissäge heraus. Als Thies seinen Kopf in die Tür hält, verstummt sie sofort. Der Typ hinter der Säge sieht zu ihm herüber. Er trägt eine große Schutzbrille und eine Wollmütze, unter der ein Ohrring und ein paar lange graublonde Haarsträhnen herausgucken.

»Hi«, ruft er Thies mit einem kaum sichtbaren Nicken zu.

»Ach so, ja, moin.« Fast hätte Thies auch »Hi« gesagt.

»Wir haben uns ja schon mal kurz kennengelernt«, erklärt der Tischler und grinst überheblich. »... in eurem Imbiss ... wie heißt die Kiste?« Er gibt sich alle Mühe, arrogant zu klingen.

»›De Hidde Kist‹«, stellt Thies unmissverständlich klar. Angesichts des Besuchs mit Polizeimütze und gelber Öljacke wird das Grinsen des Tischlers immer breiter. Thies lässt derweil seinen Blick durch die Werkstatt schweifen, über Werkbank, Holzleisten, Tischlerplatten, einen halbfertigen Schrank und mehrere antike Stühle mit aufwendiger asiatischer Ornamentik in den Rückenlehnen, auf denen mehrere Schraubzwingen klemmen.

Nicole kommt hinter ihm in die Werkstatt. Thies nimmt die Mütze ab, und sie begrüßt ihn mit Küsschen auf beide Wangen.

»Ihr kennt euch ja, oder?« Sie blickt zwischen den beiden hin und her. »Thies, das ist Andrew. Andrew, Thies.«

»An …« Thies zögert eine Sekunde. »Andy?« Er sieht beide fragend an.

»Andrew!«, berichtigt der Tischler ihn. Er nimmt die Schutzbrille ab und richtet seine Wollmütze. Das überhebliche Grinsen ist aus seinem Gesicht gewichen.

»Ach so, Ändru.« Thies sieht Nicole an. Sie grient leicht verlegen.

Nicole hat sich verändert. Thies weiß zunächst gar nicht, was es überhaupt ist. Die Haare? Die Klamotten? Eigentlich alles. Und sie benimmt sich auch anders. Irgendwie ist sie Thies auf einmal ein bisschen fremd. Sie hat nicht mehr ihren blonden Pferdeschwanz, sondern trägt die Haare offen und leicht fransig. In den engen Hosen hat sie plötzlich so auffällige Waden. Darüber trägt sie ein kurzes Hängerkleid in Pastellfarben und dazu außerdem noch eine Art Trainingsjacke. Die Fransen an der alten Lederjacke statt in der Frisur hatten Thies irgendwie besser gefallen. Aber eigentlich sieht sie immer noch toll aus, findet er.

Nicole macht mit Thies einen kurzen Rundgang durch das kleine Stadthaus im Hinterhof neben der Werkstatt. Bei dem trüben Wetter fällt kaum Licht in die Räume. Die ausufernden Holzeinbauten, Treppen, Podeste, Raumtrenner und Einbauschränke machen die Räume nicht unbedingt heller. Sie zeigt ihm Küche, Badezimmer und seinen Platz auf dem Schlafsofa.

»Na, Nicole, kommst klar hier?« Thies blickt sie prüfend an.

»Ja, Hamburg ist toll. Endlich eine richtige Stadt. Wir fühlen uns hier echt wohl. Die Kita für Finn ist nebenan. Gleich um die Ecke gibt es die besten Restaurants, nette Cafés und sogar einen Imbiss ... es ist natürlich nicht ›De Hidde Kist‹, aber nicht schlecht.« Nicole grinst.

»Ich hab schon gesehen. Die haben alle so eine ... Holzeinrichtung. Sieht eigentlich eher nach Land aus als nach Großstadt.«

»Nee, Thies, das is New Urban Style.«

»Ach so, ja ... ja ....« Thies tut so, als wäre »New Urban Style« für ihn ein alter Hut. »Gehören die weißen Plüschteile, die da draußen rumtigern, auch zu dem Style dazu?«

Nicole muss grinsen. »Das sind polnische Haubenhühner. Ganz was Edles. Andrews ganzer Stolz. Er baut auch ganz tolle Spezialkäfige für die Hühnerhaltung in der Stadt.«

»Käfige für Hauben...hühner?« Irgendwie hatte Thies

eine andere Vorstellung vom Leben in der Stadt. »Kann man damit Geld verdienen?«

»Na ja, geht so. Im Augenblick ist es ein bisschen schwierig.« Nicole wechselt lieber schnell das Thema. »Willst du noch 'n Coffee to go, bevor wir ins Präsidium fahren?« Nicole kennt Thies' Kaffeetrinkgewohnheiten. »Die ›Zweite Heimat‹ ist hier gleich nebenan.«

»Zweite Heimat?«

»Aber ich muss dich warnen, es ist nicht Antjes italienische Kaffeemaschine. In Hamburg wird der Kaffee wieder mit dem Filter gebrüht. Fair-Trade-Bohnen und slow brewed – ganz langsam und sanft gebrüht.«

»Aber den können wir heute noch trinken, oder?«

8

Tadje weiß heute überhaupt nicht, wo ihr der Kopf steht. Ihr Vater hatte jede Verantwortung für den Affen abgelehnt. »Tadje, wir ham hier 'n Mordfall. Da hab ich keine Zeit, den Wildhüter zu machen. Wir sind hier nich im Dschungelbuch.« Auch Heike war bedient, als Thies und seine Tochter nachts auf einmal mit dem kleinen Affen in der Küche standen. Für eine Nacht sollte er dann bei Tadje im Zimmer auf der eiligst aufgeblasenen Luftmatratze nächtigen. Stattdessen turnte er am frühen Morgen aber schon im Wohnzimmer auf dem schicken neuen Dreisitzer herum, um sich anschließend mit Heißhunger über Heikes, von der Familie wenig geliebtes Dinkelmüsli mit Bananen herzumachen. Heike war empört. »Aber nach 'm Frühstück macht der Affe sofort wieder den Abflug. Der bringt mir hier den ganzen Haushalt durcheinander.«

»Mama, wo soll ich denn mit ihm hin? Der ist doch voll süß!«

»Tadje, das musst du jetzt regeln. Du kannst auch mal Verantwortung übernehmen.« Heike ließ keine zwei Meinungen aufkommen. »Dir ist der Affe schließlich zugelaufen.«

»Mama, der Affe war in Seenot. Es ist ein Wunder, dass er nich ertrunken is.«

Notgedrungen hat Tadje, die grade ihr Praktikum im

Biohof macht, ihn daraufhin zur Arbeit mitgenommen. Die Kunden im Salon »Alexandra« hatten sich die Köpfe aus den Trockenhauben heraus verrenkt, als sie die Tochter des Polizisten mit ihrem Schützling auf dem Arm die Dorfstraße entlanglaufen sahen.

Im Gegensatz zu ihrer Mutter ist Biobäurin Lara Brodersen gleich ganz begeistert. Verzückt blickt sie dem Äffchen hinterher, als es sich durch das Dachgebälk des historischen großen Reetdachhofes schwingt und nach der Turnübung ein paar Dinkelkissen anknabbert. »Das Tier hat eine ganz tolle Aura«, haucht Lara, die den Affen am liebsten gleich zum abendlichen Trance-Tanzen auf dem Heuboden mitnehmen möchte.

Tadje ist reichlich unsicher. Sie weiß einfach nicht, was sie mit ihrem neuen Freund machen soll. Die Luftmatratze zu Hause, der Biohof und auch der Daddelautomat in der »Hidden Kist« sind keine Dauerlösung. Aber der nächste Zoo ist weit weg. Und mit dem Affen in der Nordostseebahn nach Hamburg zu reisen, hat sie wenig Lust. Außerdem hatte die Frau am Telefon bei »Hagenbecks Tierpark« ziemlich arrogant reagiert. Die Frau hatte ihren Anruf für einen Telefonstreich gehalten. Daraufhin war Tadje auf die Idee gekommen, ihre Biologielehrerin anzurufen.

Frau Doktor Jacoby ist sofort begeistert zur Stelle. Bei der Artenbestimmung hat die Lehrerin keinen Zweifel. Es handelt sich um einen jungen, noch nicht ausgewachsenen Javaneraffen. »Auch Langschwanzmakak genannt. Ja, ganz eindeutig, das graue Fell, die gelben Augen und der lange Schwanz«, führt Frau Jacoby aus. »Lebt in Regen-, Bambus- und Mangrovenwäldern.«

»Regen gibt es bei uns ja immer mal, aber Bambus haben wir hier nich am Deich.« Tadje sorgt sich um eine artgerechte Haltung.

»Südostasien«, doziert die Lehrerin unbeirrt weiter, als müsse sie ihren Unterrichtsstoff vor dem Pausenläuten schnell durchziehen.

»Mein Vater meint ja, er kommt aus Hamburg.«

»Sie! Es ist eine Sie!«, stellt Doktor Jacoby fachkundig fest. »Der Javaneraffe ist ein Allesfresser. Vor allem aber liebt er Schalentiere und Krabben, deshalb heißt er auch ›Krabbenesser‹!«

»Krabbenesser? Echt jetzt? Das passt doch hier voll an die Küste!« Tadje hofft gleich wieder, dass sich der Affe vielleicht doch noch in die Fredenbüller Dorfgemeinschaft integrieren lässt.

Nach längerer Beratung sind sich alle dann aber nicht so sicher, wo man mit dem Tier bleiben soll. Die Biolehrerin schlägt fürs Erste die Seehundstation auf Eiderstedt vor. Schließlich handelt es sich um einen Krabbenesser. Aber ob er sich mit gestrandeten Seehundheulern verträgt, wissen Lara, Tadje und Fachfrau Doktor Jacoby auch nicht. Der kleine Affe ist währenddessen von der Klettertour durch die Tenne erschöpft auf einem Biodinkelkissen selig eingeschlummert.

9

Nicht nur Thies, auch die versammelte Mannschaft der »Hidden Kist« ist mittlerweile in der Hansestadt eingetroffen. Antje will den Krankenhausbesuch mit einem Musicalabend verbinden. Außerdem möchte sie sich über die neusten Imbisstrends informieren. »Mannis Matjeshalle« steht ganz oben auf ihrer Liste. Und Bounty will endlich mal in das legendäre China-Restaurant »Silver Palace« auf Sankt Pauli, wo die lackierten Pekingenten erst tagelang im Fenster hängen, bis sie der internationalen Kundschaft serviert werden, und wo es die besten »Dim Sums« außerhalb Chinas geben soll.

Als die Imbisstruppe im vierten Stock der Endoklinik mit regennassen Jacken aus dem Fahrstuhl steigt, staunen Antje, Klaas und Bounty nicht schlecht. Imbissfreund Piet Paulsen sitzt im nagelneuen Trainingsanzug mit Bügelfalte, den Antje ihm besorgt hat, schon wieder recht munter auf einem der Besucherstühle vor der Station »Michel«. Den fahrbaren Infusionsständer fest umklammert, ist Piet mit zwei Mitpatienten, ebenfalls in Trainingsanzügen, in hitziger Diskussion über die neusten Entwicklungen beim HSV und die alles entscheidende Frage, wo man hier im näheren Umfeld mal ungestört eine rauchen kann. Das Bein mit dem operierten Knie hält er von sich gestreckt. Paulsen entdeckt seine Freunde aus dem Imbiss sofort.

»Da seid ihr ja.« Piets krächzende Stimme klingt fast vorwurfsvoll. Er hat die Runde offenbar schon schmerzlich vermisst. »De Hidde Kist« ist schließlich sein Leben.

»Na, Piet, schon wieder auf Achse.« Klaas wirft einen interessierten, leicht sorgenvollen Blick auf die Infusionsschläuche.

»Ja, wieso nich. Ich hab ja jetzt schließlich ’n neues Knie.«

»Musst du gar nich mehr im Bett liegen?«, fragt Antje besorgt.

»Nach der OP nich erst mal ’n bisschen relaxen?« Bounty klingt, als wäre Piet hier zu einem Wellnesswochenende.

»Die kennen hier kein Pardon. Nach einem Tag holen sie dich gleich raus aus’m Bett.« Der ehemalige Landmaschinenvertreter blickt unternehmungslustig über seine Gleitsichtbrille hinweg. »Auf Toilette musst du selber.«

»Hat man früher auch nich gemacht«, schaltet sich der Mitpatient in die Diskussion ein. »Meine Frau hat schon beide Knie neu.«

»Mein Zimmernachbar«, stellt Paulsen ihn den anderen vor.

»Rechts is bei meiner Frau schon das zweite. Der Professor hier is ’ne Konifere«, verkündet er mit wichtiger Miene.

»Konifere? Is ja geil«, gackert Bounty, der sich schließlich in der Welt der Grünpflanzen auskennt.

Und dann fällt Piet plötzlich auf, dass ein wichtiges Mitglied der Imbissrunde fehlt. »Wo habt ihr Susi eigentlich gelassen?«

»Die wartet mit Hauke zusammen unten in der Empfangshalle«, bedauert Antje. »Na ja, Krankenhaus und so ....«

»Haben sie den Schimmelreiter nicht reingelassen?«, fragt der Frischoperierte mit todernster Miene. Die anderen grinsen breit. Paulsen fasst sich mit großer Geste an das operierte Knie und macht vorsichtige Andeutungen einer Kniebeuge im Sitzen. Klaas nickt anerkennend.

Der Zimmernachbar schaltet sich mal wieder ein. »Dat ist wichtig, dass man das neue Knie immer bewegt, sagt der Professor.«

»... die Konifere wird es wissen.« Bounty und auch Antje haben sofort wieder das Bild des immergrünen Strauches vor Augen und kichern.

»Bewegung is dat A und O!« Paulsen, dessen sportliche Aktivitäten sich bisher im Wesentlichen auf das samstägliche Fußballgucken in der »Hidden Kist« beschränkten, ist offenbar fest entschlossen, seine Lebensgewohnheiten zu ändern.

»Demnächst Halbmarathon, oder wat«, flachst Klaas.

»Vielleicht Achtelmarathon, mal gucken.«

»Sieh man erst mal zu, dass du wieder halbwegs unfallfrei auf deinen Barhocker kommst«, grinst Bounty.

»Ich hätte ihm diesen Trainingsanzug gar nich kaufen dürfen«, sinniert Antje mit besorgtem Blick auf die Bügelfalte der Sporthose. »Piet, kannst stattdessen nich lieber mit dem Rauchen aufhören?«

»Wollen wir mal nix überstürzen.«

»Bekommst du hier denn wat Vernünftiges zu essen?«

Noch während sie das sagt, kramt Antje bereits in ihrer Kühltasche und zieht einen Croque »Störtebeker« hervor.

»Kühles Pils dazu wär jetzt auch nich verkehrt«, kräht Paulsen.

»Ich hab was viel Besseres dabei. Wir müssen ja wenigstens mal auf dat neue Knie anstoßen.« Antje zaubert fünf kleine Flachmänner aus der Kühltasche. »Sie auch 'n Lütten?«, bietet sie Piets Bettnachbarn an, der bereitwillig zugreift.

»Da sag ich nich Nein.«

Im Kreise seiner Freunde fühlt sich Piet fast wie zu Hause. Als sie sich gerade fröhlich zuprosten, öffnet sich die Fahrstuhltür und Telje kommt im blauen OP-Kittel heraus.

»Meine Güte, Telje, ich erkenn dich ja gar nich wieder.« Antje ist ganz aus dem Häuschen.

Die anderen versuchen die kleinen Schnapsflaschen verschämt in der hohlen Hand oder hinter dem Rücken verschwinden zu lassen. Nur Antje hat es in ihrer Überraschung vergessen.

»Du siehst ja toll aus ... wie 'ne richtige Ärztin.«

»Hast *du* Piet etwa operiert?«, will Klaas gleich wissen.

»Telje hat dem Professor die Schraubenzieher gereicht«, krächzt der Rentner. »Und sie besucht mich jeden Tag.«

»Ja nee, Praktikum. Das ist voll interessant.« Thies' Tochter ist das alles ein bisschen peinlich.

»Ganz Fredenbüll trifft sich ja wohl in Hamburg wieder«, bemerkt Bounty.

»Wieso? Wer denn noch?«, will Telje wissen.

»Ja, dein Vater ist ja angeblich auch nach Hamburg los«, sagt Antje.

»Echt jetzt? Wegen dem Toten mit dem Affen, den Tadje gefunden hat? Ich hab schon gehört, mega unheimlich! Obwohl, der Affe soll ja voll süß sein.«

10

Nach einer kurzen Führung durch das Polizeipräsidium sind Thies und Nicole gleich zur Reederei Blankenhorn gefahren. Nicoles Hamburger Assistent ist gar nicht böse, durch den Fredenbüller Kollegen etwas entlastet zu werden. Und wo »Blankenhorn Shipping« residiert, wissen Thies und Nicole seit einem ihrer letzten Fälle schließlich am besten. Sie haben das altehrwürdige Kontorhaus gegenüber der Speicherstadt mit den bronzenen Elefanten vor dem Eingang und dem rumpelnden Paternoster sofort wiedergefunden. Inzwischen scheint sich allerdings einiges verändert zu haben. Das Schild »Blankenhorn Shipping« hängt noch am Eingang. Aber im Büro in der Belle Etage öffnet niemand. Der distinguierte Senior und seine resolute, wie schwerhörige Vorzimmerdame sind offenbar ausgezogen. Stattdessen treffen die beiden Polizisten einen Hausmeister in einem taubenblauen Kittel an. In der einen Hand hält er einen Eisenring mit unzähligen Schlüsseln, in der anderen eine Saugglocke zur Beseitigung von Verstopfungen in Abflüssen.

»Blankenhorn? Nee, die sind nich mehr da.«

»Was heißt das jetzt?«, will die Kommissarin wissen.

»Ja, Konkurs, nä.« Er nimmt den Pümpel von einer Hand in die andere. Nicole rümpft etwas die Nase. »Über den Tod seines Sohnes ist der Alte nie drüber weg. Ab da ging es abwärts.« Er deutet mit dem Pümpel Richtung Kellergeschoss. »Jo, und dann hat er irgendwann an die Chinesen verkauft. Inzwischen is er tüdelig und lebt in der Seniorenresidenz mit Blick aufn Hafen.«

»Sie sagen Chinesen?«, fragt Nicole.

»Heißen die Han Min, oder so?«, will Thies sofort wissen.

»Ja genau! Han Min ... Schibbing! Ganz so seriös wie Blankenhorn ist dat bei den Chinesen nicht mehr. Früher Kaffee und Kakao ...«

»Und jetzt haben wir 'n Toten im Container gefunden«, stellt der Fredenbüller Polizeiobermeister lapidar fest.

Der Mann im blauen Kittel hört gar nicht hin. »Mit Kaffee und Kakao geben sich die Chinesen nich ab. Obwohl, sie fahren wohl immer noch die Afrikaroute. Die schippern jetzt alte Kühlschränke und so 'n Kram nach da unten. Die haben aber 'n deutschen Geschäftsführer, de Vries oder so, könnt auch 'n Holländer sein, irgendwie unangenehmer Typ. Sieht eher nach Zuhälter aus als wie nach 'm Kaufmann.« Der Mann ist gar nicht mehr zu stoppen.

»Wo sitzt dieses Han Min Shipping?«, unterbricht Nicole seinen Redeschwall. »Die haben hier doch sicher ein Büro?«

»Jo, Shanghaiallee, gleich am Brooktorhafen.« Der Hausmeister deutet mit dem Pümpel jetzt Richtung Hafencity. »Wat anderes als Hafencity kommt ja nich mehr in Frage.«

Mit dem Besuch bei Han Min Shipping wird es allerdings zunächst nichts. Auf dem Weg zu ihrem Wagen bekommt Thies einen Anruf aus Kiel. Um nicht nass zu werden, stellen sie sich kurz in einem Hauseingang unter. Neben dem Regen kommt jetzt auch noch die Zugluft dazu. Die Kollegen aus Schleswig-Holstein haben neue Erkenntnisse. »Tod durch Ertrinken hat sich bestätigt«, mault Gerichtsmediziner Carstensen ins Telefon. »Aber Salzwasser war das nicht.«

»Fundort ist also nicht gleich Tatort«, kombiniert Thies.

»Es spricht alles gegen Nordsee und tatsächlich für Hamburger Hafen, oder so.« Carstensen klingt so, als wäre er froh, den Fall los zu sein.

»Ich bin schon da.« Thies nickt Nicole zu.

»Wo bist du?«, will Carstensen wissen.

»Na ja, Hamburger Hafen. Und rat mal, wer hier neben mir steht.«

»Nicole?«

»Ja, ich soll auch schön grüßen.« Thies will gerade schon wieder auflegen, als der Gerichtsmediziner ihn unterbricht. »Thies, das Wichtigste hast du noch nicht gehört. Wir wissen inzwischen, wer der Tote ist. Mit seinen Fingerabdrücken sind wir bei uns in der Datei fündig geworden. Kleine Einbrüche, Erpressung, Körperverletzung. Keine ganz großen Sachen …«

»… nichts, weswegen man unbedingt tot im Container landet?«, bemerkt Thies.

»Weiß man nicht. Er heißt Raimund Kröger. Er hatte in Hamburg auf Sankt Pauli eine Detektei. Kröger und Krotke.«

»Kröger und Krotke, Sankt Pauli«, wiederholt Thies.

»Wir sind schon unterwegs«, ruft Nicole Richtung

Thies' Handy, während sie auf ihrem Smartphone gerade die Adresse heraussucht.

Die Detektei liegt in einer schmuddeligen Nebenstraße der Reeperbahn. Auch die Reeperbahn sieht bei Tageslicht und Dauerregen richtig trostlos aus. Auf dem Weg von ihrem Parkplatz zu der Detektei kommen ihnen Reisegruppen entgegen, die ihre Zeit bis zum Musicalabend totschlagen müssen. Sie laufen an Schaufenstern mit Latexdessous vorbei und an Läden mit Schiffslaternen und Seglerbedarf. »Jo, hier ist Segeln angesagt«, stellt Thies fest. »Ist eben 'ne richtige Hafenstadt.« Ein paar wenige, unentwegte Prostituierte haben in Hauseingängen Zuflucht vor dem Regen gesucht. Die männlichen Mitglieder eines Sportvereins aus der Provinz steuern todesmutig die Herbertstraße an. Ein tiefergelegter dicker weißer Benz röhrt im ständigen Wechsel von rasanter Beschleunigung und heftigem Abbremsen von einer Ampel zur nächsten. Ein Transvestit mit toupierten grünen Haaren und Endlosbeinen in Netzstrümpfen tänzelt bühnenreif zwischen Pfützen hindurch über die Straße. Aus der offen einsehbaren Küche des chinesischen Restaurants »Silver Palace« leuchten die aufgehängten lackierten Pekingenten golden in den regengrauen Nachmittag von Sankt Pauli.

11

Ganz so vornehm wie bei der Reederei Blankenhorn ist das Entree zu der Detektei des Toten nicht. Hinter einer geöffneten Gittertür müssen die beiden zunächst über einen Obdachlosen hinwegsteigen, der freundlich mit »Moin, Moin« grüßt. Hier gibt es keinen Fahrstuhl. Thies und Nicole arbeiten sich zu Fuß in ihren regennassen Klamotten die Treppen in den vierten Stock hinauf. Der Altbau mit den großzügigen Wohnungen und Büros hat schon bessere Zeiten gesehen. In dem heruntergekommenen Treppenhaus stehen Müllsäcke. Eine der Wohnungen wird, so wie es sich anhört, gerade von Handwerkern zerlegt. Das Hämmern bringt die Milchglasscheibe mit der Aufschrift »Kröger & Krotke. Private Ermittlungen« zum Zittern.

Nicole drückt den Klingelknopf. Der Summer ertönt. Die beiden betreten einen Vorraum, in dem Spüle, Kaffeemaschine und ein Aktenschrank sich gegenseitig im Wege stehen. Ein Mann kommt ihnen rauchend aus seinem Zimmer entgegen. Er sieht reichlich mitgenommen aus. Ihm ist deutlich anzusehen, dass er kürzlich in eine handfeste Schlägerei geraten ist.

»Sie sind Herr Krotke?«, kommt Nicole gleich zur Sache.

»Gut geraten«, brummt der Typ, um dessen Augen eindrucksvolle Veilchen in allen Farben schillern. »Na ja, bei zwei Namen an der Tür standen die Chancen fifty-fifty«.

»Nee, dat sind mittlerweile leider deutlich mehr als fifty-fifty.« Thies nimmt die Polizeimütze ab und schüttelt die Feuchtigkeit von ihr.

»KHK Nicole Stappenbek ... ähhh ... Mordkommission Hamburg.« Die neue Abteilung geht ihr noch nicht recht über die Lippen. »Und das ist mein Kollege POM Detlefsen aus Fredenbüll ...«

»Freden... büll?« Der Detektiv sieht Thies in seiner Uniform an, als komme er von einem anderen Stern.

»Ja, Fredenbüll, Nordfriesland.« Allmählich stößt es Thies wirklich blöd auf, dass niemand in Hamburg Fredenbüll kennt.

»Dabei war ich in Erdkunde eigentlich 'ne ganz große Nummer«, raunt der Detektiv.

Nicole wirft Thies einen missbilligenden Blick zu, um die Geografie-Diskussion abzubrechen. »Herr Krotke, wir haben eine sehr traurige Nachricht für Sie.«

»Ich bin Kummer gewohnt.« Er drückt seine Zigarette in einem Aschenbecher aus. Das Veilchen um sein rechtes Auge schillert. Er scheint immer noch nichts zu ahnen, oder er lässt es sich nicht anmerken.

»Wir haben Ihren Partner Raimund Kröger in einem Schiffscontainer an der Nordseeküste aufgefunden.« Nicole spricht so leise, dass sie kaum zu verstehen ist.

Von einem Moment zum anderen sieht der Detektiv noch lädierter aus. »Ray ist eigentlich gar nicht so für die Nordsee«, knurrt er. »Sind Sie sicher, dass es sich wirklich um Kröger handelt?«

»Unsere Kollegen haben das anhand der Fingerabdrücke zweifelsfrei festgestellt«, antwortet Nicole schon wieder etwas lauter. »Aber es wäre hilfreich, wenn Sie den Toten identifizieren könnten.«

»Die Kollegen bringen ihn gerade von Kiel nach Hamburg runter«, erläutert Thies.

Krotke starrt ins Leere und zupft an seinem Ohrläppchen. Geistesabwesend schüttelt er eine neue Chesterfield aus der Packung und entzündet ein Streichholz an seinem Fingernagel. Thies sieht ihm fasziniert dabei zu. Irgendwie macht der Typ Eindruck auf ihn.

»Hat der Tod Ihres Partners Raimund Kröger eventuell mit einem Fall zu tun, mit dem er gerade beschäftigt war?«, will die Kommissarin wissen.

»Ray war an einer Sache dran, über die ich wenig weiß ... eigentlich nichts.« Krotke hält sich bedeckt.

»Und jetzt ist das Ihre Angelegenheit?«, vermutet Nicole.

»Ich könnte sie zu meiner machen«, raunzt er.

»Und wir Ihre zu unserer«, gibt Nicole schnippisch zurück.

»Das würde Ihnen nicht gefallen, die Bezahlung ist zu schlecht.« Krotke nimmt einen tiefen Zug und bläst den inhalierten Rauch an den beiden vorbei in den kargen Raum. Nicole schnuppert begierig den Duft der frisch angezündeten Filterlosen.

»Auch eine?« Krotke zieht die Zigarettenpackung aus der Jacketttasche.

»Ich bin grade dabei ...«, sie zögert, »... es mir wieder anzugewöhnen.« Sie nimmt die angebotene Zigarette und lässt sich von Krotke Feuer geben. Thies sieht sie strafend an.

»Mal wat von Han Min gehört?«, geht Thies dazwischen.

»Han? Min? Nein. Was soll das sein?«

»Dat stand auf dem Container, in dem wir Ihren Kollegen gefunden haben.«

»Klingt chinesisch.« Der Detektiv überlegt. »Es hat vielleicht nichts zu bedeuten, aber Krögers letzter Auftraggeber war eine Familie Steenwoldt. Diese Vivian Steenwoldt und ihre Schwester sehen ein bisschen chinesisch aus … und die Schwester war bis unter den Scheitel vollgepumpt mit Drogen.«

12

Endlich kann Andrew mal die antiken chinesischen Stühle in Angriff nehmen, die seit fast einer Woche bei ihm herumstehen. Die Heftchen mit dem Blattgold sind gestern mit der Paketpost gekommen. Es ist Jahre her, dass er etwas zu vergolden hatte. Die Papiere mit dem hauchdünnen Blattgold, das ständig von dem Trägerpapier herunterzuwehen droht, hat er ewig nicht in der Hand gehabt. Aber er hat das Vergolden seit seiner Lehrzeit bei dem gediegenen Restaurator nicht verlernt. Die Aufträge zum Restaurieren antiker Möbel werden leider seltener. Allgemein ist seine Auftragslage bedrohlich dünn. Die Ottenser Bars, Cafés, Bioläden und Friseure werden einer nach dem anderen in Rohholzoptik eingerichtet. Das ungehobelte Holz besorgen sich die Besitzer im Baumarkt selbst und lassen es von einem arbeitslosen Hiwi zusammenkloppen. Dazu brauchen sie keinen Tischler.

Seine Freundin und ihr Kollege, diese Witzfigur von einem Provinzpolizisten, sind aus dem Haus, und auch Nicoles Sohn Finn ist er glücklicherweise eine Weile los, ehe er ihn nachher aus der Kita abholen soll. Wieso hat er das Gör eigentlich dauernd an den Hacken? Ständig läuft der Kleine in der Werkstatt zwischen den elektrischen Sägen umher, und er muss aufpassen, dass ihm nichts passiert. Andrew kommt gar nicht mehr richtig zum Arbeiten. Aber jetzt hat er etwas Zeit.

Er dreht die langen Haare mit einem Haargummi zu einem Dutt zusammen und zieht seine Wollmütze darüber. Zunächst muss er die Stühle vorbereiten, die alten Farben und abgeblätterten Goldreste entfernen, ehe er den Leimgrund aufstreichen kann, auf den er dann mit Hilfe eines breiten Pinsels die Goldblättchen tupft. Die Stühle mit den Sitzpolstern aus rotem Samt und der fernöstlichen Ornamentik in den filigranen Rückenlehnen sehen nicht nur zerbrechlich aus, sie sind es auch. Als Sitzmöbel sind sie eigentlich nicht zu gebrauchen, findet er. Sie sind angeblich sehr wertvoll, aber potthässlich. Vivian, die bei den Steenwoldts alles regelt, hatte einen mächtigen Zauber um die antiken Möbel gemacht, als Andrew die ersten sechs der zwölf Esszimmerstühle dort vor ein paar Tagen abgeholt hatte. Er musste sie aufwendig verpacken. Und zum Beladen sollte er unbedingt den Hintereingang benutzen. Diesen Abend und die Dinge, die da passiert sind, würde er am liebsten ganz schnell vergessen. Er hätte diesen Auftrag gar nicht annehmen dürfen. Aber irgendwie verfolgen die Steenwoldts ihn.

Er hatte in der Vergangenheit regelmäßig Verbindung zur Familie Steenwoldt, insbesondere zu einem Familienmitglied, der jüngeren Tochter Carmen. Eigentlich hatte er mit dieser Vergangenheit längst abgeschlossen. Er wollte damit nichts mehr zu tun haben. Vor einiger Zeit hatte er Carmen immer wieder im »Rauchersalon« auf Sankt Pauli getroffen, einem düsteren Club im Souterrain eines abrissreifen Hauses am Pinnasberg, das mittlerweile tatsächlich nicht mehr steht. Die Betreiber, die man nie zu Gesicht bekam, gaben vor, lediglich das Rauchverbot in Kneipen umgehen zu wollen. Aber in dem Salon wurden keine Filterzigaretten geraucht, und es blieb auch nicht beim Rauchen. Der dunkle Raum mit den ausrangierten durchfeuchteten Sofas und ein paar antiquarischen Opiumlampen gab sich alle Mühe, an die Tradition der Opiumhöhlen des Chinesenviertels im Sankt Pauli der Neunzehnhundertzwanzigerjahre anzuknüpfen. Damals lief der Drogenhandel für ganz Deutschland und halb Europa über Hamburg. Und heute kommen noch viel größere Mengen unterschiedlichster Drogen über den Hamburger Containerhafen ins Land.

Doch Andrew hat die Opiumpfeife und die Nadel schon seit Jahren nicht mehr angerührt. Nach der Therapie in einer Drogenklinik im Weserbergland hatte er im Rahmen dieses Projektes seine Ausbildung zum Möbeltischler und Restaurator absolviert. Eine Weile hatte er danach noch ein paar Stammkunden mit dem Nötigsten versorgt. Er brauchte dringend Geld für die teuren Maschinen in seiner Werkstatt. Aber jetzt sollte eigentlich endgültig Schluss damit sein. Er versucht, sich eine legale Existenz aufzubauen. Doch seine Werkstatt in dem Hinterhof lief bisher nicht allzu gut. Immerhin hatte er die Wohnung über der Werkstatt ausgebaut. Und dann hatte er sich verliebt. Er wusste selbst gar nicht, wie ihm geschah. Womit hatte er, der Ex-Junkie und Ex-Dealer, die attraktive blonde Kommissarin verdient? Erst konnte er sein Glück gar nicht fassen, als Nicole und ihr kleiner Sohn Finn bei ihm eingezogen waren. Mittlerweile ist die erste große Euphorie etwas verflogen. Zuweilen fühlt Andrew sich als günstiger, stets verfügbarer Babysitter missbraucht.

So recht passen sein altes und sein neues Leben noch nicht zusammen. Als er kürzlich gerade mal wieder auf den kleinen Finn aufpasste, stand auf einmal Carmen Steenwoldt vollkommen flatterig vor seiner Werkstatt. Sie brauchte dringend Stoff, und ihr aktueller Lieferant war gerade abgetaucht. Andrew hatte sie mit einer übriggebliebenen stillen Reserve versorgt, nur um sie schnell loszuwerden. Doch in der letzten Zeit kreuzt sie immer wieder bei ihm auf. Das Verhängnisvolle ist, Andrew findet das gar nicht so schlimm, aber Nicole darf natürlich davon auf keinen Fall etwas mitbekommen. Und dann hatte er von Vivian Steenwoldt den Auftrag für die Restaurierung der zwölf antiken chinesischen Stühle erhalten. So gut ist er für seine Arbeit noch nie bezahlt worden. Er kann sich denken, warum er so fürstlich entlohnt wird. Er ist vermutlich nicht der Einzige, der diesen Abend vor der Steenwoldt-Villa schnell vergessen sollte.

Drei Stühle sind für das Auftragen des Haftgrundes bereits vorbereitet. Als Andrew den vierten Stuhl auf die Werkbank stellt, entdeckt er das Kunststoffpäckchen unter dem Polster sofort. Er nimmt es heraus und wickelt die Plastiktüte auf. In einer weiteren transparenten Folie schimmert das ihm vertraute Chandoo hindurch, drei solvente Klumpen Opium.

13

»Diese Privatdetektive, dat is irgendwie 'n ganz anderer Menschenschlag als wir«, stellt Thies fest und zupft sich am Ohrläppchen. »Dat is wahrscheinlich auch die Großstadt. Nicole, irgendwas hat er, wat uns in Fredenbüll fehlt.«

Nicole sieht ihren Kollegen prüfend an. »Meinst du das blaue Auge?« Sie grient. »Oder seine Sprüche, die wie aus einem alten Detektivroman klingen?«

Aber Thies hört gar nicht hin. Er ist von der Stadt ganz überwältigt, obwohl es auf der Reeperbahn mittags um halb eins in Strömen regnet. Jetzt sitzen die beiden für einen schnellen Imbiss zwischendurch im China-Restaurant »Silver Palace«, ein heißer Tipp von Phil Krotke. Bounty hatte auch schon von dem Lokal erzählt. Schließlich hat ihr Fall offenbar mit China zu tun. Auf dem Weg zu ihrem Tisch kommt ihnen der Privatdetektiv von eben zusammen mit einer Asiatin in einem rosa Hosenanzug aus einem hinteren Separee entgegen. Krotke nickt ihnen kurz zu, dann verlassen beide das Lokal. Thies und Nicole konzentrieren sich auf die Speisekarte mit den chinesischen Schriftzeichen und den kleinen deutschen Untertiteln. Eine der Pekingenten, die golden lackiert im Fenster hängen, wollen sie sich für das nächste Mal aufheben. Heute bestellt Nicole Dim Sums. Innerhalb kürzester Zeit jongliert der chinesische Kellner ein Bambuskörbchen nach dem anderen mit Teigtaschen, gefüllten Hefeklößen und süßsauerscharfen Hackbällchen zwischen zwei goldenen Löwen und einem Labyrinth aus chinesischen Paravents hindurch zu ihnen auf den Tisch.

»Hau lin«, ermuntert sie der Kellner in chinesischem Plattdeutsch.

»Da sind aber jetzt keine gebratenen Käfer drin, oder so?« Thies klingt beunruhigt.

»Nee, nur Hühnerfüße.« Nicole grinst breit.

»Etwa von diesen Haubenhühnern?« Thies lässt die Teigtasche gleich wieder in das Dampfkörbchen fallen.

»Thies, die sind mit Krabben gefüllt. Total lecker.« Sie fischt ein zweites Teigtäschchen aus dem Bambuskorb. Im Gegensatz zu Thies isst Nicole natürlich stilecht mit Stäbchen.

Der Chef des Lokals geht währenddessen unermüdlich die Tische ab und fragt überall: »Smeckt?« Er wartet die Antwort gar nicht ab, sondern beantwortet die Frage selbst mit stakkatoartigem »Jajajaja«. Der dicke Kellner schiebt noch eine Konfuzius-Weisheit hinterher. »Es gibt niemanden, del nicht isst und tlinkt, abel nul wenige, die Gesmack zu schätzen wissen.« Er lächelt sie weise an.

»Na ja, wollen mal sehen.« Thies schiebt sich vorsichtig die Gabel mit einem Dim Sum in den Mund, als wäre es eine heiße Kartoffel. »Mal wat ganz anderes als in ›De Hidde Kist‹«, stellt er treffend fest. »Aber kann man essen.« Die chinesische Küche überzeugt ihn auf Anhieb. »Muss ich mir direkt merken … Nummer dreiundzwanzig, oder?«

Das Büro von Han Min Shipping liegt hinter einer spiegelblanken Fassade, die, verzweifelt um Originalität bemüht, in viele kleine farblich variierende Rechtecke aufgeteilt ist. Das Gebäude sieht aus wie ein Haus aus Legosteinen. Vor dem stylischen Eingang des sich nach unten konisch verjüngenden Gebäudes pfeift eine regennasse Bö durch die Häuserschluchten. Nicole zieht sich fröstelnd den Reißverschluss ihrer Trainingsjacke bis halb übers Kinn. Thies trägt immer noch seine Öljacke.

Vor dem Office, wie das Büro des Unternehmens im zweiten Stock offiziell heißt, stehen die beiden durchnässten Polizisten erneut vor einer dunklen, spiegelnden Glasfront. Mit einem satten Summen öffnet sich eine kaum erkennbare Glastür in der Front. In dem schlichten Empfangsraum sitzt eine Asiatin, die ihren Chef vor unangemeldetem Besuch abschirmen soll. Sie trägt einen rosa Businesshosenanzug, der zur Farbe ihres Lippenstiftes passt. Thies und Nicole kommt die Dame bekannt vor.

»Kriminalhauptkommissarin Stappenbek von der Hamburger Mordkommission.« Nicole zückt ihren Dienstausweis. »Und das ist mein Kollege POM Detlefsen. Wir haben ein paar Fragen an Herrn de Vries. Da sind wir hier doch richtig?«

»Das tut mir leid, Herr de Vries ist in einem Meeting«, verkündet die Rezeptionistin abweisend und mit unbeweglicher Miene, aber in akzentfreiem Deutsch.

»Hier in seinem Büro? Wir warten solange.« Die unbewegliche Miene hat Nicole auch drauf.

»Ich fürchte, das wird heute …«

Thies unterbricht sie sofort und deutet auf die drei in

dem Raum stehenden Stühle. »Schon in Ordnung. Wir warten hier solange.« Er schält sich umständlich aus seiner nassen Öljacke. »Draußen is 'n büschen ungemütlich.«

Die Empfangsdame will gerade einschreiten, als sich hinter einer weiteren Glasfront eine Tür öffnet. Ein großer, schwergewichtiger Mann kommt energisch auf sie zugelaufen. Er trägt einen doppelreihigen, auffällig großkarierten Anzug mit schwarz-weißem Glencheckmuster und dazu eine Krawatte in demselben Rosa wie der Lippenstift und Hosenanzug der Empfangsdame. An seinem kleinen Finger blitzt ein dicker Siegelring.

»De Vries, mein Name, moin, moin«, begrüßt er die beiden Polizisten jovial und von oben herab, als wären sie die Handwerker. »Wir haben überraschenden Besuch?«

»Schon vorbei dat ... ähhh ... Meeting?«, bemerkt Thies trocken.

Nicole zückt noch mal ihren Dienstausweis.

»Hab ich denn etwas verbrochen? Sie werden mich doch hoffentlich nicht gleich verhaften?« Er grinst süffisant und zeigt dabei seine vorstehenden Schneidezähne, die seinem Grinsen eine dummdreiste Note verleihen. Nicole lächelt leicht gequält, das Empfangsfräulein verzieht noch immer keine Miene.

»Aber gehen wir doch in mein Büro.« Er bittet die beiden durch die sich automatisch öffnende Glastür.

Thies und Nicole hatten ein mondänes Büro mit Blick auf den Hafen und die Elbphilharmonie erwartet. Stattdessen sieht man direkt in das große Fenster der gegenüberliegenden Wohnung, in der ein junger Mann in Trainingszeug auf einem Rudergerät schwitzt.

»In Hamburg sind alle am Segeln … oder Rudern«, raunt Thies Nicole zu.

De Vries bekommt es trotzdem mit. »Ja, in Hamburg spielt sich alles auf dem Wasser ab, haha, vor allem auch unsere Geschäfte.« Er grinst blasiert, während er ihnen einen Stuhl anbietet.

»Auf 'm Wasser? Na ja …« Thies blickt verwundert zu dem Ruderer im Nebenhaus hinüber.

»Kann Frau Hu Ihnen etwas zu trinken bringen?« De Vries löst einen Knopf in seinem Glencheck-Jackett und lässt sich in seinen Chefsessel fallen, der dabei gleich ein Stück zurückrollt.

Nicole verneint. »Wir haben nur ein paar Fragen.«

»Mal sehen …« Er lässt seinen Arm lässig über die Lehne seines Sessels baumeln. »Aber ich fürchte, ich kann Ihnen da gar nicht viel weiterhelfen.«

»Wir haben in einem Ihrer Container einen Toten gefunden.« Nicole sieht den Reedereichef prüfend an.

»In einem unserer Container?«

»Da stand in so großen Buchstaben Han Min drauf.« Thies streckt eine Hand so weit nach oben wie er kann. »Und dat steht auch hier draußen auf dem Klingelschild.«

Nicole ruft auf ihrem Smartphone ein Foto des Toten auf, das ihr die Kollegen aus Kiel übermittelt haben. »Haben Sie diesen Mann schon mal gesehen?« Sie hält de Vries das Display hin.

»Der Container gehört offenbar unserer Firma, das muss ich zugeben.« Das überhebliche Grinsen ist dem Reeder aus dem Gesicht gewichen. »Aber bei dem Mann muss ich passen. Was hatte der denn in dem Container zu suchen?«

»Genau dat wollen wir von Ihnen wissen.« Thies starrt für einen Moment irritiert auf das unregelmäßige große Karo des Glenchecks. Doch dann ist er sofort wieder voll konzentriert. »Raimund Kröger, Privatdetektiv. Nie gehört?«

De Vries zuckt mit den Schultern.

»Damit wir das verstehen«, setzt Nicole an. »Ihre Reederei hat Blankenhorn übernommen? Ist das richtig?«

»Es ist nicht meine Reederei, ich bin nur der Geschäftsführer von Han Min Shipping hier in Europa«, stellt de Vries richtig. »Aber es stimmt, man hat sich im gemeinsamen Interesse zu einer Übernahme entschlossen. Blankenhorn war in schwieriges Fahrwasser gekommen. Und die Schiffe sollen ja weiter in See stechen.« Er lacht ein bisschen dreckig und zeigt dabei wieder seine Zähne.

»Wat verschifft ihr da eigentlich und wohin?«, hakt der Fredenbüller Polizeiobermeister nach.

»Anhand der Containernummer haben wir den Bestimmungsort herausgefunden: Accra in Ghana«, stellt Nicole fest.

»Wir haben Handelsbeziehungen mit der ganzen Welt. Im- und Export.« De Vries lässt sich selbstsicher gegen die Rückenlehne seines Stuhls fallen. »Das ist unsere Form von Entwicklungshilfe.«

»Entwicklungshilfe? Wat sollen die Leute in Afrika denn mit zerdepperten Fernsehern und zerpflückten Computern anfangen? Können Sie mir dat bitte mal verraten?« Thies zeigt wenig Verständnis.

»Wir beschäftigen uns mit …«, de Vries macht eine kleine Pause, als komme jetzt der ganz große Clou, »… Recycling.«

»Schrott für die Welt, oder wat?« Thies bleibt mit seinem Blick immer wieder an den grobgewürfelten schwarzweißen Karos von de Vries' Glencheck hängen und wird immer saurer.

Nicole hebt beschwichtigend die Hand und übernimmt die Befragung. »Kennen Sie die Familie Steenwoldt?«

»Steenwoldt? Selbstverständlich.« De Vries grinst die beiden mit seinem vorstehenden Gebiss überheblich an.

»Ja und? Wie sind Ihre Beziehungen zur Familie Steenwoldt?«, will die Kommissarin wissen.

»Damit verrate ich Ihnen kein Geheimnis, die Firma Steenwoldt ist nicht ganz unwesentlich bei Han Min Shipping beteiligt.«

»Eine deutsche Reederei unter ostasiatischer Flagge?« Nicole sieht ihn prüfend an.

»Es ist eine deutsch-chinesische Kooperation.«

Dabei meint Nicole kurz ein süffisantes Grinsen in de Vries' Gesicht aufblitzen zu sehen.

Als Nicole und Thies kurze Zeit später das Büro verlassen und sich durch den Regen zu ihrem Auto durchschlagen, fällt es Thies plötzlich wieder ein. »Sach mal, Nicole, seine Sekretärin eben, die haben wir doch vorhin mit dem Privatdetektiv in dem China-Restaurant gesehen, oder?«

»Die Asiaten sehen zwar alle gleich aus …«

»Aber sie haben nich alle so 'n rosa Anzug an«, stellt Thies treffend fest. »Und der Hausmeister hat recht«, er zupft sich am Ohrläppchen, »ziemlich unsympathischer Typ.«

»Geht es um Geschäfte mit Müll oder vielleicht auch um etwas ganz anderes? Alles ziemlich undurchsichtig«, findet Nicole. »Bisher ist mir die ganze Geschichte noch ein Rätsel.«

»Jo, sein Anzug sieht ja auch aus wie so 'n Kreuzworträtsel.«

14

Die Vorräte aus Antjes Kühltasche sind aufgebraucht. Und um die Versorgung mit den gewohnten kühlen Getränken steht es auf der Station »Michel« in der Endoklinik nicht zum Besten. So hat die Imbissrunde aus der »Hidden Kist« den rekonvaleszenten Piet Paulsen zu einem ersten kleinen Ausflug mit dem neuen Knie überredet.

»Einen Nachmittag auf Bewährung«, hatte Paulsen der protestierenden Stationsschwester entgegnet. »Ich bin jetzt Freigänger.« Piet war mit seinem Trainingsanzug in eine Öljacke geschlüpft. Seine Imbissfreunde hatten ihn kurzerhand in einen Rollstuhl gesetzt und waren mit ihm ein paar hundert Meter Richtung Hafen zu »Mannis Matjeshalle« gepilgert. Telje hatte heute Frühdienst und ist als medizinische Betreuerin dabei.

Der kleine Imbiss ist gut gefüllt. So klein ist er auch gar nicht. Im Vergleich zur »Hidden Kist« ist das Wort »Halle« fast berechtigt. In dem kargen, mit kaltem Neon ausgeleuchteten Raum gibt es einen langen Tresen und davor sagenhafte fünf Stehtische. Die Fredenbüller Runde fühlt sich gleich wie zu Hause. Den Rollstuhl mit ihrem Imbisskumpel Piet platziert sie neben einem der Stehtische. Eine junge Frau, ebenfalls in Trainingsjacke, räumt netterweise ihren Barhocker beiseite, um für Piets operiertes Bein Platz zu schaffen.

Bei Manni ist ein ausgesprochen buntes Volk versammelt. Ein Möchtegern-Sailor mit dicken Goldringen in allen erdenklichen Teilen des Kopfes versucht sich als Hans-Albers-Imitator, dessen ›La Paloma‹ gerade aus dem Lautsprecher leiert. Ein Mitglied des schwul-lesbischen Fanclubs »Queerpass Sankt Pauli« im braun-weißen Vereinsshirt hält einem HSV-Fan das Motto seines Clubs »Lieb doch wen du willst« entgegen. Die Fredenbüller HSVer sind noch nicht überzeugt. Eine Gruppe schwer angeschickerter Pinneberger Sparklubfreundinnen will sich auf ihrer Sankt-Pauli-Tour mit einem Fischbrötchen stärken. Die Hure aus der Herbertstraße fällt gegen die aufgetakelte Damenriege durch ihr vergleichsweise dezentes Outfit auf. »Manni, wie immer ohne Zwiebeln!«, ruft das Mädchen dem Imbisswirt zu. »Du weißt schon, wegen der Kundschaft.« Telje muss grinsen und beißt in ihr Fischbrötchen mit Zwiebeln.

Vor dem Tresen drängeln sich zwei japanische Touristinnen und machen Selfies. Ein Soziologiestudent im achtzehnten Semester, der von der »Kritischen Theorie« auf Krafttraining und Tattoos umgesattelt hat, hält das farbige Blumenmuster auf seinem Oberarm ins Bild und erzählt allen, dass er ein echter Jung von der Küste ist. Doch der Einzige, der tatsächlich mal zur See gefahren ist, wenn auch nur die Route Hamburg–Helgoland, ist Matjeshallenbetreiber Manni.

Die »Matjesburger« gehen dutzendweise über den Tresen. Klaas ordert die Spezialität gleich für die ganze Fredenbüller Runde, die sich aus Platzmangel im Imbiss verteilt hat. Auch Thies, der Nicole kurz in Ottensen bei ihrem Finn abgesetzt hat, schlingt zwischen den Ermittlungen schnell ein Fischbrötchen in sich hinein. Aber mit einem Ohr ist er immer an der Theke, an der er den Privatdetektiv entdeckt hat. Phil Krotke nickt ihm kurz zu. Dann widmet er sich einem Telefonat. In der lauten Geräuschkulisse der Matjeshalle bekommt Thies allerdings kaum etwas mit. Nur das Wort »Müll« meint er zu verstehen und »in zwanzig Minuten«. Der Fredenbüller Polizeiobermeister ist elektrisiert. Als Krotke den Imbiss verlässt und seinen alten Capri besteigt, lässt Thies das Matjesbrötchen halb gegessen liegen und folgt ihm unauffällig in Nicoles Hamburger Zivilfahrzeug. Seine Imbissfreunde haben keine Ahnung, warum und wohin.

»Mannis Matjes sind mega!«, schwärmt ein junges Mädchen mit Perlenohrringen, das sich von Harvestehude auf den Kiez verlaufen hat.

»Stimmt. Voll lecker«, findet auch Telje.

»Die Spezialsoße mit dem Speck und den eingelegten Zwiebeln ist der Hammer!«, bestätigt der Werbefritze neben der Lady mit den Perlen. »Wahnsinnig authentisch.« Piet Paulsen und Bounty nicken zustimmend.

»Ich bin eigentlich Veganerin.« Die Frau am Nebentisch zögert noch, wirft aber einen interessierten Blick auf die Matjes. Mit bedeutsamer Stimme erzählt sie ihrer Freundin von einem gerade absolvierten Kartoffelschälkurs. »Eine ganz fantastische Entschleunigungsübung und spirituelle Erfahrung.« Paulsen blickt kritisch über seine Gleitsichtbrille hinweg und greift schnaufend vom Rollstuhl nach oben zu seinem Bier auf dem Stehtisch. Imbisshund Susi, die nach Jahren als Vegetarierin wieder an eine hundegerechte Ernährung herangeführt wird, sieht verständnisvoll zu den beiden Frauen hoch.

»Der neue Trend heißt Poké«, tönt der Typ mit den Ohrringen.

»Poké Bowls«, stimmt die Frau in der Trainingsjacke neben Piet sofort ein. Antje spitzt die Ohren. Die allerneusten Imbisstrends will sie auf keinen Fall verpassen. »Das ist *das* hawaiianische Nationalgericht.«

»Hawaii?« Paulsen winkt ab, wobei ihm mehrere Zwiebelringe aus dem Matjesbrötchen auf das frischoperierte Knie fallen. »Dat macht Antje in der ›Hidden Kist‹ seit zwanzig Jahren.«

»Mit Fisch aus nachhaltigem Fischfang? Mit der Hand geangelt?« Die junge Dame mit der Vorliebe für Spezialitäten aus der Südsee hegt Zweifel.

»Mit der Hand? Damit kommst du bei uns in der Nordsee nicht weit.« Der ehemalige Landmaschinenvertreter sieht die Sache realistisch.

»Deswegen gibt es bei Antje stattdessen ja auch *Putenschaschlik* ›Hawaii‹.« Bounty kichert in sich hinein.

Inzwischen ist auch Hauptkommissarin Nicole bei Manni eingetroffen. Sie kommt mit der U-Bahn von der Station Landungsbrücken und ist sichtlich genervt. »Wo ist Thies?« Sie sieht erst Klaas fragend an, dann Bounty, Antje und Susi.

»Er hat irgendwas von Müll fantasiert …«, überlegt der Althippie.

»… und dann is er hier wie von der Tarantel gestochen raus aus der Gaststätte«, bringt Paulsen den Satz zu Ende.

»Ich dachte, ihr wolltet zusammen los«, bemerkt Antje. »Das is doch dein Wagen, mit dem er unterwegs is.«

»Ja, das ist mein Auto, und ich muss mit der U-Bahn fahren.« Nicole beißt verbissen in den Matjesburger, den Klaas ihr herüberreicht.

Die gesamte Imbissrunde sieht von den verschiedenen Stehtischen zu ihr herüber.

»Mensch, Antje.« Nicole schnieft. »Der verfährt sich doch. Thies kennt sich überhaupt nicht aus in der großen Stadt …«

»Quatsch, Nicole«, protestiert Telje. »Wir kommen zwar vom Dorf, aber ganz so doof sind wir auch nicht.«

Nicole winkt ab und sieht stattdessen Bounty an. »Was hast du da gesagt? Müll?«

15

Thies ist dem alten Ford Capri, dessen dumpfe, früher einmal mintgrün schillernde Metallic-Lackierung überall in Roststellen übergeht, eine ganze Weile gefolgt. Die ersten Straßen am Hafenrand sind ihm noch halbwegs bekannt vorgekommen. Aber dann haben sie Speicherstadt und Hafencity hinter sich gelassen, und die mintgrüne Rostbeule ist durch die geöffnete Schranke in den Freihafen eingebogen. Thies ist ihm unauffällig in einigem Abstand gefolgt. Seine Rücklichter verschwimmen immer wieder in den regennassen Schlieren. Die Scheibenwischer kommen gegen den strömenden Regen kaum an. Wieso regnet es in Hamburg eigentlich ununterbrochen? Aus Nordfriesland kennt Thies das gar nicht.

Hintereinander fahren sie an vor sich hin rottenden Öltanks und Gasdepots vorbei. Das Licht der Peitschenleuchten reflektiert auf dem alten Kopfsteinpflaster. Thies folgt dem Auto des Privatdetektivs, an meterhoch gestapelten Containern, an Kränen und alten Lagerhallen aus rotem Backstein vorbei. Er hat mittlerweile keinen blassen Schimmer, wo er gelandet ist. Zwischendurch droht er das andere Fahrzeug aus den Augen zu verlieren. Die roten Schlusslichter sind nach einer Kurve auf einmal hinter einem Schuppen verschwunden. Aber dann taucht Krotkes Capri auch schon wieder auf. Am Rande eines Geländes, das wie ein Schrottplatz aussieht, hält der Wagen des Detektivs. Auch Thies tritt sofort auf die Bremse. Für einen Moment werfen die Lichtkegel des alten Fords einen müden Schein durch den strömenden Regen, dann wird das Abblendlicht gelöscht. Thies hat die Scheinwerfer schon vorher ausgeschaltet und parkt hinter einem Bushäuschen. Er ist sich nicht ganz sicher, ob Krotke ihn nicht doch bemerkt hat. Aber hier ist er einigermaßen in Deckung. Durch einen ramponierten Maschendrahtzaun kann Thies verschiedene Container erkennen, haushohe Haufen mit verrostetem Stahl und dahinter ein lang gestrecktes Gebäude, an dem überall der Beton abbröckelt und das wie eine Lagerhalle aussieht. Ein an einem hohen Mast befestigter Scheinwerfer leuchtet punktuell die Schrottszenerie aus. So toll ist Hamburg auch nicht. Was hatte Tadjes Freund Lasse gesagt? Recyclinghof Bredstedt, der sieht dagegen richtig aufgeräumt aus.

Beide Autos stehen eine ganze Weile da, und nichts geschieht. Thies hat mittlerweile jedes Zeitgefühl verloren. Sie sitzen bestimmt eine halbe Stunde so da, nein, eine Stunde oder länger. In regelmäßigen Abständen kann er das Aufleuchten eines Streichholzes und das matte Glühen einer Zigarette hinter den beschlagenen Scheiben des anderen Autos beobachten. Dieser Krotke steckt sich wirklich eine Filterlose an der anderen an, und zwischendurch scheint er immer mal einen kräftigen Schluck aus einer kleinen Whiskeyflasche zu nehmen. »Ganz anderer Lebenswandel bei diesen Privatdetektiven«, brummt der Fredenbüller Polizeiobermeister. Er selbst raucht ja nicht. Aber wenn Thies Zigaretten dabei hätte, würde er sich jetzt auch eine anstecken. Allmählich übermannt ihn eine überwältigende Müdigkeit.

Er hat das Gefühl, für einen Moment eingedöst zu sein. Doch dann schreckt er hoch. Ein riesengroßer dunkler SUV prescht an ihm vorbei. Die Pfützen spritzen unter den breiten Reifen, die voluminösen Bremslichter tauchen für einen Augenblick alles in rotes Licht. Der Wagen hält vor der Einfahrt. Der Fahrer steigt aus und öffnet das Maschendrahttor. Das große Glencheckkaro unter dem wehenden Mantel ist im Scheinwerferlicht des hochstehenden Geländewagens nicht zu übersehen. Das ist eindeutig de Vries, den Nicole und er vorhin befragt haben. Der Typ springt schnell wieder in den Wagen und fährt auf das Gelände. Illegale Müllgeschäfte, schießt es Thies durch den Kopf. Er fühlt sich in seinem Verdacht bestätigt.

Jetzt verlässt auch der Privatdetektiv seinen Wagen. Er hat einen Regenmantel übergezogen und scheint de Vries zu Fuß in einigem Abstand durch den Regen hinterherzulaufen. Thies steigt ebenfalls aus seinem Zivilfahrzeug aus und will Krotke unauffällig folgen. Was hat der Privatschnüffler mit diesem dubiosen Reeder zu tun? Unter einem Hamburger Reeder stellt sich Thies sowieso etwas anderes vor, jemanden wie den alten Blankenhorn, dessen Reederei gerade in Konkurs gegangen ist. Hat Krotkes Partner möglicherweise etwas über die dubiosen Transaktionen mit illegalem Müll herausgefunden und musste deshalb sterben?

Thies läuft hinter Krotke her auf das Gelände. Hinter einem Container geht er in Deckung. In seiner gelben Öljacke ist er alles andere als unsichtbar. Er zieht sich die Polizeimütze tief in die Stirn. Der Regen läuft ihm in den Nacken. Er sieht den Privatdetektiv noch in die Lagerhalle gehen. Aber de Vries ist von der Bildfläche verschwunden. Thies will Krotke gerade in das Gebäude folgen, als sich ganz plötzlich zwei Gestalten aus der Dunkelheit herausschälen. Ein kleiner Dünner mit dicken Brillengläsern und ein wuchtiger Großer in Bomberjacke mit Eierkopf und schiefer Nase stellen sich ihm sofort in den Weg.

16

»Na, Härr Wachtmeistärr, auch bei Reggenwetter auf Streife«, radebrecht der Kleine mit hoher Stimme und osteuropäischem Akzent. Er verzieht seinen Mund zu einem höhnischen Grinsen. Thies will sich an den beiden vorbeidrücken. Aber der Dicke mit der schiefen, platten Nase versperrt ihm den Weg. Er verzieht dabei keine Miene. Die kleinen Schweinsaugen unter den wulstigen Brauen sehen ihn provozierend an. Das Schlaglicht des Strahlers auf dem Mast fällt halb über seinen kahlrasierten Schädel und bringt sein Ohr, das wie ein Mettbrötchen aussieht, zum Glühen.

»Gibt's im Freihafen neuerdings auch 'n Kontaktbeamten, oder wat?« Der Dicke, der an einen Jahrmarktswrestler vom Hamburger Dom erinnert, klingt norddeutsch. Er verschränkt die Arme vor seiner Brust.

Der Kleine dagegen tänzelt jetzt nervös vor ihm herum. »Wo kommst du überhaupt auf einmal härr?« Die Absätze seiner Schlangenlederschuhe knallen auf dem Pflaster.

»Fredenbüll«, platzt es sofort aus Thies heraus.

»Fredden... was?« Der Kleine sieht den nordfriesischen Beamten durch seine dicke Brille mit großen Augen an.

»Fredenbüll!«, blafft Thies ihn an.

»Nie gehört?« Der Dicke wischt sich das Regenwasser von seinem kahlen kugelrunden Kopf. Die dicke Brille des

Kleinen ist inzwischen mit Tropfen gesprenkelt. Den Typen scheint der sintflutartige Regen nicht das Geringste auszumachen. Dass die beiden ihn hier im strömenden Regen stehen lassen, macht Thies wütend. Aber etwas anderes ärgert ihn noch mehr. Was nehmen diese arroganten Typen in Hamburg sich eigentlich heraus, dass hier niemand Fredenbüll kennt. Thies wird jetzt richtig sauer. »So, Freunde, und jetzt lasst mich hier mal durch.«

Der Dicke hebt nur die große fleischige Rechte. »Privatbesitz.« Die linke Pranke verstaut er in seiner Bomberjacke. Aber sein Gesichtsausdruck verrät, dass er sie jederzeit auch gern wieder aus seiner Jacke herausholen würde.

»Zutritt verbotten«, ergänzt der Kleine.

»Wir ermitteln in einem Mordfall«, wird Thies jetzt etwas deutlicher.

»Hier gibt es keinen Mord.« Der Dünne grinst schon wieder. Die kleinen Schweinsaugen des Dicken blinken kurz auf.

»Dat müsst ihr schon uns überlassen.«

»Irrtum! Privattbesitz!« Die Stimme des Kleinen klingt auf einmal schrill. Und dann lässt er die Klinge eines Springmessers aus seiner Hand hervorschnellen.

»Vorsichtig!«, warnt Thies. Der Typ tänzelt und fuchtelt mit dem Messer vor seiner Nase herum. Das Metall blinkt immer wieder in dem seitlichen Schlaglicht des Strahlers auf. Der Dünne kommt ihm mit seiner Klinge immer näher. Thies hat sie jetzt direkt vor seiner Nase.

»Freundchen, ich warne dich, dat is … ähhh … *Widerstand gegen Vollstreckungsbeamte* … und dat is kein Kavaliersdelikt!« Kaum hat Thies das gesagt, schon hat er die

Spitze des langen Springmessers in einem seiner Nasenlöcher.

»Wir sind auch keine Kavaliere.« Der Dünne setzt schon wieder sein höhnisches Grinsen auf.

»Nimm sofort dat Messer aus meiner Nase!« Thies gibt sich alle Mühe, tough zu bleiben. Dieser Phil Krotke würde sich vermutlich erst mal eine Filterlose anstecken. Aber Thies wird jetzt doch etwas mulmig. Solche Situationen sind in Fredenbüll tatsächlich eher selten. Waren das vielleicht die Typen, die auch dem Privatdetektiv seine Veilchen verpasst haben?

»Du steckst deine Nase in Dinge, die dich nichts angehen.« Der Dünne rührt ihm mit der Klinge in seiner Nase herum. Er zieht das Messer ganz langsam nach oben, sodass Thies auf die Zehenspitzen gehen muss. Von oben prasselt der Regen auf seine Polizeimütze, gleichzeitig bricht ihm der Schweiß aus. Aber er gibt sich alle Mühe, sich nichts anmerken zu lassen. »Hör sofort auf damit! Bisher is noch nix passiert, im Augenblick kommt ihr beiden Komiker da noch sauber raus.«

»Will er uns drohen, der Herrr Wachtmeister aus Fredden … ähhh …« Dem Kleinen fällt der Name nicht ein.

»Fredenbüll«, versucht Thies ihn anzuschnauzen. Aber mit dem Stilett in der Nase klingt er reichlich kleinlaut.

»Freden-Bull-Shit«, brummt der Dicke.

»Steckt sein Näschen in fremder Leute Angelegenheit.« Der Typ rührt wieder mit der Klinge in Thies' Nasenloch. Seine Augen sind inzwischen nicht mehr zu sehen. Die dicke Brille ist vollkommen beschlagen.

»Es geht um Mord …«, stammelt Thies. Und dann zieht

der Dünne mit der dicken Brille völlig unverhofft das Messer ruckartig zur Seite und schlitzt ihm mit einem heftigen Schnitt den Nasenflügel auf. Das Blut spritzt sofort aus der Wunde. Thies greift sich intuitiv an die Nase. Seine Handflächen sind augenblicklich blutüberströmt. Ihm ist, als würde sein Puls das Blut stoßweise aus seiner Nase herauspumpen. Der Dünne tritt einen Schritt zurück. Er wischt einmal über die Schneide, dann lässt er die Klinge des Springmessers einschnappen. Das Schlägerduo dreht ihm den Rücken zu und verzieht sich durch den Regen in einen Nebeneingang der Lagerhalle.

Als Thies die Hände von der Nase nimmt, kleckert das Blut aus dem Gesicht auf die Öljacke. Das meiste Blut wäscht der Regen sofort von dem gelben Wachsstoff herunter. Nur ein Blutrinnsal suppt in den Reißverschluss und bleibt dort kleben. Thies reißt ein Taschentuch aus seiner Hose und hält es sich an die Nase. Das Tuch ist sofort blutdurchtränkt. Erst jetzt spürt er einen stechenden Schmerz in der Nase. Das grelle Licht des Schrottplatzscheinwerfers wischt vor seinen Augen ein paar unrunde Kreise. Thies wird übel.

17

Die Stimmung in »Mannis Matjeshalle« ist ausgelassen. Aus den Lautsprechern leiert unermüdlich ›La Paloma‹. Die Fredenbüller haben sich mittlerweile an den Stehtischen häuslich eingerichtet. Antje ist allerdings besorgt, dass es für den frischoperierten Piet Paulsen etwas zu viel werden könnte. Aber der ehemalige Landmaschinenvertreter ist nach ein paar Bieren schwer in Stimmung und mit seiner Tischnachbarin in angeregter Diskussion über die kulinarischen Spezialitäten Hawaiis. Bounty und Klaas lassen sich in die verschlüsselten Botschaften in den blumigen Tattoos des Langzeitstudenten einweihen. Der Schimmelreiter plaudert mit der Dame aus der Herbertstraße, die über die Massen von »Queen-Mary«-Gaffern und Elphi-Touristen lästert, die ihr die Kundschaft vertreiben.

»Schlecht fürs Geschäft. ›Reeperbahn nachts um halbeins‹, dat is endgültig vorbei.«

»Ach so, hast beruflich damit zu tun?«, will der Schimmelreiter interessiert wissen.

»Hauke hat es mal wieder voll durchschaut«, grient Bounty. Paulsen spendiert dem Mädchen und Nicole einen Pony. Das Mädchen prostet dem Fredenbüller Rentner zu. Die Hauptkommissarin wirkt als Einzige angespannt. Sie versucht die ganze Zeit, Thies auf seinem Handy zu erreichen. Aber sie bekommt keine Verbindung.

»Wo ist Thies abgeblieben? Warum geht er nicht an sein Handy?« Sie schnorrt von dem Studenten mit dem Blumenmuster eine Zigarette.

»Ja, wahrscheinlich is sein Akku mal wieder leer.« Für Klaas ist das nichts Neues.

»Dat Kabel ist wohl immer weg«, bestätigt Antje.

»Und dann behauptet er, wir hätten es verkramt.« Telje verdreht die Augen.

»Und jetzt ist auch noch mein Auto weg. Das darf doch alles echt nicht wahr sein!« Nicole ist bedient.

Aber im nächsten Moment steht der Fredenbüller Polizeiobermeister völlig durchnässt und derangiert in der Eingangstür von »Mannis Matjeshalle«. Das Wasser tropft von der Polizeimütze und von seiner Öljacke. Auf dem Gelb des Wachsstoffes sind ein paar verwaschene rote Flecken zu erkennen. Alle starren sofort auf das blutdurchtränkte Taschentuch, das Thies sich vor die Nase hält.

»Um Himmels willen!«, ruft Klaas. »Wat is denn mit dir passiert?«

»Papa, was ist los? Was haben sie mit dir gemacht?« Telje steht der Schreck ins Gesicht geschrieben.

»Oha«, kräht Piet Paulsen. »Bist mit der Unterwelt von Sankt Pauli in Kontakt gekommen?«

»Pi-i-i-et!«, ermahnt Antje ihn. Dann sind die Imbisswirtin, Klaas, Nicole und Telje auch schon bei ihm und begutachten die Nase.

»Mein Gott!« Antje wird gleich blass, als sie den aufgeschlitzten Nasenflügel sieht. »Wie is dat denn passiert?« Aus der offenen Wunde suppt inzwischen wieder das Blut.

»Jo, dat war so ’n kleiner Dünner mit’m Klappmesser. Rein in die Nase und dann zack.«

»Papa, das muss genäht werden.« Nach einer Woche Praktikum hat Telje schon den geübten Blick. Aber das ist auch ohne medizinische Vorkenntnisse zu sehen.

»Thies, damit musst du sofort ins Krankenhaus.« Antje überlegt. »Machen sie Nase auch bei euch, Telje?«

»Ich glaub schon.« Da muss Praktikantin Telje nicht lange nachdenken. »Das is ’ne klassische ambulante OP. Papa, da bekommst du ’ne örtliche Betäubung in die Nase, und dann wird das mit ein paar Stichen genäht. Is halb so schlimm.« Telje versucht ihren Vater zu beruhigen. Aber etwas besorgt ist ihr Blick dann doch.

»Dat Nähen, dat machst du aber noch nich, oder?« Jetzt wird Thies, der als Einziger bisher recht gefasst war, doch leicht mulmig.

»Na, wollen mal sehen.« Telje versucht ein vorsichtiges Grinsen. »Wenn in der Nachtschicht kein Arzt da is, bleibt wohl gar nichts anderes übrig.«

»Brauchen wir einen Unfallwagen?«, ruft Matjesmeister Manni über seinen Tresen herüber.

»Ist schon gut, ich fahr ihn. Mein Auto ist ja wieder da«, schnieft Nicole, »und ist ja gleich hier um die Ecke.«

»Thies, pass bloß auf«, warnt Piet Paulsen. »Du musst sagen, nur die Nase! Ehe du dich versiehst, verpassen die dir sonst gleich ’n neues Knie.«

18

Nachdem de Vries' rosarote Sekretärin Miss Hu Phil Krotke netterweise angerufen hatte, hat dieser sich gleich in seinen Capri gesetzt, um zu diesem ominösen Schrottplatz zu fahren. Gestern, im Garten der Steenwoldts, war der Lackaffe ihm schon über den Weg gelaufen. In seinem Anzug mit dem riesigen Glencheckmuster ist er schließlich nicht zu übersehen. Danach hatte Phil ein paar Erkundigungen über ihn eingezogen. Er hat noch kein einziges Wort mit de Vries geredet, aber der Typ hat Dreck am Stecken, dafür hat Krotke eine Nase. So sieht einer aus, der die Leute über den Tisch zieht. Er hat schlechte Manieren, und allein für seinen Klamottengeschmack gehört er lebenslänglich hinter Gitter.

Phil ist sich mittlerweile sicher, dass de Vries mit dem Tod seines Partners zu tun hat. Aber warum musste Kröger dran glauben? War Ray hinter dessen illegale Müllgeschäfte gekommen und deshalb zusammen mit dem Elektroschrott in der Nordsee gelandet? Wie war er überhaupt in den Container gelangt, und wo sollte die Reise hingehen? Oder hatte die ganze Geschichte doch mit Drogen zu tun? Dieser Schmierlappen de Vries hat eine nähere Verbindung zu den Steenwoldts, und zwar nicht nur wegen der Reederei. Als er ihn gestern auf dem Falkensteiner Grundstück gesehen hatte, war er im lockeren Plausch mit dem Chauffeur der Familie gewesen. Und dann hatte er gemeint, die Stimme von Carmen Steenwoldt gehört zu haben, die ihn vertraulich mit dem Vornamen gerufen hatte. Wim, wenn er das richtig verstanden hat. Oder hat er sich das alles eingebildet? Die mondäne Vivian, ihre dauerberauschte Schwester, der Butler und der Affe im Treppenhaus, das alles kommt Phil reichlich seltsam vor. Er weiß gar nicht mehr, was er glauben soll. Und nach der nächtlichen Warterei im Auto sind die Kopfschmerzen auf einmal wieder da. Die Partygäste von neulich unter seiner Schädeldecke haben sich wieder eingefunden.

Was macht er hier bloß zu später Stunde im strömenden Regen mitten in der Lüneburger Heide vor dieser einsam gelegenen Seniorenresidenz in einem alten Landgut? Er war von Vivian Steenwoldt fürstlich entlohnt worden. Eigentlich könnte er sich in seiner Detektei verkriechen, sich einen Whiskey einschenken und die Beine auf den Schreibtisch legen. Aber er muss herausfinden, was mit seinem Partner Ray Kröger passiert ist. Er hat keinen Auftraggeber. Die zweihundertfünfzig Euro pro Tag plus Spesen und dreißig Cent Kilometergeld gehen auf eigene Rechnung. Aber vielleicht lässt sich ja noch der eine oder andere Schein lockermachen. Bei dieser Familie Steenwoldt ist an gelben Scheinen ja offenbar kein Mangel.

Auf seiner nächtlichen Odyssee hatte er zunächst auch diesen Provinzpolizisten immer mal in seinem Rückspiegel beobachtet. Verdeckte Ermittlung und unauffällige Beschattung gehören bei der Polizei auf dem platten Land offenbar nicht zur Ausbildung. Die Polizei verfolgt scheinbar dieselbe Spur wie er. Oder ist der Beamte aus der Provinz auf ihn angesetzt? Der Junge mit der regennassen Polizeimütze und dem Ölzeug saß hinter dem Bushäuschen vor dem Schrottplatz auch noch eine ganze Weile in seinem Zivilfahrzeug herum. Aber dann hatte Krotke sich auf de Vries konzentriert. Er war ihm eine ganze Weile zwischen den Schrotthaufen hindurch und schließlich in diese Lagerhalle gefolgt. Und als der Glencheck plötzlich wie vom Erdboden verschluckt und Krotke zu seinem Auto zurückgegangen war, war auch der Dorfcop verschwunden.

Phil war daraufhin noch einmal zur Villa der Steenwoldts gefahren. Er war seiner Intuition gefolgt. Als er in das Falkensteiner Ufer einbog, war ihm das italienische Sportcoupé entgegengekommen. Durch den Regen war eigentlich kaum etwas zu sehen. Aber Vivian Steenwoldt hatte er am Steuer sofort erkannt. Ihre roten Lippen leuchteten im Licht seiner Scheinwerfer ganz kurz auf. Allein dieser Moment genügte. Phil war sofort elektrisiert und hatte seinen Ford Capri gewendet. Er wusste nicht recht, warum, aber er musste ihr einfach folgen. Er redete sich ein, dass er es Ray schuldig war.

Sie ist vermutlich auf dem Weg zu einem heimlichen nächtlichen Treffen. Mit wem auch immer, Phil hat keine Ahnung. Aber er hat das untrügliche Gefühl, dass sie ihn bei der Klärung des Falles ein entscheidendes Stück weiterbringen wird. Jetzt sitzt er hier schon wieder seit einem halben Jahrhundert in seinem Capri und vertreibt sich die Zeit mit einer Schachtel Chesterfield und seinem alten Kumpel Johnny Walker. Aus dem Flachmann kommt mittlerweile kein einziger Tropfen Whiskey mehr. Phil fingert sich die Reserve aus dem Handschuhfach und füllt die kleine Flasche mit dem Lederüberzug neu auf. Er nimmt einen Schluck und starrt weiter die Kiesauffahrt zum Eingang der piekfeinen Seniorenresidenz hinauf. Vivian Steenwoldt war hier vorhin in einem Lackmantel auf hohen Schuhen entlanggelaufen. Sie hatte eine große Tüte mit chinesischen Schriftzeichen und der Aufschrift »Silver Palace« dabei. Phil erscheint seine nächtliche Aktion immer unsinniger. Die Anlieferung von »Pekingsuppe sauerscharf« gehört nicht zu den Offizialdelikten. Er spült seine Zweifel mit einem weiteren Schluck herunter.

Im Licht der nostalgischen Straßenlaternen, die die Auffahrt säumen, weht der Regen in Schauern vorüber. Ist das ein Altenheim oder eine psychiatrische Einrichtung oder vielleicht eine Entzugsklinik? Phil hat die berauschte Carmen in einem strahlendweißen Krankenzimmer vor Augen. Aber das Bild wird sofort von Vivian überdeckt, die ihm einen kurzen Blick zuwirft, ein Blick wie mit der handgeschliffenen Schneide eines japanischen Kochmessers.

»Wir harten Jungs sind doch alle hoffnungslos sentimental«, brummt Phil zu sich selbst. »... ach, halt die Klappe, du Schlaumeier.« Er beendet das Selbstgespräch, steigt aus, zieht seinen Regenmantel über und läuft zum Eingang mit der großen Glastür. In der mit gleißendem Neonlicht überstrahlten Halle kommt ihm nach wenigen Augenblicken eine Schwester entgegen.

»Was wünschen Sie?« Sie sieht ihn mit strengem Blick an. »Kann ich Ihnen helfen?« Sonderlich hilfsbereit klingt es allerdings nicht.

»Ich suche … ähhh … Frau Steenwoldt.«

Die Schwester mustert ihn prüfend. »Frau Steenwoldt?« Sie zögert kurz. »Frau Steenwoldt hat gerade Besuch von ihrer Tochter. Ich kann bei den Damen mal anfragen …«

»Lassen Sie nur …«, knurrt er. »Um diese Zeit vielleicht doch keine so gute Idee.« Phil kommt sich auf einmal vor wie der letzte Idiot. Was macht er hier in dieser schnieken Seniorenresidenz in der Lüneburger Heide? Vivian Steenwoldt besucht ihre demente Mutter. Daran ist nichts Verdächtiges. Das hat vermutlich nichts zu bedeuten. Das bringt ihn keinen Schritt weiter.

Krotke schlägt den Kragen seines Mantels hoch und läuft durch den Regen zurück zu seinem Auto. Als er gerade losfahren will, sieht er Vivian Steenwoldt aus dem Haus kommen und ebenfalls zu ihrem Auto laufen. Die Tüte aus dem »Silver Palace« hat sie nicht mehr dabei. Stattdessen hat sie ein rosa Tuch oder einen Schal in der Hand, so genau kann Phil das nicht erkennen. Er sieht nur das Rosa.

Er nimmt einen Schluck aus seinem Flachmann und fingert eine Chesterfield aus der Packung. Er betätigt den müde jaulenden Anlasser und lässt den Ford Capri durch die Sintflut Richtung Elbtunnel rollen. Vielleicht hat er nur die falsche Schwester beschattet, überlegt er. Ist er einfach nur neben der Spur, oder ist er den Ereignissen mal wieder ein Stück voraus?

»Ich glaube, die Welt ist drei Drinks zurück. Es ist höchste Zeit, dass sie das aufholt«, hat er irgendwo mal gelesen.

19

Statt des unvermeidlichen Glenchecks trägt de Vries heute Nacht einen Bademantel, ebenfalls auffällig kariert. Die großen Karos im Schottenmuster spannen über dem stattlichen Bauch. Über die Schultern hat er sich ein Handtuch gelegt. An den Füßen trägt er Slipper, die halb in dem cremefarbenen Flokati, der zusätzlich über der Auslegware liegt, versinken. De Vries ist in dem Swimmingpool, der zu der noblen Wohnanlage in der Hafencity gehört, ein paar Bahnen geschwommen. Zur Belohnung genehmigt er sich jetzt einen Drink. Er hält ein schweres Whiskeyglas in der Hand, nimmt einen kräftigen Schluck, stößt ein zufriedenes »Ahhh« aus und bleckt dabei die vorstehenden Schneidezähne. Mit seiner guten Laune ist es allerdings sofort wieder vorbei, als er Carmen Steenwoldt durch die offene Wohnküche hetzen sieht. Sie trägt wieder eine ihrer Vintagejeans, die aussieht wie mit der Kettensäge bearbeitet, und darüber ein buntgeblümtes Hängerchen. Die strähnig gefärbten Haare stehen ihr struppig wild vom Kopf ab.

Planlos tigert sie zwischen Bar und der mit weißem Leder bezogenen Sitzlandschaft umher. In dem karg eingerichteten Apartment gibt es keine Farben, nur Chrom, hellen Kunstmarmor und weißes Leder. Umso auffälliger ist die mannshohe buntbemalte Plastik, die vor einer Wand steht. Sie sieht wie ein Totempfahl oder eine Voodoo-Figur aus. Es ist ein martialisch blickender Krieger mit dicken Lippen und platter Nase aus grob geschnitztem Holz. Auf seinem Kopf sitzt ein großer Raubvogel, dessen weite bunt bemalte Schwingen einen Teil der Wand einnehmen. Die Plastik wirkt wie ein Fremdkörper neben der sterilen Wohnküche, in der wahrscheinlich noch nie gekocht wurde.

Carmen durchwühlt fieberhaft die Vorräte in den Küchenschränken, deren Türen mittlerweile offen stehen. In der Hektik stößt sie einen Barhocker um. »Hier ist irgendwo noch etwas, hier muss noch etwas sein!« Ihr Blick flackert. »Du hast hier in deiner Scheiß-Designerküche irgendwo etwas versteckt.«

»Hier ist nichts, die Wohnung ist clean, und du bist es demnächst hoffentlich auch.« De Vries sieht sie dabei gar nicht an. Er sitzt auf einem der ebenfalls mit weißem Leder bezogenen Barhocker und blickt grimmig aus den bodentiefen Fenstern auf den nächtlichen Dalmannkai und eine kleine Fassadenecke der Elbphilharmonie, die am Ende des Binnenhafens hinter einem Wohnturm hervorschillert. Aber er kann den Ausblick irgendwie gar nicht recht genießen.

»Ich will ja auch weg von dem Stoff …«, wimmert sie. Doch im nächsten Moment wühlt sie sich wütend weiter durch die Teepackungen, Kaffeepads und getrockneten Bohnen in einer Küchenschublade.

»Glaub mir, du wirst hier nichts finden. Nimm lieber einen Drink.«

»Lass mich mit deinem Scheiß-Alk in Ruhe. Das ist

deine Droge, und die ist um nichts besser.« Ihre Stimme klingt zittrig, ihre Bewegungen wirken fahrig.

»Bist du dir da so sicher? Sieh dich doch mal an.« De Vries schenkt sich einen nächsten Drink ein und wirft ihr einen verächtlichen Blick zu. »Falls du gleich noch mit mir eine Kleinigkeit essen gehen willst, solltest du dir etwas anderes anziehen.«

»Du könntest dir auch mal etwas anderes als deinen blöden Glencheck anziehen«, giftet sie zurück.

De Vries bindet den Gürtel seines Bademantels, der sich über seinem Bauch gelockert hat, enger und schenkt sich einen nächsten Drink ein. Er schiebt auch Carmen ein Glas herüber. Sie stürzt das Getränk mit einer fahrigen Geste sofort herunter. Dann steuert sie auf den Totempfahl zu.

»Fass das nicht an.« De Vries klingt alarmiert, wodurch sie erst recht misstrauisch wird und die Figur näher untersuchen will.

Er springt sofort von seinem Barhocker. »Ich hab gesagt, nicht berühren! Lass die Finger von der Skulptur!«, faucht er sie an. »Das Ding ist scheißwertvoll. Geschenk von einem afrikanischen Geschäftsfreund.«

»Da ist was drin.«

»Verdammt noch mal, ich sag es dir doch, ich hab hier nichts gebunkert.«

»Wo ist der Scheißstoff abgeblieben?«, jammert sie.

»Du hast mir versichert, du hast nichts mehr.« Auch er kippt den Whiskey in einem Zug.

»Geh mir nicht auf die Nerven.« Sie läuft schon wieder panisch vor den Barhockern am Küchentresen hin und her. »Meine Güte, sei bitte nicht so spießig. Eine kleine Reserve! Ich hatte noch eine winzige Reserve. Aber meine Schwester musste diese beschissenen chinesischen Stühle ja unbedingt wegbringen.«

»Was für Stühle?« De Vries hat Zweifel an ihrer Zurechnungsfähigkeit.

»Die idiotischen chinesischen Stühle, die meine clevere Schwester zum Tischler gebracht hat.« Ihre Stimme überschlägt sich.

»Was interessieren mich eure Stühle!«, blafft er sie an. Dabei kann er sich natürlich denken, was es mit den Stühlen auf sich hat. »Du musst von dieser Scheiße runterkommen. Dafür haben wir das alles nicht gemacht, dass du dich mit dem verdammten Zeug vollpumpst. Dafür habe ich dieses Risiko nicht auf mich genommen.«

»Du hast mir von dem Stoff doch selbst gegeben.«

»Was blieb uns denn übrig, ohne das Zeug hättest du die Tage im Keller doch nie durchgestanden.«

»Musstest du mich deshalb einsperren?« Carmen bleibt vor ihm stehen und schlägt mit den Handflächen hektisch auf die schottischen Karos seines Bademantels ein.

»Das hatten wir vorher doch alles besprochen. Du wusstest, was auf dich zukommt. Außerdem: Was waren schon die paar Tage im Keller? Hier konntest du nicht bleiben, das wäre viel zu riskant gewesen. Die Polizei hätte jederzeit hier aufkreuzen können.« De Vries versucht sie an sich zu ziehen, aber Carmen wehrt sich. »Jetzt ist alles möglich, jetzt steht uns alles offen. Wir können heiraten.«

»Dir geht es doch gar nicht um mich. Du willst doch nur in die Familie Steenwoldt einheiraten.« Für einen Moment wirkt sie ruhig. Sie sieht ihn mit einem kalten Blick an. »Du willst nur an das Geld der Steenwoldts heran.«

»Carmen, das ist doch überhaupt nicht wahr.« De Vries versucht jetzt, sie zu beruhigen. »Es geht mir um uns.«

»Es geht allen immer nur ums Geld. Auch meiner Familie geht es nur ums Geld.« Carmen redet sich immer mehr in Rage. »Mein Vater, der große Reeder und Kaufmann, sitzt nur noch in seinem Gewächshaus und fantasiert von den glorreichen Zeiten im Überseehandel. Ihm und meiner selbstherrlichen Schwester mit ihren idiotischen Antiquitäten geht es um Kohle und vielleicht noch um das Renommee der Familie. Ich bin denen doch vollkommen egal.«

»Sag das nicht, es war ihnen immerhin eine halbe Million wert, dass sie dich wieder zurückbekommen.«

20

Thies sitzt reichlich benommen in der auffällig hölzern eingerichteten Wohnküche von Nicoles Freund, dem Tischler. Nicole hat ihren Kollegen mit einem Morgenkaffee versorgt. Thies pustet bedächtig in die Tasse. Auf seiner Nase prangt ein voluminöser, mit einem Tape fixierter Verband. In der Mitte schimmert ein angetrockneter Blutfleck karminrot durch den Mull. Nicoles kleiner Sohn Finn sieht dem Fredenbüller Polizisten voller Bewunderung auf den Nasenverband. Telje ist heute Morgen auch gleich zur Stelle, um nach ihrem Vater zu sehen.

»Sag mal, Telje, wat sind dat eigentlich für Pillen, die ihr mir da gestern Nacht im Krankenhaus gegeben habt?« Jetzt spricht außer Nicole auch Thies durch die Nase.

»Wieso?« Telje und auch Nicole sehen ihn fragend an. »Etwas gegen den ersten Schmerz«, erklärt Telje.

»Ich bin noch ganz weggetreten, damit kannst du Bullen betäuben!«

»Bullen betäuben?« Telje verzieht die Mundwinkel zu einem angedeuteten Grinsen. »Das war doch auch Sinn der Sache.« Sie streichelt ihrem lädierten Vater über die Wange.

Nicole muss auch grienen. Thies braucht einen Moment länger. »Ach, hört doch auf, verarschen kann ich mich alleine.« Während Thies sich vorsichtig an den heilen Teil seiner Nase fasst, klingelt sein Handy. Heike ist zum hundertsten Mal dran. »Thies, ich hab dat gleich gesagt, Hamburg is kein Pflaster für dich. Da fährt man mal zum Shoppen hin, aber doch nich wegen Mord.« Außerdem ist die Polizistengattin alles andere als erfreut, dass Thies jetzt doch wieder mit Nicole zusammenarbeitet. »Ich dachte, mit Nicole hätte sich dat langsam mal erledigt.« Aber vor allem macht sie sich natürlich Sorgen um ihren Gatten.

»Heike, komm mal wieder runter, ich bin hier medizinisch bestens versorgt, besser als bei Doktor Tadsen in Schlütthörn.«

Telje nickt ihm bestätigend zu. Jetzt kommt auch Tischler Andrew in seiner unvermeidlichen Zimmermannshose in die Küche geschlurft.

»Bekomme ich auch einen Kaffee.« Über den Menschenauflauf in seiner hölzernen Küche ist er alles andere als beglückt. Und dann schrillt plötzlich das laute Klingeln aus der Werkstatt bis in die hintere Wohnung. Andrew lässt seinen Becher stehen und geht hastig nach vorne. Die anderen trinken ihren Kaffee und bemitleiden Thies noch ein Weilchen. Dann wollen die beiden Polizisten sich zur Befragung bei den Steenwoldts aufmachen. Vorher sehen sie noch kurz in die Werkstatt. Nicole will Andrew ermahnen, dass er Finn gleich in die Kita bringen soll. Andrew ist in ungewöhnlich aufgeregtem Gespräch mit einer jungen Frau. Erst sieht es so aus, als würde sie auf die Stühle mit dem asiatischen Dekor, die der Tischler in Arbeit hat, zeigen. Nicole meint so einen Satzfetzen wie »Kohle ist kein Problem« zu verstehen. Andererseits wirkt es nicht so, als würde sie einen Auftrag für eine Tischlerarbeit besprechen. Sie hat strähnig blondierte Haare, einen leicht asiatischen Einschlag und wirkt reichlich überdreht. Sie sieht gut aus, findet Nicole. Irgendwie wirkt es so, als würden sie und Andrew sich näher kennen. Eine ehemalige Freundin?

»'n Morgen«, grüßt Nicole sie. Sie beantwortet den Gruß nicht, sondern wirft ihr nur einen nervösen Blick zu. Auch Andrew wirkt auffällig angespannt. »Du denkst an Finn«, erinnert Nicole ihn noch mal.

»Jaja«, brummt er, während die blondierte Asiatin nervös an ihren Haaren herumzupft.

Beim Hinausgehen sieht Thies mehrere gelbe Zweihunderteuroscheine auf der Werkbank liegen. Aber dann hat er es auch gleich wieder vergessen, als den beiden auf dem gepflasterten Innenhof zwei der polnischen Haubenhühner in die Quere kommen. Thies wäre fast draufgetreten.

»Wer war dat denn?«, fragt Thies seine Kollegin, als sie zusammen im Auto sitzen.

»Wen meinst du denn? Die Haubenhühner oder die Lady?«

»Zum Verwechseln ähnlich, nä.« Thies verzieht den Mund zu einem kleinen Lächeln. »Nee, ich mein dat blonde Haubenhuhn in der Werkstatt.«

»Woher soll ich das wissen?« Nicole wirkt angefressen. Missmutig lenkt sie den Mondeo durch das Altonaer Einbahnstraßengewirr auf die Elbchaussee. Auch heute Morgen regnet es immer noch in Strömen.

»Ne Verflossene, oder wat?« Thies sieht sie provozierend an.

»Du scheinst ja ganz genau informiert zu sein.«

»Sie sah ja auch so ’n büschen chinesisch aus. Scheint es hier in Hamburg ja öfters zu geben.« Nicole sieht ihren Kollegen fragend an.

»Na ja, gestern bei Han Min, und der Detektiv hat doch auch wat von Chinesinnen erzählt.« Thies macht sich so seine Gedanken und Nicole auch.

Aber dann kommt die Kommissarin zu ihrem Fall. »Die Hamburger Kollegen aus der Kriminaltechnik haben es noch mal bestätigt, der Tote ist tatsächlich ertrunken und ganz sicher nicht in der Nordsee, wo ihr ihn aufgefunden habt.«

»Kein Salzwasser in den Lungen«, kombiniert Thies. »Dat wussten wir doch schon. Also ist er vermutlich in der Elbe ertrunken.«

»Die KTU wollte anhand des Salzgehaltes feststellen, wo genau er ertrunken ist. Aber sie haben gar kein Salz feststellen können, also vermutlich nicht mal die Elbe. Denn da haben wir in der Regel auch einen kleinen Salzanteil im Wasser.«

»Also in der Badewanne ersoffen oder im Swimmingpool?« Thies mag nicht recht daran glauben.

»Alles möglich. Wir wissen es einfach nicht.«

Thies und Nicole fahren durch den Regen. Der Scheibenwischer hat Mühe, die Wassermassen von der Frontscheibe zu fegen. Auf ihrer Fahrt die Elbchaussee hinunter macht Nicole Thies immer mal auf die Parks und Villen und die dazwischen auf der gegenüberliegenden Elbseite herausguckenden Kräne und Container aufmerksam. Doch bei dem nebligen Dauerregen ist vom Hafen nicht viel zu sehen.

»Ganz schön weite Wege in Hamburg«, bemerkt Thies.

»Ja, nach Falkenstein ist es ein ganzes Stück. Ich war da auch noch nie. Soll aber schön sein.«

»Die Kaufleute und Reeder und so wohnen alle ’n büschen weiter draußen, oder?« Thies zupft sich am Ohrläppchen. »Schön im Grünen, und der Müll wird dann nach Afrika verschifft.«

Die Kommissarin sieht ihren Kollegen prüfend an. »Haben deine Töchter dich agitiert?« Nicole bekommt schon wieder bessere Laune.

»Dat liegt doch auf der Hand. Der Detektiv, den wir da zwischen den Kabeln und Transistoren rausgezogen haben, hat was über illegalen Müllhandel rausgefunden. Deshalb musste er sterben.« Das Motiv ist für Thies eindeutig. »Wir müssen nur noch rausfinden, wer ihn ermordet hat.«

21

In der Villa der Steenwoldts werden die beiden Polizisten von dem Butler in Empfang genommen.

»Sie wollen sicher zu Frau Vivian Steenwoldt?«, fragt der ältere Herr mit spitzem »St«. Er mustert die beiden einmal kurz von oben nach unten, dann bleibt sein Blick an Thies' unkonventioneller Kombination von Öljacke und Polizeimütze hängen. »Da muss ich Sie vertrösten, das wird im Augenblick nicht möglich sein. Frau Steenwoldt ist nicht im Hause.«

»Wir wollen auch zu Herrn Steenwoldt«, gibt Nicole bestimmt zurück.

»Zu … Konsul … Steenwoldt?« Er sieht die beiden erstaunt an, als wäre dies eine vollkommen abwegige Idee. »Sind Sie sicher, dass Sie Herrn Konsul Steenwoldt meinen?«

»Den Reeder und Kaufmann … Wir haben ein paar Fragen an Herrn Steenwoldt.« Nicole klingt inzwischen schnippisch.

»Is doch der Chef hier, oder?«, springt Thies seiner Kollegin bei. »Wir ermitteln in einem Mordfall.«

Der Butler wirft einen abschätzigen Blick auf den Mullverband. »Das wird nicht so einfach sein.« Er überlegt. »Da muss ich mal nachfragen, ob der Herr Konsul Sie empfangen kann.«

»Ansonsten müssten wir ihn vorladen.« Die Kommissarin wird langsam ungeduldig.

»Wie gesagt, es geht um Mord.« Thies rückt seine Polizeimütze zurecht. Dabei tropft ihm Regenwasser in den Nacken.

Der Butler stiert jetzt fast etwas ärgerlich auf Thies' Nasenverband, als würde der gegen die Kleiderordnung im Hause Steenwoldt verstoßen. »Wen darf ich denn überhaupt melden?«

»KHK Stappenbek, von der ... ähh ... Hamburger Mordkommission, und das ist mein Kollege POM Detlefsen aus Fredenbüll.«

»Freden...?« Er räuspert sich.

Thies blickt ärgerlich.

»Ich will sehen, ob Konsul Steenwoldt Sie empfangen kann.« Der Butler platziert die beiden in der Empfangshalle auf dem roten Samtsofa mit Blick auf die Badegesellschaft im Jugendstilfenster. Thies starrt mit Kuhblick auf den Jüngling inmitten der badenden Damen. Er dreht sich zu Nicole.

»FKK, nä. Aber Nordsee is dat nich.« Er fasst sich vorsichtig an die schmerzende Nase. Nicole grient ihn an. Und dann zeigt Thies durch die offen stehende Tür in den Salon.

»Dat gibt's doch nich. Nicole, guck mal.«

»Ja, nettes Häuschen mit Elbblick.« Sie lacht ihn weiter an. »Würde mir auch gefallen.«

»Nee, ich mein die Stühle.« Er erhebt sich aus dem Samtpolster und geht ein paar Schritte zur Tür des Salons. »Dat sind doch dieselben chinesischen Stühle, die bei deinem *Tischler* rumstehen.« In das Wort Tischler legt Thies seine ganze Verachtung. »Nicole, ich will ja nix sagen, aber …« Thies tut so, als hätte er dem neuen Freund seiner Kollegin bereits eine Straftat nachgewiesen. »Der Tischler? Aber so ganz *astrein* is der auch nich.«

Nicole sieht ihren Kollegen prüfend an. »Ach komm, Thiiies.«

Nach einer Weile kommt der Butler von draußen in die Halle zurück. Er klappt einen tropfenden großen Regenschirm zusammen. »Einen Moment könnte Herr Steenwoldt erübrigen.«

»Wat heißt denn erübrigen? Dat geht hier um …«, brummt Thies, wird aber von Nicole sofort gebremst.

»Die Konstitution von Konsul Steenwoldt ist … ähhh …« Der Butler räuspert sich erneut. »Er hat die Polizei auch nicht so gern im Haus.«

Thies will gerade dazwischenfunken, aber seine Kollegin legt ihm die Hand auf den Arm.

»Wenn Sie mir dann folgen mögen.« Der Butler spannt den Schirm wieder auf, und Thies schlägt den Kragen seiner Öljacke hoch. Die beiden werden über einen Kiesweg zu dem großen Gewächshaus geführt. Gleich am Eingang werden sie von einem Affen empfangen. Er springt auf den Butler zu, zupft an seiner Hose und sieht ihn aus seinen blauen Augen erwartungsvoll an.

»Mister Wong, ich darf doch bitten!«, ruft der Diener den Javaneraffen zur Ordnung.

Er führt die beiden durch einen wahren Dschungel meterhoher exotischer Pflanzen, in denen ein ganzer Schwarm bunter Vögel schrille Schreie ausstößt. Es duftet süßlich schwer nach Orchideen, Hibiskus, Bougainvillea und Vanillepflanzen. Der Zweig einer fettblättrigen exotischen Pflanze schlägt Thies auf seinen Nasenverband. Er bedauert, dass er keine Machete dabei hat. Die Luft ist dick und dampfig, noch feuchter als draußen im Regen und vor allem wärmer. Thies bricht in seiner Öljacke sofort der Schweiß aus. Der Regen prasselt laut auf das Glas. Das Geräusch mischt sich mit dem Schreien der Vögel und dem Rufen mehrerer Affen. Thies und Nicole kommen sich wie im Dschungel vor. Sie werden zu einer Sitzecke unter Palmen und Riesenfarnen geführt. Der Affe ist ihnen gefolgt.

Steenwoldt senior sitzt in einem altertümlichen Rollstuhl aus gedrechseltem Holz mit einer Rückenlehne und einem Sitz aus Korbgeflecht. Er trägt eine Art weißen Hausanzug, der wie Tropenkleidung aussieht. Auf einem antiquarischen runden Stahltisch mit Lochmuster stehen kleine Fläschchen mit medizinischen Tinkturen und ein gemaserter Bilderrahmen mit einem Foto, das eine junge Frau und ein Mädchen zeigt. Auf einem anderen leicht vergilbten Bild in einem Silberrahmen sind die beiden als Teenager und als Baby zu erkennen. Die ganze Szenerie wirkt wie aus einer anderen Zeit. Trotz der schwülen Luft hat der alte Steenwoldt sich eine Wolldecke um die Beine gelegt. Der Konsul war bestimmt mal ein großer kräftiger Mann. Aber jetzt sieht er etwas hinfällig aus mit dem schütteren weißen Haar auf dem kahlen Schädel und den zittrigen arthritischen Fingern, die wie eine Spinne die Armlehnen des Rollstuhls entlangkrabbeln. Es macht den Eindruck, als würde er hier den ganzen Tag nur so vor sich hin dösen und von den glorreichen Zeiten im Überseehandel träumen.

22

»Herr Konsul, das sind Frau Kommissarin Stappenbek und Polizeimeister ... ähh ... Detlefsen, die ein paar Fragen an Sie haben.«

»Ach so, ja.« Steenwoldt sieht die beiden Polizisten aus trüben wasserblauen Augen an, als habe er den angekündigten Besuch schon wieder vergessen. »Wie trinken Sie Ihren Brandy?« Thies und Nicole wissen im ersten Moment gar nicht, was sie sagen sollen. »Oder lieber einen Gin Tonic?«

»Nein, nein, wirklich nicht.« Nicole findet die Frage vollkommen abwegig. »Wir haben nur ein paar Fragen an Sie.«

»Einen Tee? Wasser?« Der Konsul lässt nicht locker. Er spricht dasselbe altmodische Hamburgisch wie sein Butler.

»Ja, Wasser wär gar nich verkehrt.« Thies nimmt die Polizeimütze vom Kopf und wischt sich den Schweiß von der Stirn.

»Georges, Wasser und für mich zur Abwechslung mal einen Gin Tonic. Und Eis, bitte, Georges.« Den Namen des Butlers spricht er Französisch aus. »Das ist Medizin.« Auf seinen blutleeren Lippen erscheint ein schmales Lächeln. »Tonic! Das Chinin war in Fernost und auch in Afrika ein probates Mittel gegen die Malaria. Aber bitte ...« Er deutet auf die altehrwürdigen Loom Chairs, die zu einer kleinen Sitzgruppe zusammengestellt sind. Die beiden Polizisten setzen sich.

»Ach, essen Sie auch Matjes?«, will Thies die Situation etwas auflockern, als er auf dem Stahltisch einen Teller mit kleinen Fischstückchen entdeckt.

»Matjes? Oh nein!« Steenwoldt protestiert vehement. »Das ist Ceviche.« Thies sieht ihn fragend an. »In Limette und Chili eingelegter roher Fisch. Wollen Sie probieren?«

»Ja, nee, danke.«

Auch der Affe wirft einen interessierten Blick auf den Fischteller. Er hockt inzwischen neben dem Rollstuhl des Konsuls, der mit zittriger Hand ein paar Nüsse aus einem Kübel fischt. Er hält sie dem Tier hin, und Mister Wong greift begeistert zu. Außer den Nüssen hat das Tier noch einen Ring in den Händen, den es jetzt auf dem Tischchen ablegt.

»Mister Wong und ich sind in unserem Leben weit gereist. Jetzt sitzen wir hier in diesem Treibhaus und warten auf das Ende.« Steenwoldt zupft mit zittrigen Fingern die Wolldecke zurecht. Er scheint gleichzeitig zu frieren und zu schwitzen. Die spärlichen Haare kleben an seinem Kopf. Er sieht fiebrig und anämisch zugleich aus, tatsächlich wie ein Malariakranker. »Wo kommen Sie denn her? Wenn ich mir diese Frage erlauben darf.«

Nicole ist erneut irritiert und weiß gar nicht, was sie sagen soll. Aber Thies muss nicht lange überlegen. »Fredenbüll! Dat is in …«

»… an der nordfriesischen Küste nördlich von Husum. Stimmt's?«, unterbricht Steenwoldt ihn.

»Ja, genau!« Damit hat Thies jetzt nicht gerechnet.

»Was ist denn mit Ihrer Nase passiert?«, fragt der Konsul. »Das sieht ja gefährlich aus.«

»Ja, dat is … gestern beim Einsatz passiert.«

»Eigentlich sind wir hier, um Ihnen ein paar Fragen zu stellen.« Nicole wird ungeduldig, und auch ihr wird allmählich warm. »Wir ermitteln in dem Mordfall des Privatdetektivs Raimund Kröger, den wir tot in einem Container Ihrer Reederei aufgefunden haben.«

»Reederei? Ich habe gar keine Reederei.« Steenwoldt schüttelt müde den Kopf. »Schon lange nicht mehr.«

»Und was ist mit Han Min Shipping?«

In dem Moment rollt Georges mit Getränken auf einem Teewagen heran. Gleichzeitig springt der Affe auf Nicoles Schoß und zieht ihr den Autoschlüssel aus der Jackentasche. Nicole protestiert. Das Tier schwingt sich mit dem Schlüssel einmal kurz durch eine Palme, stößt ein »Uh uh« aus, dann deponiert er ihn wieder neben der Kommissarin.

Irgendwie kommen die beiden mit ihrer Befragung nicht recht weiter. Der Butler nimmt Eiswürfel aus einem Kübel und lässt sie klingelnd in ein Glas fallen.

»Für Sie das Wasser auch mit Eis?«, fragt er, zu Thies gewandt.

»Jo, warum nich.«

Georges schenkt Wasser, Gin und Tonic in die Gläser. »Für Sie nicht doch ein Wasser?«

Nicole nickt genervt. »Aber die Reederei Han Min Shipping gehört Ihnen doch? Zum Teil wenigstens.« Die Kommissarin ist verzweifelt bemüht, den Faden wieder aufzunehmen.

»Wie Sie ganz richtig sagen, es ist eine Beteiligung.« Die Spinnenfinger des Konsuls greifen zum Gin-Tonic-Glas, das innerhalb kürzester Zeit vollkommen beschlagen ist.

»Als Teilhaber sind Sie aber sicher über die Geschäfte der Reederei informiert.« Nicole sieht Steenwoldt prüfend an.

»Was is dat für Müll, in dem der Tote saß.« Thies zupft sich am Ohrläppchen. »Der ganze Kabelsalat und die alten Fernseher sollten mitsamt dem Detektiv in Afrika entsorgt werden. Oder?«

»Sehen Sie mich an, ich sitze hier mit Mister Wong im Treibhaus und hänge den alten Zeiten nach.« Der Javaneraffe unterbricht das Schälen einer Erdnuss und sieht den Konsul mit seinen gelben Augen wissend an. »Ich habe mit dem Handelsgeschäft nichts mehr zu tun. Wie gesagt, schon lange nicht mehr.« Er nippt an seinem Gin Tonic und sieht den Affen an. »Wir träumen von unseren glorreichen Tagen in Jakarta, Shanghai und Accra, nicht wahr, Mister Wong?«

»Accra?« Nicole wird hellhörig. »So heißt doch auch das Schiff, von dem unser Container mit dem Elektroschrott und dem Toten kommt? ›Princess of Accra‹?«

23

»Na, Telje, auch schon wieder im Dienst.« Piet Paulsen sitzt frischrasiert, aber noch verschlafen in seinem Trainingsanzug auf der Bettkante. »Hast Frühschicht, oder?« Telje bringt dem Fredenbüller Rentner und seinem Bettnachbarn, der Konifere, das Frühstück ins Zimmer. »Dat sind hier andere Frühstückszeiten als in der ›Hidden Kist‹.« Paulsen atmet schwer. »Und dat Herrengedeck bei Antje sieht auch anders aus.« Er wirft einen abschätzigen Blick auf das Frühstückstablett.

»Wie geht's uns denn heute Morgen?« Die Praktikantin hat den Chefarztjargon schon voll drauf. »Den ersten Ausflug mit dem neuen Knie gut verkraftet?«

»Na ja, 'n büschen dick is dat Knie noch. Aber ansonsten bin ich topfit.«

»Bist du sicher?«

»Muss ja. Antje will heute mit uns auf Imbisstour.« Paulsen bleckt die zu groß geratenen dritten Zähne. Sein Bettnachbar blickt interessiert, als würde er am liebsten mitkommen.

»Übernimm dich bloß nicht. So 'n Knie, das braucht seine Zeit.« Die Tochter des Fredenbüller Polizisten tut so, als würde sie schon seit Jahren Kniepatienten betreuen.

»Telje, dat nützt ja nu nix ...« Piet wird ungewöhnlich ernst. »Antje fährt morgen schon wieder nach Fredenbüll zurück. Für die Imbisstour bleibt also nur heute.« Er sondiert das Frühstücksangebot und schenkt sich eine Tasse Kaffee ein. »Hast hier ordentlich zu tun, oder? Dat is wat anderes als Schule in Husum.«

»Ach, die Arbeit is voll interessant.« Telje räumt leere Wasserflaschen von den Nachttischen. »Richtig stressig ist, dass Mama mich stündlich anruft …« Paulsen sieht sie fragend an. »… wegen des kleinen Affen, den Tadje angeschleppt hat, und natürlich wegen Papas Nase.«

»Ach so, die Nase, ja.« Paulsen blickt immer ernster. »Da wollte ihm wohl jemand deutlich machen, dat er seine Nase nich in fremde Angelegenheiten stecken soll.«

Telje weiß sofort, wovon der Imbissfreund ihres Vaters spricht. »Papa ist voll dem Müllskandal auf der Spur«, verkündet sie nicht ohne Stolz. »Ich hab mich da mal informiert. Das ist voll übel, was da läuft. Die verschiffen unseren ganzen Müll in Containern nach Accra, das ist in Ghana. Das sind jedes Jahr Millionen Tonnen von Elektroschrott, und weil Schrott nicht exportiert werden darf, wird er als gebrauchsfähige Secondhandware gekennzeichnet. In diesem Slum …« Telje überlegt. »… Agbogbloshie heißt das, glaube ich …«

»Wie heißt dat?« Paulsen sieht die Tochter seines Imbissfreundes fragend an.

»Da leben vierzigtausend Menschen in krass üblen Verhältnissen. Auf offenen Feuern brennen sie den Kunststoff von den Kabeln herunter, um die Metalle wiederzugewinnen, die sie dann für null Kohle verdealen. Am Ende landen die Metalle wieder bei uns, weil das Recycling hier zu teuer ist.«

Piet pustet in seinen heißen Kaffee, sein Bettnachbar lauscht mit offenem Mund und vergisst glatt, in das Marmeladenbrötchen zu beißen.

»Der hochgiftige Isolierschaum aus den Kühlschränken dient als Brennmaterial. Dabei werden jede Menge Gifte freigesetzt, Blei, Cadmium, Quecksilber und Chrom. Die Kinder und die Jugendlichen atmen diese ganzen giftigen Dämpfe ein.«

Paulsen muss husten und verschluckt sich fast an seinem Kaffee. So genau wollte es der rekonvaleszente Rentner eigentlich auch nicht wissen.

»Du kannst dir im Internet die ganzen Bilder ansehen. Pfützen, die so gruselig regenbogenfarbig schimmern, dass einem ganz anders wird. Das Quecksilber, Arsen und das ganze Zeug sickert in den Boden, voll übel. Und nur, weil wir permanent neue Handys, Computer und Fernseher haben wollen.«

»Telje, ich wollte dat Tablet gar nich, dat hat meine Nichte mir aufgeschwatzt«, versucht sich der ehemalige Landmaschinenvertreter zu rechtfertigen. »Und den neuen Fernseher eigentlich auch nich. Ich war mit meinem alten Röhrengerät ganz zufrieden. Und Fußball gucken wir ja sowieso zusammen in der ›Hidden Kist‹.«

»Aber wir produzieren den ganzen Müll. Es fängt doch schon bei den Plastiktüten an. Für alles gibt es eine Plastiktüte, alles wird verpackt, und der ganze Plastikscheiß landet dann im Meer oder eben in Afrika.« Telje redet sich regelrecht in Rage.

Piet wirft über seine Gleitsichtbrille hinweg einen nachdenklichen Blick auf die in Plastik eingeschweißte Diätmargarine, die er zwischen seinen Fingern hält. »Schlimm is dat. Wenn du siehst, wat in der Welt so alles los ist, da bin ich mit meinem Knie noch ganz gut dran.«

24

Der alte Konsul Steenwoldt schenkt sich mit zittriger Hand den nächsten Gin Tonic ein. Auch Thies greift zu seinem Glas und stürzt das kalte Sodawasser in einem Zug herunter. Die Eiswürfel fallen fast aus dem Glas, bleiben dann aber an dem Nasenverband hängen.

»Mit der Abwicklung der Frachtgeschäfte haben wir nichts mehr zu tun, nicht wahr, Mister Wong?« Er streicht dem Affen über die graue Haarbürste.

»Für die Geschäfte mit dem Müll ist dann Ihr Herr de Vries zuständig, oder wie dürfen wir uns das vorstellen?« Allmählich verliert Nicole die Geduld mit dem Gin trinkenden Konsul, der jeder Frage ausweicht.

»Ach ja, der Herr de Vries.« Der alte Steenwoldt scheint auf den Holländer nicht besonders gut zu sprechen zu sein. »Das ist eine ganz neue Generation, das sind keine Hamburger Kaufleute und Reeder mehr. Aber ich habe mit diesem Herrn nicht allzu viel zu tun.«

»Aber ein bisschen haben Sie schon mit ihm zu tun?«, fragt Nicole nach.

»Nein, ich habe mit seinen … ähh … etwas zweifelhaften Geschäften nichts zu tun …« Seine dünnen Lippen sehen jetzt noch blutleerer aus. Aber die Kommissarin meint zu erkennen, dass sich auf einmal so etwas wie Leben in dem alten Konsul regt. In dem Verhältnis zwischen

Steenwoldt und de Vries stimmt etwas nicht, hat sie das Gefühl. »Wenn Sie nicht geschäftlich mit ihm zu tun haben … vielleicht privat?«, rät sie ins Blaue.

»Privat? Wie meinen Sie das?«

Nicole glaubt einen scharfen Unterton in der Stimme zu hören. Thies sieht währenddessen auf die beiden Fotos, das Mädchen, das mit provozierendem Blick neben der jungen Frau steht, und den Teenager, der ein Baby auf dem Arm hat.

»Ihre Töchter?« Irgendetwas irritiert ihn an dem Bild. Er zupft sich am Ohrläppchen. Nicole registriert das mit amüsiertem Seitenblick.

»Ja, das sind meine Töchter.« Steenwoldt würdigt die Fotos keines Blickes.

»Haben Ihre Töchter oder eine Ihrer Töchter mit Herrn de Vries zu tun?«

»Meine Töchter?« Steenwoldt klingt entrüstet. »Das hätte der Herr wohl gerne!«

Dann fällt Nicole plötzlich ein, dass der Detektiv etwas von Drogen erzählt hat. Was hatte Krotke gesagt? »Bis unter den Scheitel vollgepumpt mit Drogen.« Hatte der Tod seines Partners gar nicht mit illegalem Müll, sondern mit genauso illegalen Drogen zu tun? War der Privatdetektiv gar nicht den Müllgeschäften, sondern irgendwelchen Drogendeals der durchgeknallten Tochter auf der Spur und musste deshalb sterben?

»Ihre Familie hatte dem Privatdetektiv Raimund Kröger einen Auftrag erteilt?« Nicole kämpft mit dem Niesen. Ihr hängt der schwere Duft der verwesenden Orchideen in der Nase.

»Wie kommen Sie darauf?« Steenwoldts Ton klingt immer noch scharf.

»Das haben wir von seinem Partner, Herrn Krotke, der wohl auch schon mit Ihnen oder Ihrer Tochter gesprochen hat.«

»Vermutlich mit Vivian, das entzieht sich meiner Kenntnis.«

»Was war denn das nun für ein Auftrag, den der Privatdetektiv Kröger hatte?« Nicole lässt nicht locker.

Der Konsul druckst herum und greift zum Ginglas. »Eine unangenehme Sache … Es ging um meine jüngere Tochter.« Die Spinnenfinger halten das Ginglas umklammert. Nicole und Thies sehen ihn erwartungsvoll an. »Meine Tochter Carmen war eine Weile verschwunden … und Herr Kröger war uns behilflich, sie wieder aufzufinden.«

»Wat heißt denn verschwunden?«, will Thies wissen. »Wo war sie denn?«

»Das wissen wir bis heute nicht so genau. Auch Carmen ist da wenig hilfreich. Sie weiß selbst nicht, wo sie war.«

Nicole fühlt sich sofort in ihrem Drogenverdacht bestätigt. »Ist das richtig, dass Ihre Tochter mit Drogen zu tun hat?«

»Wir haben doch alle unsere Drogen.« Steenwoldt hält ihnen sein Glas entgegen. Er nimmt einen Schluck und kommt ins Sinnieren. »Ich habe meine Töchter wohl zu sehr verwöhnt. Vivian ist anspruchsvoll, raffiniert und skrupellos, und Carmen ist ein Kind … ein Kind, das den Fliegen die Flügel ausreißt.« Steenwoldt stößt einen Seufzer aus. »Sie ist ein bisschen renitent, weil sie von ihrer großen Schwester kurz gehalten wird. Vivian regelt jetzt die finanziellen Dinge.«

Irgendwie kommt Nicole nicht an den Konsul heran, und ihrem Fredenbüller Kollegen fällt auch nichts anderes ein, als gedankenverloren das Foto auf dem Tischchen neben der Ginflasche anzustarren.

»Sie leben hier zusammen mit Ihren Töchtern?«, versucht es die Kommissarin weiter. »Gibt es eigentlich auch eine Frau Steenwoldt?«

»Nein, im Grunde genommen nicht. Sie lebt hier schon lange nicht mehr.« Der Konsul klingt jetzt müde.

»Aber sie lebt noch? Oder wie darf ich das verstehen?«

»Ich bin mir nicht sicher, ob man das ein Leben nennen kann.« Nicole sieht ihn fragend an. Nach einer kurzen Kletterpartie durch den Treibhausdschungel kehrt auch der Affe zu der Sitzgruppe zurück und schnappt sich den Ring vom Tisch neben dem Eiskühler.

»Wir haben hier inzwischen unsere eigene Familie … mit meinen Töchtern und unseren Affen.« Er zeigt ein schmallippiges Lächeln und streicht dem Javaneraffen über sein graues Fell. »Wobei die Familie Wong etwas in Sorge ist, seit ihr Jüngstes Mai-Li verschwunden ist.«

Thies horcht sofort auf. »'n kleiner Affe? So wie der hier?«

Der Konsul geht gar nicht darauf ein. »Was ist denn das eigentlich für ein Ring?« Steenwoldt nimmt dem Affen, der sich zunächst dagegen wehrt, den Ring ab. »Was ist denn das für ein billiges, geschmackloses Ding?«

»Das gehört niemandem aus Ihrer Familie? Sehe ich das richtig?«

»Das sehen Sie ganz richtig, Frau Stappenbek.« Sein Ton gibt deutlich zu verstehen, dass solch billiger Schmuck in seinem Hause nichts verloren hat.

Thies starrt derweil schon wieder das Foto auf dem Metalltisch an. Er schwitzt, und ihm schwirrt in dem Treibhaus der Kopf. Ihm ist, als hätte er ebenfalls Gin statt Wasser getrunken. Aber dann meint er es ganz deutlich zu erkennen. Wenn man bedenkt, dass das Foto etliche Jahre alt ist, dann kommt es hin. Das jüngere Mädchen auf dem Bild hat eine Ähnlichkeit mit der Blonden, die vorhin bei Nicoles neuem Freund aufgekreuzt ist. Was hat die Tochter des Konsuls bei dem Tischler zu suchen?

25

Tadje sortiert im Biohof gerade Laras neuste Kräuterkreationen. Lasse, der eigentlich Praktikum auf dem Krabbenkutter macht, leistet ihr Gesellschaft, weil der Kutter wegen des schlechten Wetters nicht rausgefahren ist. Er bündelt Flyer für Laras Fortgeschrittenenworkshop »Trancetanzen II«. In dem Moment klingelt Tadjes Handy mit dem Löffelenten-Klingelton. Thies ist dran und teilt seiner Tochter sein neustes Ermittlungsergebnis mit, dass nämlich der kleine Javaneraffe aus dem Container zu einer Affenfamilie in Hamburg gehört.

»Dat is so 'ne piekfeine Reederfamilie in Blankenese«, verkündet Thies mit wichtiger Stimme.

»Der Affe kommt aus Blankenese? Echt?«

»Krass!« Auch ihr Freund Lasse ist ganz von den Socken.

»Und der Affe muss möglichst schnell wieder nach Blankenese zurück. Familienzusammenführung sozusagen.«

»Dat is jetzt blöd, Papa, Frau Doktor Jacoby und ich haben ihn gestern in die Seehundstation nach Mariannenkoog gebracht.«

»Sie!«, korrigiert Thies seine Tochter. »Dat is 'n Affenmädchen! Mai-Li, wenn ich mir dat richtig gemerkt hab.«

»Mai-Li? Echt? Das klingt ja voll süß.« Tadje bekommt

den hingebungsvoll mütterlichen Blick, aber dann ist sie sofort wieder zurück in der harten Realität. »Ja, wie gesagt, die is jetzt bei den Seehunden.«

»Dann holt ihr sie da wieder ab. Sagst Frau Doktor Jacoby noch mal Bescheid.« Thies will das Affenthema möglichst schnell vom Tisch haben. »Am besten fahrt ihr sie gleich nach Hamburg.«

»Papa, wie stellst du dir das vor, dat is ’n Viehtransport. In dem winzigen Panda von Frau Doktor Jacoby is das für … ähh … Mai-Li voll die Folter. Außerdem hat Frau Jacoby noch Unterricht.«

»Der wird ja nich ewig dauern … am besten nimmst du den Affen noch mal ’ne Nacht mit zu uns nach Hause.«

»Nee nä, Mama flippt aus, wenn ich wieder mit Mai-Li zu Hause aufkreuze. Die will doch sofort wieder auf die Sitzlandschaft. Und dann macht Mama totalen Stress.«

»Und auf den Krabbenkutter kann ich den auch nich mitnehmen«, gibt Lasse zu bedenken.

»Dabei steht sie voll auf Krabben, hat Frau Doktor Jacoby erzählt. Krabbenesser!« Tadje ist voll bei der Sache, aber auch ein bisschen ratlos.

Dann wählt sie doch mal die Handynummer ihrer Biologielehrerin, und eine halbe Stunde später sind Tadje, Lasse und Frau Doktor Jacoby in deren Fiat Panda unterwegs nach Mariannenkoog.

Die drei sind einigermaßen entsetzt angesichts der Umstände, in denen sie Mai-Li vorfinden. Das Javaneraffenmädchen sitzt verängstigt in einem vollständig gefliesten Raum mit einem kleinen Becken, in dem ein Seehundheuler herumpaddelt. Der Affe pult etwas lustlos an ein paar traurigen Krabbenschalen und Krebsresten herum. Als er Tadje erkennt, läuft er ihr sofort entgegen und springt ihr auf den Arm.

»Na, Mai-Li, wo haben sie dich denn hier untergebracht? Dat is ja alles gekachelt … wie in der Badeanstalt. Voll clean. Dat is doch überhaupt nicht artgerecht.« Auch Frau Doktor Jacoby sieht sich in dem Raum um, der eindeutig auf die Bedürfnisse der Seehundheuler zugeschnitten ist.

»Für den Javaneraffen ist das natürlich kein so optimales Umfeld.« Sie stößt einen Seufzer aus.

»Wir helfen den Tieren zu überleben«, erklärt der freundliche Herr von der Seehundstation. »Durch die Trennung von der Mutter wären sie in der freien Natur nicht mehr überlebensfähig. Wenn wir sie dann aufgepäppelt haben, können wir sie wieder auswildern.«

»Und wo wollen Sie den Javaneraffen hier in den Deichlandschaften und am Strand von Nordfriesland bitte auswildern?« Die Biologin ist mittlerweile auch überzeugt, dass sie den kleinen Affen aus dem gefliesten Gefängnis befreien sollten.

Mai-Li wirkt tatsächlich regelrecht befreit, als sie nach einem Krabbenbrötchen an der Fischbude am kleinen Hafen von Mariannenkoog auf der Rückbank von Doktor Jacobys Panda herumturnt. An der Fredenbüller Dorfstraße zeigt sie, in der Hoffnung auf ein Spielchen am »Explosion Compact«, verzückt auf »De Hidde Kist«. Heike Detlefsen ist dagegen alles andere als begeistert. Und das ist noch harmlos ausgedrückt. Heike dreht am Rad, als Tadje mit Mai-Li auf dem Arm vor der Tür steht. Ihre

Stimmung ist ohnehin auf dem Nullpunkt. Bei der Verlosung von zwei Musicalkarten für den ›König der Löwen‹ heute Abend in Hamburg ist sie leer ausgegangen. Antje hatte nämlich noch zwei weitere Karten für das Musical ergattert. Weil die heiß begehrt waren, hatte die Stammkundschaft im Salon Alexandra Lose gezogen. Salonchefin Alexandra und ihre Freundin Marret rüsten zur Musicaltour nach Hamburg. Heike ist beleidigt.

»Dat gibt's doch nicht, statt mit den Löwen in Hamburg sitz ich hier jetzt mit 'm Affen in Fredenbüll.«

26

Als de Vries abends in seine Wohnung zurückkommt, hängt Carmen mit glasigem Blick auf einem der Lederbarhocker. Ihre Indienbluse ist so weit von der Schulter gerutscht, dass die gesamte chinesische Schriftzeichenreihe ihres Tattoos zu sehen ist. Sie zieht gierig an ihrer Opiumpfeife.

»Das glaube ich jetzt nicht, was ich da sehe.« Der schwergewichtige de Vries schnauft. Die Schultern seines Glenchecks sind bei einem kurzen Gang durch den Regen nass geworden. Dabei hat der Regen im Augenblick nachgelassen. Es nieselt nur noch. De Vries wirkt gehetzt. Er schwitzt. Die rosa Krawatte hat er gelockert. Carmen sieht durch ihn hindurch. Sie zieht an ihrer Pfeife. Der bittersüße Geruch des Opiums hängt bereits im gesamten Apartment.

»Wo, verdammte Scheiße, hast du den Stoff her? Du hast hoch und heilig versprochen ...« Sein fleischiges Gesicht läuft rot an. »Ach, was rege ich mich auf. Einem Junkie kann man nichts glauben. Nichts!« Er sieht Carmen wütend an, als würde er sie am liebsten schütteln oder ihr eine langen. »Es bleibt nur wieder die Klinik ... aber nicht mal die hat das letzte Mal etwas bewirkt.«

»Relax, Wim, ganz cool«, säuselt sie. »Mix dir lieber einen von deinen Drinks und entspann dich.«

»Ich will jetzt keinen Scheiß-Drink!«, schnaubt de Vries. Er steht mit offenem Mund und heraussstehenden Vorderzähnen da.

»Sag ich doch, deine Drinks bringen es nicht, aber ich mach dir trotzdem einen.« Sie rutscht leicht schwankend von dem Barhocker, stellt ein Whiskeyglas auf den Tresen und kramt einen Eisblock aus dem Tiefkühlfach. Sie sucht in der Schublade nach einem Icepick.

De Vries sieht gar nicht hin. »Ich frage dich, wo hast du den Stoff her?« Seine Stimme hat einen bedrohlichen Unterton.

»Ein Pfeifchen«, säuselt sie.

»Ein Pfeifchen? Du hast in den letzten Jahren eine ganze Schiffsladung besten Äthiopienkaffee, ein kleines Grundstück mit Elbblick und mehrere Sportwagen durch deine Scheißpfeife gezogen.« De Vries tobt. »Wo kommt das Zeug her?«

»Meine Güte, Wim, sei nicht so spießig«, summt sie wie durch einen Vorhang hindurch. »Ich hab immer noch meine Quellen.«

»Dein Scheiß-Tischler, oder wer? *Der Tischler*, dass ich nicht lache! Das ist ein Junkie und Dealer. Seine Kreissäge hat er doch nur, um mit dem Sägemehl seinen Stoff zu strecken.« De Vries läuft aufgebracht durch den Raum.

»Wim, der Andrew ist Tischler.« Carmen sieht ihn mit großen Augen an. »Er restauriert für uns gerade die alten chinesischen Stühle.«

»Ich weiß wirklich nicht, wofür wir das, verdammt noch mal, alles gemacht haben. Carmen, wir haben vor zu heiraten, wenn ich dich daran erinnern darf. Ich hab uns die Kohle beschafft, damit wir fürs Erste unabhängig sind. Und jetzt kannst du nicht mal die nötigen Dokumente auftreiben.« Sein Hemd ist ein Stück aus der Hose seines Glenchecks gerutscht, seine Vorderzähne stehen aus dem offenen Mund heraus.

»Mein Gott, ich kann meine Geburtsurkunde nicht finden. Der Schrieb ist einfach nicht aufzutreiben, der wird sich schon wieder einfinden. Nun sei bitte nicht so ein Spießer!« Carmen wirkt immer noch zugedröhnt. Der Vorhang ist noch ein bisschen undurchsichtiger geworden. Inzwischen hat sie den Icepick gefunden und bearbeitet mit dem spitzen Dorn den Eiswürfel. Das Eis splittert auf den Bartresen. Einzelne Eiswürfel schlittern über den Kunstmarmor.

»Dir geht es doch gar nicht um mich. Du willst bloß in unsere Familie einheiraten.« Vor der Bar stehend, mit dem Eispicker in der Hand, hat sie einen Moment lang Probleme, das Gleichgewicht zu halten.

»Und du willst mich nur heiraten, um dich an deinem Vater zu rächen«, blafft er zurück. Inzwischen prasselt der Regen schon wieder gegen die bodentiefen Fenster. Vom Dallmannkai ist kaum mehr etwas zu sehen, und die Ecke der Elbphilharmonie ist gänzlich im Sprühregen verschwunden.

»Ja, für mich hat er nie Zeit gehabt, der Herr Konsul.« Ihr Ton wird immer bitterer. Wütend sticht sie auf das Eis ein. »Die Familie war doch froh, wenn ich wieder von zu Hause weg war, im Internat. Vielleicht wäre ich wie Vivian ja auch lieber in Hamburg zur Schule gegangen statt am

Bodensee, vielleicht hätte ich lieber ganz normale Hamburger Freundinnen gehabt statt diese verkorksten High-Society-Gören.«

»Vergiss Vivian doch einfach mal«, schnaubt er sie an.

»Wieso denn das auf einmal? Alles dreht sich doch immer nur um Vivian, Vivian, Vivian ...« Ihr Blick ist für einen Moment nicht mehr weggetreten, sondern wahnsinnig. Sie redet sich immer mehr in Rage. Sie zieht ihr Oberteil auf die tätowierte Schulter zurück und fuchtelt mit dem Eispicker vor seiner Nase herum.

»Carmen, pass auf mit dem Ding!« Der spitze Dolch kommt ihm bedrohlich nahe. Als sie das in ihrem Rausch bemerkt, kitzelt sie ihn mit der gefährlichen Spitze extra noch mal.

»Du hast dich doch auch an sie herangemacht. Und als du bei ihr abgeblitzt bist, hast du es dann bei mir versucht. Dir geht es überhaupt nicht um mich.« Sie stößt ihm mit der stumpfen Seite des Icepicks auf den Oberarm. Dann schubst sie ihn in den Barhocker, dass er fast hinfällt. Dabei bleibt sie mit dem Icepick kurz im Revers seines Glenchecks hängen.

»Und du hast doch schon wieder mit deinem kleinen Dealer in seiner idiotischen Tischlerhose angebändelt. Macht ihr beiden jetzt gemeinsame Sache?« Er wischt ihr einmal mit dem Handrücken über das Gesicht. Sein dicker Siegelring hinterlässt einen Striemen, aus dem sofort etwas Blut herausquillt. Wie ein Brautpaar benehmen sich die beiden nicht gerade.

»Es geht allen nur ums Geld!«, lallt sie. »Außer Mister Wong und Mai-Li, die lieben mich ... und die haben sie jetzt auch abgeschoben.« Für einen Moment treten ihr vor lauter Selbstmitleid die Tränen in die Augen.

»Dir geht es doch auch nur um Kohle. Du nistest dich bei meiner Familie ein, ziehst sie in deine schmutzigen Geschäfte mit rein und schleimst dich anschließend bei ihnen ein. Was hat Vivian mir da erzählt? Du besuchst sogar meine alte kranke Mutter in ihrem gruseligen Heim. Was hast du da zu suchen?«

»Der Besuch bei der alten Dame war höchst aufschlussreich. Ich könnte dir Dinge über deine Familie erzählen, von denen du keine Ahnung hast.« Er versucht ein überhebliches Grinsen. Durch das vorstehende Gebiss sieht es einfach nur blöd aus. Im selben Moment tönt die Türglocke wie der Gong eines Buddha-Tempels durch das Apartment.

27

Antje hat für heute allerlei auf dem Zettel. Bevor es abends zum ›König der Löwen‹ geht, startet sie zur großen Tour durch die Hamburger Imbissszene. Die Freunde aus der »Hidden Kist« begleiten sie. Die neusten Trends der Imbisskultur sind von allgemeinem Interesse. Auch die Stammbelegschaft will ja wissen, was zu Hause in Fredenbüll in der nächsten Zeit an kulinarischen Experimenten auf sie zukommt. Piet Paulsen hat sich außerdem fest vorgenommen, seine Ernährungsgewohnheiten etwas zu ändern und das eine oder andere Putenschaschlik »Hawaii« mal wegzulassen. Mit seinen aktuellen Cholesterinwerten in der Endoklinik steht es nicht zum Besten. Piet will jetzt auf Matjesbrötchen umsatteln.

»In dem Fisch, da ist vor allem dat gute Cholesterin drin.« In »Mannis Matjeshalle« hatte Piet die neusten Tipps der Ernährungsberaterin aus dem Krankenhaus gleich an seine Freunde weitergegeben.

»Piet, ich hab aber noch jede Menge Putenwürfel eingefroren in der Truhe. Wat soll damit denn werden?« Antje sorgt sich um ihre Vorräte.

Die Imbisstour beginnt gleich mit einer erstaunlichen Location. Die »Klappe« ist ein Imbiss ohne Gastraum. Essen und Getränke werden durch ein Fenster nach draußen gereicht. Auf der Straße davor steht eine Bierbank mit

Tisch. Die meisten essen im Stehen. Andere Gäste verzehren ihr Wiener Schnitzel auf dem mit Graffiti besprühten Stromkasten. »Das Konzept ist genial und das Essen super«, hatte Bounty von einem Hamburger Freund gehört. Angesichts des Regenwetters ist der Besuch heute allerdings mehr als mau. Es sitzt kein einziger Gast auf der Bierbank.

»Wie macht ihr dat eigentlich im Winter?«, will Kollegin Antje von dem Wirt wissen.

»Im Winter sind wir in der Garage im Hinterhof«, verkündet der hippe Imbisskoch seine sensationelle Konzeption.

»In der Garage?«, fragt der Schimmelreiter interessiert. »Musst den Wagen aber vorher immer rausfahren, nä?« Seinen Mustang zwischen Grill und Fritteusen zu parken, kann sich Hauke Schröder nur schwer vorstellen.

»Is mal wat anderes«, befindet Piet.

»Digga, in der Garage steht schon lange kein Auto mehr!« Der Wirt ist richtiggehend empört. »Wir fahren alle Rad.«

»Mit'm Rad?« Der Schimmelreiter ist entsetzt.

»Ich hab auch schon lange kein Auto mehr«, demonstriert Piet Paulsen sein Umweltbewusstsein. »Ich war ja früher Landmaschinenvertreter, da brauchte ich 'n Wagen. Aber in die ›Hidde Kist‹ komme ich ganz gut zu Fuß … na ja, wollen wir mal hoffen … jetzt mit dem neuen Knie.«

Dann treibt es die Fredenbüller Runde schnell weiter. Mit seinen Krücken mag Paulsen nicht so lange im Regen stehen. »Antje, nich dass du auf die Idee kommst, dat wir, statt am Stehtisch, künftig draußen um den Stromkasten rumsitzen müssen.«

Auch die weiteren Stationen auf ihrer Odyssee durch die Hamburger Imbissszene sind schnell abgehakt. Im »Baseburger« diskutieren zwei Nachwuchsgriller mit Dutt die »überragende Haptik« der neu kreierten Pommes. Und schon der Name der nächsten Location, »Friends and Brgs«, löst bei den Fredenbüllern nur Kopfschütteln aus. »Bei der Namensgebung ordentlich einen durchgezogen«, vermutet Bounty.

Der in allen Zeitungen und Internetforen gefeierte Geheimtipp »Underdoks« soll dann aber der Höhepunkt der kulinarischen Stadtrundfahrt werden. Zwischen dem obligatorischen Vintage-Mobiliar steht ein roter Schiffscontainer, der von den Fredenbüllern gleich skeptisch beäugt wird. Die Maracuja-Orangen-Marinade und die Süßkartoffelcreme mit Aji-Amarillo-Chillisauce versetzen Antje dann allerdings in wahres Entzücken. Dazu trinken Klaas und Bounty Yuzuka-Limonade aus dem Saft der japanischen Yuzu-Zitrone. Währenddessen versucht Antje mit ganzer Konzentration alle Zutaten aus ihrem Heringsbrötchen herauszuschmecken. »Dat ist die Revolution des Fischbrötchens«, zitiert sie das Motto des Edelimbisses gegenüber dem Sankt-Pauli-Stadion.

»Unter dem ganzen Gedöns kann ich den Hering gar nich finden«, moniert Piet Paulsen, der Revolutionen grundsätzlich skeptisch gegenübersteht.

Am Ende sind sie dann doch wieder in »Mannis Matjeshalle« gelandet. Antje war noch mal kurz im Hotel und hat sich für den ›König der Löwen‹ schick gemacht.

Alexandra und Marret sind inzwischen aus Fredenbüll eingetrudelt und stärken sich vor dem Musicalabend mit einem Matjesburger.

Klaas, Bounty und der Schimmelreiter haben derweil einen kleinen Abstecher durch die Herbertstraße gemacht. Der Schimmelreiter ist schwer beeindruckt. »Unglaublich, die sitzen da mit ihrer Reizwäsche im Schaufenster.«

»Hauke, das ist normal«, weiß Bounty, der früher immer mal in Hamburg war. »Das hat sozusagen Tradition.«

»Echt jetzt?« Der Schimmelreiter kommt ins Grübeln. »Dat is ja so, als wenn sich Alexandra, Marret und Heike in Unterwäsche bei Ahlbeck im Edeka-Markt ins Schaufenster setzen.«

»Da würde dann aber sofort die örtliche Polizei eingreifen«, protestiert Thies, der sich inzwischen ebenfalls in der Matjeshalle eingefunden hat.

»Ja, Hauke, dat hättest du wohl gern!« Alexandra schüttelt lachend ihre rote Mähne. Marret ist nicht ganz so amüsiert.

»Müsst ihr nur aufpassen, dat ihr euch nich in den Sonderangeboten verheddert.« Piet Paulsen bleckt die zu großen dritten Zähne.

Und dann wird Thies auf einmal hellhörig. Vor Mannis Tresen steht eine Frau in teuer aussehenden Klamotten, die nicht so recht in die Matjeshalle passen.

»Für Sie, Frau Steenwoldt, einmal Bismarck!« Der Wirt reicht der Frau ein Fischbrötchen über den Tresen.

Thies zuckt zusammen. Gehört die Frau etwa zu besagter Familie Steenwoldt, bei der sie gerade waren? Vielleicht eine der Töchter? Thies versucht, einen Blick auf ihr

Gesicht zu erhaschen. Aber im Augenblick kehrt die Frau ihm den Rücken zu. Auch Alexandra und Marret werden hellhörig. Ihnen kommt der Name ebenfalls bekannt vor, und sie wissen auch gleich woher. Bei der Lektüre im Friseursalon haben sie in der ›Bunten‹ oder ›Gala‹ des Öfteren über die Charity-Aktivitäten der aparten Vivian Steenwoldt gelesen.

Klaas wird von Manni derweil in die Geheimnisse des Fischbrötchens eingeweiht. »Wat heißt eigentlich Bismarck?«, fragt Klaas nach. »Dat is noch ’n anderer Fischburger als der, den ich hier hab?«

»Ja, Bismarckhering statt Matjes«, erläutert Manni knapp. »Eigentlich ganz simpel. Die Soße is der Trick.«

Jetzt hat sich auch die Frau in dem eleganten Regenmantel an einen der Stehtische gestellt und widmet sich ihrem Fischbrötchen. Steenwoldt, das ist kein Zufall, überlegt Thies. In ihrem Gesicht ist der asiatische Einschlag deutlich zu sehen. Es ist nicht die aufgeregte Frau aus der Tischlerei heute Morgen, sondern ihre ältere Schwester. Es ist die Frau neben dem Mädchen auf dem Foto im Treibhaus des alten Steenwoldt, da ist sich Thies inzwischen sicher.

28

Phil Krotke parkt seinen Capri im Halteverbot. Die Nacht hat sich wie der Abspann in einem Film über die Hafencity gesenkt. Der Regen ist wieder stärker geworden. Krotke schlägt den Kragen seines Regenmantels hoch und läuft die paar Meter zum Eingang des Apartmenthauses. Er ist mittlerweile fest davon überzeugt, dass dieser Typ in dem großkarierten Glencheck und auch die feine Familie Steenwoldt mit dem Tod seines Partners zu tun haben. Und de Vries und Steenwoldt oder vielmehr seine Töchter haben ebenfalls etwas miteinander zu tun. Letzte Nacht hatte er Vivian Steenwoldt mit diesem auffälligen rosa Seidenschal aus dem Sanatorium kommen sehen. Es war dasselbe Rosa wie von de Vries' affiger Krawatte. Was hatte das zu bedeuten?

Er bleibt einen Moment vor dem Eingang stehen und studiert die Namensschilder neben den Klingelknöpfen. De Vries' Apartment liegt, wenn er richtig zählt, im sechsten Stock. Als eine Frau das Haus verlässt, nutzt er die Gelegenheit und schlüpft durch die Glastür. Er beschließt zu Fuß zu gehen und arbeitet sich die Treppen nach oben. Im vierten Stock bereut er, dass er nicht den Fahrstuhl genommen hat. Phil ist vollkommen aus der Puste, als er im sechsten Stock ankommt.

Da ertönt aus der Wohnung von de Vries so etwas wie

ein Schrei. So genau kann Phil den Laut nicht einordnen. Was ist hier los? Die Wohnungstür ist nur angelehnt. Er horcht. Dann geht er vorsichtig hinein. Hinter einem kleinen Flur kommt man gleich in den großen Raum mit Küche, Bartresen, Esstisch und der weißen Leder-Sitzlandschaft. Der Raum sieht aus wie ein Schlachtfeld. Auf dem Boden liegen überall Klamotten herum, ein geblümtes Shirt oder Kleid, eine halb zerrissene Jeans und ein seidener Damenslip. Auf den Fliesen zwischen Küchenzeile und Bar sieht man zerbrochenes Glas, eine umgekippte Flasche und auf den Arbeitsflächen, dem Tresen und auf dem Teppichboden verteilt, Eiswürfel und zertretene Taco-Chips. Im ganzen Raum hängt ein Duftgemisch aus süßlichem Opiumrauch und dem Parfüm gleichen Namens. An den Panoramafenstern läuft der Regen herunter. Die Lichter am Kai und die kleine Ecke der Elbphilharmonie verschwimmen darin. Was hat sich hier abgespielt? Wilder Sex? Ein tödlicher Kampf? Wahrscheinlich beides, vermutet Phil.

Krotke erkennt Carmen Steenwoldt und de Vries natürlich sofort. Und sein Verdacht, dass die beiden etwas miteinander haben, scheint sich auch zu bestätigen. Sonderlich harmonisch allerdings ist der Abend offenbar nicht verlaufen. Sie hängt in den weißen Lederpolstern, er sitzt davor auf dem Edelflokati. Carmens Augen unter den ellenlangen Wimpern sind weit geöffnet. Die Pupillen haben gerade mal Stecknadelkopfgröße. Die kunstvoll gestochenen chinesischen Schriftzeichen ihres Tattoos wirken wie eine geheime Botschaft. Zwischen den fahlen Lippen erklingt ein irres Kichern. An einem Ohr trägt sie zwei auffällige Brillantstecker, die sündhaft teuer aussehen. Sonst trägt sie nichts. Carmen Steenwoldt hat einen schlanken, fast mädchenhaften Körper. Ihre helle Haut schimmert sanft im Licht einer schummrigen Schirmleuchte neben der Sitzlandschaft. Nur die blaulackierten Fußnägel leuchten auf den weißen Lederpolstern. Krotke betrachtet sie, ohne verlegen zu werden.

»Kennen wir uns nicht?« Ihre Stimme kommt wie aus einer anderen, fernen Welt. Sie hat Probleme, ihn mit ihrem Blick zu fixieren. Heute ist sie deutlich mehr weggetreten als bei ihrer ersten Begegnung in der Villa der Steenwoldts. Sie ist kein Wesen aus Fleisch und Blut, sondern aus ungestrecktem Opium. Wer immer ihr die Dosierung verabreicht hat, hat es etwas zu gut gemeint. Heute ist sie nicht mal in der Lage, Krotke in den Arm zu fallen.

»Sie sind doch der nette Junge von neulich«, haucht sie lallend. So weit kann sie sich immerhin noch erinnern.

»Ich hab ja offenbar einen bleibenden Eindruck hinterlassen«, brummt Phil.

»Ein bisschen klein vielleicht«, säuselt sie. »Aber richtig nett.«

Die Leier hatten wir bereits, denkt Phil. Aber wenigstens sagt sie noch etwas. Der Typ, der zu ihren Füßen sitzt, ist dagegen stumm. Dafür hat er seine Klamotten noch an. Sein massiger Oberkörper steckt in den unvermeidlichen Riesenkaros. Sein Kopf ist vornüber gekippt. Ein paar Haarsträhnen hängen ihm ins bleiche Gesicht. Sein Blick ist starr auf den cremefarbenen Flokati vor ihm gerichtet. Aus dem geöffneten Mund stehen die Hasenzähne heraus. Zwischen den Revers seines Glenchecks ragt ein Griff wie von einem Schraubenzieher oder Stemmeisen heraus. Angesichts der überall herumliegenden Eiswürfel ahnt Krotke, worum es sich handelt. Das ist ein Eispicker, der dem guten de Vries in seiner Brust steckt. Aus der Stichwunde ist reichlich Blut geflossen. Sein Hemd hat einen großen roten Fleck, und auch die Karos und der Teppich haben etwas abbekommen. Krotke bräuchte jetzt dringend einen Whiskey und eine Chesterfield, aber er verkneift sich beides.

»Wir wollten eigentlich heiraten …«, säuselt Carmen Steenwoldt und verdreht dabei die Augen.

»Ich fürchte, daraus wird nichts mehr werden«, kontert Krotke und zupft sich am Ohrläppchen.

»Wollen wir nicht heiraten?« Sie richtet sich ein Stück auf.

»Aber vorher sollten wir Ihnen etwas anziehen.« Erst jetzt bemerkt er, dass ihre Hände voller Blut sind. Krotke sammelt ihre dürftigen Klamotten vom Boden zusammen und reicht sie ihr, doch die unbekleidete Carmen lächelt ihn nur weggetreten an.

Was erwartet sie? Phil hat eigentlich wenig Meinung, ihr in ihre Hose zu helfen. Allzu nahe sollte man dieser Carmen Steenwoldt nicht kommen. Das scheint lebensgefährlich zu sein. Musste Ray vielleicht dran glauben, weil er sich mit ihr eingelassen hatte? Oder war er irgendwelchen dunklen Schiebereien mit der Entsorgung von Sondermüll auf die Schliche gekommen? Und warum sitzt ihr Freund de Vries jetzt tot auf seinem Teppich? Krotke schwirrt der Kopf. Er fühlt sich fast schon so wie die berauschte Carmen. Soll er die Polizei rufen? Phil ist es gewohnt, seine

Fälle selbst zu lösen. Mit der Polizei hat der Privatdetektiv nicht die allerbesten Erfahrungen gemacht. Nein, mit der Polizei hat er sogar ausgesprochen schlechte Erfahrungen gemacht. Er würde sich hier gern in aller Ruhe umsehen, bevor die Spusi-Fritzen in ihren weißen Anzügen anrücken.

Was war hier passiert? Wer hat den Glencheck auf dem Gewissen? Hatte Carmen auf einmal genug von ihrem Bräutigam und es sich mit der Hochzeit anders überlegt? Sehr wahrscheinlich ist das nicht. Warum stand die Wohnungstür offen? Nach einem Einbruch sieht es nicht aus.

»Wer war das, der das gemacht hat?« Er schüttelt das Mädchen. »War noch jemand hier?« Mehr als ein summendes »Sssss« ist aus ihr nicht herauszubekommen. Letztlich wird Krotke doch nicht umhinkönnen, die Polizei zu rufen. Aber erst mal will er die berauschte Carmen aus dem Apartment herausschaffen. Schließlich sind die Steenwoldts Kunden ihrer Detektei. Um alles andere kann er sich später kümmern.

Er steckt Carmens Füße in ihre Hosenbeine und ermuntert sie, das weitere Anziehen selbst zu übernehmen. Währenddessen meint er ein Geräusch in dem Apartment zu hören. Krotke lauscht einen Moment. »Ist hier noch jemand anderes?«, fragt er.

»Na ja … Wim«, raunt sie.

»Ich fürchte, der macht keine Geräusche mehr.« Krotke wirft vorsichtig einen Blick in die anderen Räume, ein Schlafzimmer, das Bad und eine Art Arbeitszimmer, in dem ein Computer und allerlei technisches Gerät stehen.

Aber er kann niemand Verdächtigen entdecken. Wahrscheinlich kam das Geräusch aus der Nachbarwohnung.

Carmen ist derweil mit ihrer Hose nicht viel weiter gekommen. Phil zieht sie ihr mit einem Ruck nach oben, wobei die ohnehin überall angerissene Jeans vollends zu zerreißen droht. Auch das geblümte Oberteil ist nach ein paar Verrenkungen angezogen. Er versucht sie auf die Beine zu stellen. Aber sie sackt in ihren Vintage-Jeans gleich wieder zusammen.

»Willst du mich nicht heiraten«, wispert Carmen, die inzwischen auf der Sofakante sitzt, ihm noch einmal ins Ohr.

»Vielleicht versuchen wir es erst mal mit einer kleinen gemeinsamen Ausfahrt.«

29

Thies und Nicole sind nach ein paar Bieren leicht angeschickert, als sie bei Nicoles Tischler eintrudeln. Nicole ist stinksauer auf ihren Freund. Andrew hatte heute Nachmittag mal wieder versäumt, Finn aus der Kita abzuholen.

»Das darf echt nicht wahr sein. Ich dachte, ich kann mich auf dich verlassen«, schimpft Nicole. »Antje und Piet Paulsen mussten Finn abholen. Das muss man sich mal vorstellen, der frisch operierte Piet muss mit seinem neuen Knie zur Kita humpeln, nur weil du es mal wieder verpennt hast. Und Antje wollte längst los zum ›König der Löwen‹.«

»Ja, Scheiße, ich hab auch 'n Beruf«, mault der Tischler und ordnet seinen Dutt. »Ich hab 'ne ganze Sitzgruppe Stühle fertig zu machen. Ich bin nicht dein Babysitter.«

»Darum geht es doch überhaupt nicht.« Nicoles gute Stimmung von eben in der Matjeshalle ist dahin.

»Und worum, bitte, geht es dann?« Andrews Ton wird jetzt auch schärfer.

»Hallo?! Wir hatten etwas verabredet, und darauf muss ich mich verlassen können. Wenn Finn abgeholt werden muss, dann muss er abgeholt werden. Er kann da schließlich nicht allein in Altona auf der Straße rumstehen.«

»Dann hol du ihn doch ab. Es ist schließlich dein Kind.« Der Tischler hat überhaupt keine Lust, auf das Thema näher einzugehen.

Nicole dagegen wird immer fuchsiger. »Und wer war eigentlich die blonde Lady mit den Schlitzaugen, die heute Morgen bei dir wie ein aufgescheuchtes Haubenhuhn durch die Werkstatt gehüpft ist?«

»Wen meinst du? Meine Güte, wer soll das schon gewesen sein?!« Andrew wird richtig sauer. »Eine Kundin! Wie gesagt, ich hab Stühle in Arbeit, antiquarische chinesische Stühle.«

»Eine Kundin?« Nicoles Ton wird hämisch. »Ich kann mir schon denken, was das für eine Kundin ist.«

»Ach so, du meinst …« In Thies arbeitet es.

»Sie meint gar nichts«, stellt der Tischler klar.

»Du verschweigst mir doch etwas.«

»Was bitte soll ich dir verschweigen?« Er zupft nervös an seinem Dutt herum. »Ach, lasst mich doch in Frieden!«

»Na ja, die blonde Chinesin eben kam mir aber irgendwie bekannt vor.« Thies steht unentschlossen in der Wohnküche der Ottenser Hinterhauswohnung. Sonderlich wohl ist ihm nicht.

»Eine Tochter von diesen Steenwoldts, bei denen wir vorhin waren, sieht ziemlich ähnlich aus.«

»… und die jüngere der Steenwoldt-Töchter hat ja ganz offenbar ein Drogenproblem …«, führt Nicole den Satz des Kollegen weiter, »… da ist sie ja wohl nicht die Einzige.« Nicole und ihr Tischler gehen immer weiter in den Clinch.

Thies wird die ganze Situation unangenehmer. Nicoles Verhalten irritiert ihn. Er hat seine Kollegin immer bewundert wegen ihrer Selbstständigkeit, ihres Selbstbewusstseins und ihrer Unabhängigkeit. Und das will sie für dieses Windei mit Dutt jetzt alles aufgeben.

»Wollen wir nich lieber noch ’n Bier trinken?«, schlägt er vor.

»Na klar, trinkt mir doch auch noch den Kühlschrank leer«, mault Andrew.

»Wieso eigentlich dein Kühlschrank? Wer hat denn den letzten großen Einkauf gemacht?« Nicole sieht ihn provozierend an.

»War da Bier dabei? Davon hab ich zumindest nichts bemerkt.« Damit verzieht sich der Tischler schmollend in sein selbstgezimmertes Bett, und Thies und Nicole holen sich tatsächlich noch ein Bier aus dem Kühlschrank.

»Sag mal, Nicole«, Thies weiß nicht recht, wie er es sagen soll, »meinst du, da sind Drogen im Spiel … und dein Tischler hat wat mit der Sache zu tun?«

Nicole sagt gar nichts. Sie schnieft gleich mehrmals. Diesmal hört es sich nicht allergisch an, sondern wütend. Sie öffnet die Bierflasche mit einem Einmalfeuerzeug und setzt sie sofort an.

Thies verfolgt den Gedanken nicht weiter. »Ich denk ja sowieso eher in Richtung illegale Mülltransporte.«

»Und damit hast du vermutlich recht.« Sie hat die Bierflasche in einem Zug halb geleert. »Die Hamburger Kollegen haben den Weg der ›Princess of Accra‹ mal weiter verfolgt. Laut Frachtpapieren ist das Schiff tatsächlich nach Accra in Ghana unterwegs mit etlichen Containern voller Secondhand-Elektrogeräte.«

»Aus zweiter Hand?« Thies hat seine Zweifel.

»Ja, deklariert als funktionsfähige Secondhand-Ware.«

»Die zerdepperten Fernseher, die wir bei dem Toten gefunden haben, kriegst du aber nich mehr in Gang. Dat kannst du doch vergessen. Die werden in Afrika verbrannt oder vorher einfach über Bord geworfen.«

»Ja, klar, das ist eine Riesensauerei«, findet Nicole auch. »Und dein Verdacht scheint sich zu bestätigen. Bei der Untersuchung der Plastikkanister aus dem Container haben die Kollegen ein hochgiftiges Abfallprodukt aus der Chemieindustrie nachgewiesen. Frag mich jetzt nicht, wie das Zeug heißt, eine Lösung, die in den Frachtpapieren nicht verzeichnet war und bei den Abnehmern in Afrika ganz sicher nicht in den richtigen Händen ist.«

»Dat Zeugs will niemand haben«, vermutet Thies.

»Der Hamburger Staatsanwalt hat gleich eine Durchsuchung bei Han Min angeordnet. Aber die ist ergebnislos verlaufen.« Nicole seufzt. Irgendwie wirkt sie deprimiert. »Holst du uns noch 'n Bier, Thies?«

»Hast aber Durst heute Abend!« Thies wundert sich. Ihm ist es nicht entgangen, dass die von ihm so verehrte Kollegin etwas von der Rolle ist. »Sag mal, Nicole, wie läuft dat eigentlich so in Hamburg bei der Mordkommission und hier ... bei dem Tischler mit dem Dutt?«

Sie steht auf und stellt die leere Bierflasche auf der Arbeitsplatte ab. Während Thies gerade im Kühlschrank nach zwei weiteren Bieren kramt, legt sie ihm unverhofft von hinten den Arm um die Hüfte und zieht ihn an sich. Thies weiß gar nicht, wie ihm geschieht. Er nimmt sie in den Arm. Der Nasenverband verrutscht leicht. Die Wunde pocht. So stehen sie eine ganze Weile umarmt da, im Licht des geöffneten Kühlschranks.

»Na ja«, brummt Thies, »hatte ich mir gleich gedacht. Mit Hamburg, dat war vielleicht 'n büschen übereilig.«

30

Diesmal nimmt Krotke den Fahrstuhl. »So, Honey, jetzt geht's nach Hause zu Daddy«, brummt er. Er hat alle Mühe, die zugedröhnte Carmen in den Fahrstuhl zu bekommen. Er hat sich ihren Arm um die Schultern gelegt. Sie hängt an ihm wie ein nasser Sack, schlimmer noch, mit ihren schlaffen Beinen bleibt sie an jeder kleinen Stufe und Türkante hängen. Gegen das Betreten des Fahrstuhls scheint sie sich mit allen vieren wehren zu wollen wie ein Hummer gegen den Topf mit kochendem Wasser.

»Huuuch«, stöhnt sie und verdreht die Augen, als der Fahrstuhl in einem Rutsch vom sechsten Stock ins Erdgeschoss rauscht. Obwohl sie nichts wiegt, hängt sie ihm schwer an der Schulter.

Auf der Fahrt nach Falkenstein versucht er verzweifelt, etwas aus ihr herauszubekommen. Aber Carmen scheint noch überhaupt nicht realisiert zu haben, dass ihr Freund de Vries das Zeitliche gesegnet hat. Einen Augenblick lang ist sie so weggetreten, es wirkt, als würde sie schlafen. Dann zeigt sie plötzlich lallend auf die Lichter des Hafens, die verschwommen durch die regennassen Autoscheiben schimmern, die Cap San Diego, ein einlaufendes Kreuzfahrtschiff und die gegenüberliegende Werft. Im nächsten Moment will sie mit ihm in irgendeinen Club zum Tanzen.

»Ich will mich drehen«, nuschelt sie, als würde sich bei ihr nicht schon alles genug drehen. »Come on dancing«, säuselt sie. Sie beginnt, auf dem Beifahrersitz herumzuturnen. Während der Fahrt, mitten auf der vierspurigen Straße an den Landungsbrücken, reißt sie plötzlich die Autotür auf und will aussteigen. Phil kann sie gerade noch festhalten.

»Wir sind noch nicht in der Disco angekommen, Darling«, grunzt er. Und dann mehr zu sich selbst. »Was mache ich hier eigentlich?« Dann schüttelt er sich mit einer Hand eine Chesterfield aus der Packung und entzündet das Streichholz mit dem Fingernagel.

»Toller Trick«, staunt Carmen. »Ich mag dich. Du bist süß.«

»Ich weiß, Kleines.«

Auf der Straße in Teufelsbrück steht das Wasser noch ein paar Zentimeter höher als gestern. Von den großen alten Bäumen an der Elbchaussee tropft der Regen laut auf das Autodach.

»Wo fahren wir eigentlich hin?« Inzwischen spricht Carmen Steenwoldt wieder in Zeitlupe. »Dein Auto riecht nicht so besonders gut«, zwitschert sie, »aber es hat so waaahnsinnig gemütliche weiche Sitze.« Eben wollte sie noch tanzen, inzwischen droht sie auf dem Beifahrersitz wegzudämmern.

Nachdem sie die Villa der Steenwoldts in Falkenstein erreicht haben, lässt Krotke Carmen zunächst mal im Wagen sitzen und läuft allein durch den Regen zum Haus. Es brennt nirgendwo mehr Licht. Nur das Gewächshaus leuchtet gespenstisch durch den parkähnlichen Garten.

Hinter den Glasfenstern steht ein Affe, der ihn beobachtet. Phil läutet. Eine halbe Ewigkeit passiert nichts. Dann nähern sich wie aus weiter Ferne bedächtige Schritte. Der grauhaarige Butler mit der gestreiften Weste öffnet. »Herr … ähh … Kortke?«

»Verdammt nah dran«, grunzt Phil. »Krotke«.

»Was kann ich für Sie tun, Herr Krotke?«, fragt er in gestelztem Hamburgisch.

»Die Herrschaften schlafen wohl schon alle?«, fragt Phil. Der Butler geht gar nicht darauf ein. Dass es mitten in der Nacht ist, scheint ihn wenig zu irritieren.

»Es wäre hilfreich, wenn Sie mal kurz mit anfassen könnten. Ich habe da im Auto …« Weiter kommt Phil gar nicht. Er wird von dem Diener unterbrochen.

»Ich verstehe. Ich hole nur rasch den Schirm.« Es ist offenbar nicht das erste Mal, dass die opiumbedröhnte Carmen hier nachts angeliefert wird.

Gemeinsam versuchen sie, das Mädchen aus Krotkes Ford zu bekommen. Es ist ein aufwendiges Unterfangen. Carmen ist inzwischen alles andere als in Tanzstimmung. Sie befindet sich mittlerweile in einem komatösen Tiefschlaf und schnarcht so laut, dass die vom Rauch vergilbten Türverkleidungen des Capris vibrieren. Der Diener hält mit einer Hand den Schirm, mit der anderen greift er erstaunlich beherzt in Carmens Klamotten, um sie nach draußen zu zerren.

»Nur zu«, ermuntert der Butler Phil in einem Ton, als würde er gerade Teegebäck reichen. »Wir müssen ja glücklicherweise nicht so vorsichtig sein, die Hose hat bereits einige Risse.« Sein kaum erkennbarer, ironischer Unterton verrät, dass er mit der jüngeren Tochter Steenwoldt modisch nicht ganz auf einer Linie ist.

Schließlich gelingt es den beiden, Carmen mit vereinten Kräften aus dem Auto zu ziehen und am Karpfenteich vorbei zum Haus zu bugsieren. Sie haben das Mädchen zwischen sich unter die Arme geklemmt. Halb tragen, halb schleifen sie sie. Ihre Füße ziehen eine Spur über den Kiesweg. Im Haus setzen sie Carmen vorläufig auf das Samtsofa gegenüber von dem Jugendstilfenster. Der Jüngling ist mit seinen Mädels immer noch nicht weitergekommen, muss Phil feststellen.

»Kann ich Sie wieder zu Ihrem Wagen bringen?« Der Butler deutet auf den Schirm.

»Ich bin überhaupt nicht hier gewesen«, schnarrt Krotke. »Vergessen Sie es einfach, dass ich hier war.«

»Das ist wahrscheinlich ganz im Sinne der Familie Steenwoldt.« Der Butler räuspert sich wieder, aber diesmal leiser als sonst. »Ich verstehe, ich bin eben gar nicht an der Tür gewesen.«

Auf der Fahrt die Elbchaussee zurück in die Hafencity zermartert Krotke sich den Kopf, was das alles zu bedeuten hat. Hatte die bedröhnte Carmen ihren Freund mit einem Eiswürfel verwechselt? Zu so einer Tat war sie in ihrem Zustand doch überhaupt nicht in der Lage gewesen. Wer wollte den dicken de Vries aus dem Weg räumen? Und warum hatte derjenige ihn dann nicht tatsächlich weggeräumt? Er wird gleich die Polizei rufen. Um den toten de Vries sollen die Cops sich kümmern. Aber vorher will er sich noch einmal in der Wohnung umsehen.

31

Antje, Alexandra und Marret kommen regelrecht berauscht aus dem ›König der Löwen‹. Vor allem Antje ist ganz beseelt, als das Fredenbüller Trio mit der Barkasse wieder zu den Landungsbrücken übersetzt. »Die Kostüme, dat ist ja alles so auf afrikanisch gemacht. Die tanzenden Giraffen und Gazellen vor der untergehenden Sonne, einfach toll!«

»Auch die Frisuren«, schwärmt Fachfrau Alexandra.

»So wat hast du noch nicht gesehen«, findet Marret, die sich von Alexandra jetzt ebenfalls so eine exotische Frisur machen lassen will.

»Und dann singen die Löwen ja auch noch die ganze Zeit, sagenhaft!«, bringt Antje den Musicalabend auf den Punkt.

Danach sind die Damen noch überhaupt nicht in der Stimmung, in ihr Hotel zurückzukehren. Aber »Mannis Matjeshalle«, wo die anderen Fredenbüller sich häuslich eingerichtet haben, muss es heute Nacht nicht unbedingt sein. Nach dem erhebenden Musicalerlebnis ist ihnen nach etwas Exotik. So zieht es die drei auf einen Drink in die »Tanzenden Türme«, in die schicke Bar im obersten Stockwerk. Auf dem Rooftop unter freiem Himmel lassen sie sich einmal kurz den Regen in die Frisuren aus dem »Salon Alexandra« wehen, dann werden sie an der Bar mit Drinks versorgt. Antje hat zielsicher den Rum-Limetten Cocktail »African Dream« geordert. Marret dagegen kommt schon bei der Bestellung eines »Woodford Rye Old Fashioned« arg ins Schleudern. Der Stimmung kann es nichts anhaben, ganz im Gegenteil. Beim zweiten Drink kommen die Fredenbüller Damen richtig in Schwung und mit drei charmanten flotten Hamburger Jungs ins Gespräch, die sich nach einem weiteren Getränk auf deren Rechnung als der nicht mehr ganz so junge harte Kern eines Elmshorner Betriebsausfluges outen.

Zwischendurch hält Antje über ihr Handy ihre Stammgäste aus der »Hidden Kist« immer auf dem Laufenden. Piet Paulsen ist schwer beleidigt, weil sie ihn nicht mitgenommen haben.

»Mädelsabend!«, ruft Marret grienend in Richtung Antjes Handy.

»Mädels, na ja ... nach ’n paar Drinks vielleicht«, krächzt Paulsen weniger charmant. Er ist eigentlich nur knatschig, weil er von Bounty und dem Schimmelreiter gleich auf die Station »Michel« zurückgebracht werden soll.

Im Anschluss an die Drinks in den »Tanzenden Türmen« bummeln Antje, Alexandra und Marret mit ihren drei Elmshorner Eroberungen kurz nach halb eins über die Reeperbahn an dem Wachsfiguren-Panoptikum, am Operettenhaus, an Spielhallen und Stripschuppen vorbei. Als sie unerwartet auf einmal vor dem »Silver Palace« stehen, haben alle nach dem ereignisreichen Abend noch einmal Appetit bekommen.

»Dat is doch der Chinese, von dem Bounty erzählt hat«, fällt Antje gleich ein.

»Och, Chinese haben wir bei uns in Bredstedt doch auch.« Marret steht gerade nicht der Sinn nach »Zweimal gebratenem Schweinefleisch«.

»Nee, das is ganz was anderes als das ›Hongkong‹ in Bredstedt«, meint Alexandra. »Das soll richtig echt chinesisch sein, so wie in Hongkong oder Shanghai oder so.«

Antje, die sich noch ein paar Anregungen für ihre Imbissküche erhofft, ist gleich Feuer und Flamme und will gerade das Lokal stürmen. Doch die Glastür mit den großen roten Schriftzeichen ist verschlossen. »Dat gibt's doch nich, halb eins grad vorbei, und der Chinese hat schon dicht.«

»Und dat will 'ne Weltstadt sein.« Alexandra verdreht die Augen, die Elmshorner nicken zustimmend. Alle tun so, als würden sie ihre Dim Sums normalerweise in der Chinatown von New York essen.

»Echt schade.« Antje bedauert es von allen am meisten. »Guckt mal, da hängt in der offenen Küche alles voller Enten.«

»Ja, Pekingenten«, weiß einer der Elmshorner, der jetzt auch einen Blick in das Lokal wirft. »Die werden lackiert, und dann müssen die da mehrere Tage hängen.«

»Aber was ist denn das dahinten.« Marret klebt mit ihrer Nase direkt an der Scheibe und hat durch die chinesischen Paravents und Lampen hindurch etwas entdeckt. »Da ist noch jemand.«

»Nee, die haben geschlossen.« Antje zieht wieder an der Tür.

»Aber da hinten sitzt doch noch 'n Gast.« Marret zeigt immer wieder in das Lokal.

»Wo?«, will Alexandra wissen.

»Na, dahinten, der Typ in dem karierten Jackett.« Marret hat ihn fest im Blick.

Der Elmshorner hängt jetzt ebenfalls fast schon in der Scheibe. »Der sitzt nich, der hängt da am Haken, zwischen den Enten.«

32

Im Auto hängt noch der schwere Patchouli-Duft von Carmens Parfüm. Mit ein paar dicken Regenplacken platschen nasse Laubblätter von den alten Bäumen herunter auf die Frontscheibe. Sie werden vom Scheibenwischer schmatzend hin und her geschoben. Die Elbchaussee ist zu dieser nächtlichen Stunde so gut wie ausgestorben, und die Hafencity ist vollkommen tot. Die Elphi-Touristen haben das Feld geräumt.

Am Eingang zu dem Apartmenthaus drückt Phil Krotke mehrere Klingelknöpfe. Nach einer Weile meldet sich an der Wechselsprechanlage eine verschlafene Stimme, kurz danach wird der Summer betätigt. An den Leuchtziffern über den Fahrstuhltüren ist zu erkennen, dass beide Aufzüge auf dem Weg nach unten sind. Er betritt den ersten. Während sich seine Schiebetür schließt, öffnet sich die Tür des gegenüberliegenden Fahrstuhls. Heraus kommen zwei Typen, die Phil verdammt bekannt vorkommen. Er nimmt sie nur für einige Sekunden wahr, aber er hat sie sofort erkannt. Das bestätigt ihm sein dumpfes Gefühl in der Magengrube. Der glatzköpfige Brecher mit dem Mettbrötchenohr und der kleine Dünne mit den dicken Brillengläsern haben bei Phil einen bleibenden Eindruck hinterlassen. Er hat wenig Bedarf an einem neuerlichen Treffen mit dem Duo.

In dem schicken Apartmenthaus von de Vries wirken die beiden Typen reichlich deplatziert. Sie tragen gelbe Gummihandschuhe, und der Dicke in der Bomberjacke hat einen zusammengerollten Flokati unterm Arm. Doch nach Teppichvertreter sehen die beiden eigentlich nicht aus. Vermutlich macht das Duo für de Vries die Drecksarbeit. Einen neuen Auftrag können sie von ihm allerdings kaum bekommen haben. De Vries erteilt keine Aufträge mehr. Soll er ihnen folgen? Krotke verwirft den Gedanken gleich wieder. Erst mal will er lieber einen Blick auf den Toten und seine Wohnung werfen.

Auch in dem Apartment, das Krotke diesmal mit Hilfe seiner Kreditkarte öffnet, hängt noch das Opium-Duftgemisch aus Droge und Parfüm. Aber sonst hat sich hier in den letzten eineinhalb Stunden doch einiges verändert. Zum Beispiel ist der Tote nicht mehr da. Der dicke de Vries hat sich wie durch Zauberhand in Luft aufgelöst. Und die Wohnung sieht aus, als wäre gerade eine Putzkolonne da gewesen. Das stimmt ja auch vermutlich, denkt sich Krotke. Die beiden Typen im Fahrstuhl sind Spezialisten im Aufräumen, und sie hinterlassen keine Spuren, mal abgesehen von den Regenbogenfarben an seinem rechten Auge. Haben die Dampfwalze und die Brillenschlange mit dem Stilett de Vries auf dem Gewissen? Der Eispicker passt zu ihnen. Krotke hält das trotzdem nicht für besonders wahrscheinlich. Warum sollten sie ihren Boss umbringen? Und warum haben sie ihn dann nicht gleich mitgenommen? Oder hatten die beiden einen ganz anderen Auftraggeber? Die ganze Geschichte wird immer rätselhafter. Ray muss da schon weiter gewesen sein, sonst hätte er nicht dran glauben müssen. Vielleicht sollte Phil doch lieber die Finger von dem Fall lassen, wenn er nicht auch so einen Icepick zwischen die Rippen bekommen will. Aber dafür ist es jetzt zu spät. Phil Krotke ist schon mittendrin im Fall.

In der Wohnung ist nicht nur der Tote, sondern auch das ganze Chaos beseitigt. Küche und Bar wirken penibel aufgeräumt. Er kann keinen Glassplitter mehr finden. Bei genauerem Hinsehen entdeckt er, dass der Flokati fehlt, auf dem der dicke de Vries eben gesessen hat. An der hellen Färbung der Auslegware ist noch zu erkennen, wo der Teppich gelegen hat. Unter dem Sofa entdeckt Phil ein paar Krümel der Taco-Chips, aus denen sich allerdings keine erhellenden Erkenntnisse ableiten lassen. Er wirft auch einen Blick in die anderen Räume, um sicher zu sein, dass sich hier niemand mehr aufhält. Neben dem Badezimmer entdeckt er eine Art Wäschekammer, die er vorhin übersehen hat. Hatte sich hier eben jemand versteckt? Aber der Brecher in der Bomberjacke hätte da kaum hineingepasst, ohne gleich das Stilett seines Kumpels in die Rippen zu bekommen.

Krotke weiß nicht genau, wonach er suchen soll. Er stöbert etwas ziellos in der Wohnung herum, durchkramt die Schränke und Schubladen. Im Besteckkasten fällt ihm sofort der Icepick auf. So sah die Mordwaffe aus, die de Vries eben in der Brust steckte. Wahrscheinlich war es ein anderes Exemplar. Fast hätte Phil den Eispicker angefasst. Aber dann fällt ihm gerade noch rechtzeitig ein, dass dies vielleicht keine so gute Idee ist. Er sucht weiter. Er untersucht die beiden einzigen Bilderrahmen, die in der Wohnung hängen. Er sieht in den Backofen und unter das Bett, er forscht nach doppelten Böden, öffnet eine Kaffeedose und den voluminösen Weinschrank. Aber er kann nichts Verdächtiges entdecken. So viele Versteckmöglichkeiten gibt es hier auch gar nicht. Dann fällt ihm diese seltsame afrikanische Figur wieder ins Auge, dieser Totempfahl, der nun wirklich nicht zu übersehen ist.

Krotke unterzieht die mannshohe Plastik einer näheren Untersuchung. Er fährt dem Voodoo-Krieger über die wulstigen Lippen und die platte Nase. Da klappt auf einmal der auf dem Kopf der Skulptur sitzende Vogel mit den weiten bunten Flügeln zurück. Der Kopf hat einen Hohlraum. Den Rand kann Phil in seiner Kopfhöhe sehen, den Hohlraum selbst muss er ertasten. Er fühlt so etwas wie eine Papierrolle. Mit der ganzen Hand passt er durch die Öffnung nicht hindurch. Mit zwei Fingern kann er die Rolle herausziehen. Es ist ein frankierter Briefumschlag. Er zieht drei Briefbögen aus dem Umschlag und entrollt das Papier. Es sieht aus wie ein ganz normaler Frachtauftrag. Auf den ersten Blick kann er nichts Verdächtiges daran finden. Aber wenn de Vries diese Papiere in dem Totempfahl aufbewahrt, wird er dafür seine Gründe haben.

Krotke begutachtet das Schreiben näher. Der Absender ist eine Firma »Gefahrgutentsorgung Süderelbe«, der Adressat ist Han Min Shipping zu Händen Herrn Wim de Vries. Darunter sind mehrere Positionen verschiedener Gefahrengüter aufgeführt. Fünfzig Liter Gefahrgutklasse Acht, zweihundert Liter Klasse Sieben E und so weiter. Phil kann damit wenig anfangen. Aber es handelt sich offenbar um die Entsorgung hochgiftiger Substanzen. Und legal ist dieser Vorgang ganz sicher auch nicht. Vermutlich ist die Überlegung richtig, der Postweg ist heutzutage im Zeitalter des transparenten Internets der diskreteste Weg, um brisante Auftragspapiere für die Entsorgung des Giftes zu übermitteln. »Gefahrgutklasse Acht …«, Krotke fingert sich eine Chesterfield aus der Packung, »… ist offenbar tödlich.«

33

Nach den Bieren aus Andrews Kühlschrank haben Thies und Nicole richtig einen im Tee, als sie mitten in der Nacht um halb zwei vor dem »Silver Palace« eintreffen. Die Kollegen von der Hamburger Kriminaltechnik sind bereits vor Ort. Vor dem Lokal haben sich einige Nachtschwärmer eingefunden. Das schlechte Wetter kann sie nicht schrecken. Antje, Alexandra und Marret und ihre neuen Bekanntschaften aus Elmshorn stehen dicht gedrängt unter Regenschirmen zusammen und berichten den anderen Umstehenden, wie sie den Toten zwischen den Pekingenten entdeckt haben.

»Thiiies! Ach so, und du auch, Nicole«, ruft Antje, als sie die beiden vorfahren sieht. »Wir haben den Toten gefunden!«

»Der hängt da zwischen den Pekingenten. Grausig«, erklärt Alexandra.

»In diesem karierten Anzug zwischen dem Geflügel! Wie kann dat angehen?« Marret ist nach den Cocktails inzwischen wieder stocknüchtern. »Und wir wollten da eben noch zum Essen hin.«

»Dat is de Vries!« Thies hat ihn sofort erkannt. »Den haben wir gestern gerade befragt.«

»Wat macht der da?«, fragt einer der Elmshorner.

»Dat is 'n Verdächtiger in einem Mordfall … oder zumindest 'n Zeuge.« Thies setzt seinen wichtigen Blick auf. Angesichts des Bierpegels fällt ihm das gar nicht so leicht.

»Für so 'n Restaurant auch keine gute Reklame«, findet der Elmshorner.

»Dat war bestimmt die Chinesen-Mafia«, vermutet sein Freund. »Liest man ja immer wieder in der Zeitung.«

»So, jetzt lassen Sie uns bitte mal durch!« Nicole will sich zwischen zwei Schaulustigen hindurchdrängen, die ihr gleich wieder den Weg versperren.

»Moment mal, wir stehen hier schon die ganze Zeit. Vordrängeln gibt's nicht.«

»Doch, wir sind nämlich die Polizei«, blafft Nicole ihn an.

Als der Mann Thies' Uniform unter der Öljacke erkennt, macht er sofort Platz. »Ach so, ja, ich seh schon.« Er blickt den beiden Polizisten verwundert hinterher. »Dat sind ja hier die gleichen Uniformen wie bei uns in Schleswig-Holstein. Ich dachte, in Hamburg hätten die andere.«

Der tote de Vries hängt mit seinem Jackett an einem Haken gleich hinter dem Tresen der offenen Küche. Das schwarz-weiße Glencheckkaro sticht in den bunten chinesischen Dekorationen des Lokals besonders ins Auge. Der Tote starrt mit hervortretenden Augen auf einen gemalten Bambuswald. Die zu großen, hervorstehenden Schneidezähne lassen seinen Gesichtsausdruck erstaunt wirken. Im Brustbereich sind auf seinem rosa Hemd ein Riss und ein deutlicher Blutfleck zu erkennen.

Zwischen den chinesischen Paravents läuft der Restaurantbesitzer, der immer noch seine Arbeitskleidung, einen billigen dunklen Anzug, trägt, hektisch hin und her. Er ist gleich informiert worden und sofort in sein Lokal zurückgekommen.

»Was macht kalielte dicke Mann zwischen Pekingente?« Der arme Mann ist vollkommen aufgelöst.

»Na, auch schon da, Frau Hauptkommissarin.« Der Ober-Spusi von der Hamburger Mordkommission sieht Nicole provozierend an. Für Thies hat er nur ein überhebliches Grinsen übrig. »Was ist, können wir ihn hier jetzt abhängen?«

Sehr viel freundlicher als die Kieler Kriminaltechnik scheinen die Hamburger Kollegen auch nicht zu sein. Nicole überhört es einfach.

»Könnt ihr schon was sagen? Todeszeitpunkt? Ist das der Tatort hier?«

»Nee, eigentlich können wir noch gar nichts sagen«, mault der Hamburger Spusi-Mann. »Aber nach dem Tatort sieht es hier nicht aus. Keine Blut- oder Kampfspuren. Es wirkt eher, als hätten sie ihn hier tot reingebracht und an den Haken gehängt.« Er betrachtet den toten de Vries noch einmal eingehend. »Aber wozu? Ziemlich auffällig, das Ganze.«

»Das sollte es wahrscheinlich auch sein«, überlegt Nicole.

»Der oder die Täter wollten, dass wir ihn gleich finden.« Thies schüttelt sich den Regen von der Polizeimütze.

Der Kriminaltechniker blickt Nicole fragend an. Sie mustert den Toten noch einmal eingehend. »Ja, nehmt ihn mit. Wir hören uns hier mal um, und wir sprechen uns morgen.«

Die beiden Kriminaltechniker haben Mühe, den schweren de Vries vom Haken zu bekommen. Thies fasst kurz mit an. Von den Schaulustigen draußen dringt ein allgemeines Raunen durch die Glastür des Restaurants.

Im Augenblick können sich Thies und Nicole noch keinen Reim auf die ganze Geschichte machen. De Vries war vermutlich in illegale Müllgeschäfte verwickelt. Möglicherweise gab es Leute, die ihn aus dem Weg räumen wollten. Aber was hat der Tote im »Silver Palace« zu suchen? Und was hat de Vries mit dem toten Privatdetektiv im Container zu tun? Oder gibt es da gar keine Verbindung? Der durch sein Lokal irrende Restaurantbesitzer kann ihnen momentan auch nicht weiterhelfen.

»Kennen Sie den Mann? Herrn de Vries?«, will die Hauptkommissarin wissen.

Der Chef des »Silver Palace« sieht Nicole und Thies fragend an. »Jajajaja«, antwortet er nach kurzem Zögern mit hoher Stimme.

»Schon mal gesehen?«, hakt Thies noch mal nach. »Bekannter von Ihnen? Oder Gast im Restaurant?«

»Jajajaja!« Diesmal kommt die Antwort prompt. Es ist dasselbe gepresste hohe »Jajajaja«, das Thies und Nicole von ihrem Essen vor zwei Tagen noch im Ohr haben. Allzu sicher sind sie sich allerdings nicht, ob er sie überhaupt versteht.

»Müssen Mistel Tung holen … splicht bessel Deuts.« Der gute Mann kommt in seinem schlecht sitzenden schwarzen Anzug immer mehr ins Schwitzen.

»Aber Sie können uns schon verstehen, oder?«, fragt Nicole noch mal nach.

Er macht wieder eine kurze Pause. »Jajaja!«

Thies macht die Probe aufs Exempel. »Mal ’ne Frage: Haben Sie den Mann umgebracht?« Er sieht ihn ernst und durchdringend an.

»Jajajaja!«

34

Sonderlich lange geschlafen haben Thies und Nicole nicht. Die Biere aus Andrews Kühlschrank und der Tote im »Silver Palace« stecken ihnen in den Knochen. Sie sind erst am frühen Morgen ins Bett gekommen. Dann lief in aller Herrgottsfrühe eine Kurznachricht nach der anderen mit einem markanten Glockenton auf Thies' Handy ein. Gattin Heike ist in hellster Aufregung, seit Javaneräffchen Mai-Li wieder bei ihnen zu Hause eingezogen ist.

Als Telje vor ihrem Dienstbeginn bei ihrem Vater schnell den Nasenverband wechseln will, sind sie sofort bei demselben Thema.

»Gehst du mal wieder nich an dein Handy? Mama flippt zu Hause aus. Die dreht voll durch. Die bringt Mai-Li noch um. Tadje weiß echt nich, was sie machen soll. Du musst was tun. Der Affe muss schnellstens aus Fredenbüll weg und wieder zurück nach Blankenese! Der kommt doch aus Blankenese, oder?«

»Telje, wir haben hier 'n Mordfall, das heißt, wir haben jetzt zwei Mordfälle ...« Thies weiß überhaupt nicht, wo ihm der Kopf steht. Vor allem wissen er und Nicole nicht, was von dem ganzen Fall zu halten ist. Sie sind fest überzeugt, dass die beiden Mordfälle zusammenhängen. Aber wie?

Thies und Nicole machen eine Stippvisite bei den Kollegen von der Spurensicherung, die gerade de Vries' Wohnung in der Hafencity auf den Kopf stellen. Ein paar spärliche, für das bloße Auge unsichtbare Reste der Blutspuren auf dem Teppichboden können bereits dem Toten zugeordnet werden. Es gibt deutliche Hinweise, dass in der Wohnung so etwas wie ein Kampf stattgefunden hat. An der Kante der Küchenarbeitsplatte finden sie Hautreste und Haare, die eindeutig nicht dem Toten gehören. Und dann gibt es natürlich, wie an jedem Ort, zahllose Fingerabdrücke. Die meisten auf Möbeln, in der Küche und im Bad lassen sich de Vries und einer weiteren unbekannten, nicht registrierten Person zuordnen. Und dann entdecken die Kriminaltechniker insbesondere an der afrikanischen Voodooplastik etliche Fingerabdrücke einer dritten Person.

Laut Datenbank im Polizeipräsidium verweisen die Fingerabdrücke auf einen gewissen Philip Krotke. Er war ein paarmal wegen Amtsanmaßung und Urkundenfälschung in Erscheinung getreten, erkennungsdienstlich registriert und sogar zu einer kleineren Haftstrafe auf Bewährung verurteilt worden. Er hatte vor etlichen Jahren eine Zulassung als Privatdetektiv gefälscht und sich mehrfach als Polizist ausgegeben. Thies und Nicole haben ihn ja schon befragt. Aber irgendwie kann sich der Fredenbüller Polizeiobermeister nicht vorstellen, dass der Privatdetektiv mit dem Tod des Reeders zu tun hat. Sollte Phil Krotke der Mörder von de Vries sein? Thies weiß nicht einmal, ob die beiden überhaupt Kontakt hatten. Krotke war de Vries auf den nächtlichen Schrottplatz gefolgt. Aber es hatte eher danach ausgesehen, dass de Vries ihm entwischt war. Thies weiß es nicht. Er hatte genug mit seinen beiden Freunden zu tun, die ihm die Nase aufgeschlitzt haben. Dass Krotke mit dem Mord an de Vries etwas zu tun hat, glaubt er einfach nicht.

»Der ist Detektiv und ermittelt. So wie wir ... mit dem kleinen Unterschied, dass er sich die Wohnung von de Vries ’n büschen früher angeguckt hat als wir.«

»Aber wir werden uns noch mal mit ihm unterhalten müssen.« Nicole kann Thies’ Verständnis für den Chesterfield rauchenden Privatschnüffler nicht ganz nachvollziehen.

»Warum soll Phil Krotke den dicken Reederei-Heini umgebracht haben?« Der Fredenbüller Polizeiobermeister schüttelt den Kopf. »Ich geb’s ja zu, dieser karierte Anzug war ’ne Beleidigung fürs Auge, aber deshalb bringt man doch nich gleich einen um.«

Nach der kurzen Inspektion in de Vries’ Wohnung sind Thies und Nicole heute Morgen wieder vor Ort am Fundort der Leiche im »Silver Palace«. Das Restaurant hat wegen eines »überraschenden Todesfalles«, wie es auf dem Aushang an der Eingangstür heißt, heute geschlossen. Die beiden Polizisten sind für weitere Befragungen noch mal in das Lokal gefahren. Aus dem Restaurantchef war letzte Nacht nichts herauszubekommen. Aber jetzt ist auch sein Oberkellner Mister Tung vor Ort. Thies und Nicole erkennen den dicken Kellner, der sie vorgestern bedient hat, gleich wieder. Mit ihm ist die Verständigung deutlich einfacher als mit seinem Chef.

»Haben Sie gestern irgendetwas Auffälliges bemerkt?«, beginnt Nicole mit der Befragung.

»Gelsteln?« Der dicke Ober spricht zwar deutsch, aber

das R gehört offenbar nicht zu seinem Wortschatz. »Alles nolmal.«

»Normal?« Thies sieht ihn prüfend an. »Is dat normal bei euch, dass da 'n Toter im karierten Anzug zwischen den Enten hängt?«

»Sichel nich.« Er grinst sie die ganze Zeit an, aber besonders gesprächig ist der Kellner nicht.

»Bloß nix Falsches sagen, oder?«

»Del Weise spalt mit Wolten, weil er mit seinen Taten nicht dahintel zulückstehen will.« Er nickt den beiden freundlich zu. Thies sieht ihn fragend an. »Konfuzius«, erklärt er.

»Von Konfuzius mal wieder zu unserem Fall. Kennen Sie den Toten in dem Glencheck denn?«, will die Kommissarin wissen.

»Jaja, ich kenne.«

Thies ist nicht ganz sicher, ob er sie wirklich verstanden hat. »Damit dat klar is, wir meinen den Mann und nicht den Anzug.« Nicole sieht ihren Kollegen strafend an.

»Woher kennen Sie ihn?«

»Stammgast hiel, isst immel dasselbe, Lippchen mit swalze Bohnen und Dim Sum, gefüllt mit Klabben in Bambuskölbchen.«

»Jo, Nummer dreiundzwanzig, oder?« Auf sein Zahlengedächtnis kann Thies sich verlassen.

»Lichtig, Nummel dleiundzwanzig.« Der Dicke nickt und lacht.

»War er allein hier oder in Begleitung?«, unterbricht Nicole leicht genervt das muntere Speisekarten-Raten.

»Nicht allein, mit Geschäftsfleunde von Ledelei ...«

»Ledelei?« Jetzt hat auch Thies Verständnisprobleme.

»Reederei«, schnieft Nicole.

»Ja, Ledelei und mit Tochtel von Steenwoldt-Familie.«

»Mit welcher der Töchter«, will die Kommissarin wissen. »Es gibt ja zwei, oder?«

»Flühel manchmal mit Vivian, zuletzt immel mit Calmen.« Er nickt bedeutungsvoll.

»Sie meinen, die beiden waren ein Paar?«

Der dicke Kellner verzieht sein Gesicht zu einem angedeuteten Lächeln. »Nicht wissen, abel ...«

»Carmen, dat ist doch die Jüngere mit ... ähh ... dem blonden Mob auf'm Kopf?« Thies ist dabei, die familiären Zusammenhänge der Familie Steenwoldt zu sortieren.

»Vivian, die Ältele, Calmen, Jüngele, beide halb chinesisch. Muttel Flau Steenwoldt ist Chinesin. Abel sehl klank, lebt in Sanatolium in Lünebulgel Heide.«

»Im Altersheim, oder?«, vermutet Thies.

»Flühel war ganze Familie Steenwoldt oft in ›Silvel Palace‹. Familie von Chef gute Fleund von Familie Steenwoldt.«

»De Vries hatte ja offenbar eine Beziehung zu der jüngeren Tochter. Wie war denn sein Verhältnis zu den anderen Mitgliedern der Familie Steenwoldt?«

»Laute Fleunde sind oft leise Feinde.« Der chinesische Kellner nickt bedeutungsvoll.

Thies staunt. Aber Nicole hat von Konfuzius allmählich die Nase voll.

»Herr Tung, mit diesen Sprüchen kommen wir hier nicht weiter ... Wissen Sie etwas über die Geschäfte von Herrn de Vries?«

»Han Min Ledelei. Gute Geschäfte«, beteuert der Dicke.

»Gute Geschäfte? Aber nich ganz legal«, stellt Thies klar. »Dat haben unsere bisherigen Ermittlungen zumindest ergeben.«

Der Chinese zuckt mit den Schultern. »Wissen ist wissen, Nichtwissen ist nichtwissen, das ist Wissen.«

35

Vivian Steenwoldt läuft nervös durch die Räumlichkeiten der weitläufigen Villa. Sie zieht Schubladen auf, öffnet Kommoden und durchwühlt Kleiderschränke. Normalerweise macht sie das nicht. Der Haushalt gehört nicht zu ihren Aufgaben. Ganz und gar nicht. Das ist der Bereich ihres Butlers und der chinesischen Haushälterin, die schon immer im Hause Steenwoldt waren und Vivian und auch Carmen seit ihrer Kindheit kennen. Aber um diese Sache jetzt muss sie sich selbst kümmern. Sie wird immer hektischer. Dabei darf niemand etwas von ihrer Suchaktion mitbekommen.

Vivian ist fest davon überzeugt, dass hier irgendwo etwas versteckt sein muss. Seit einigen Tagen hat Carmen wieder diesen typischen Blick. Sie ist fahrig, hektisch, dann vollkommen abwesend und im nächsten Moment wieder aufgedreht. Es kommt ihr vor, als ob sie wieder auf Drogen ist. Nein, Vivian ist sich sicher. War die Therapie in diesem sündhaft teuren Sanatorium in der Schweiz denn vollkommen sinnlos? Sie hatte das Therapeuten-Kauderwelsch in der Hochglanzbroschüre mit den Fotos des gutaussehenden Teams vor der Bergkulisse von Anfang an nicht überzeugt. Aber für ihren Vater musste es ja unbedingt die Schweiz sein. Seelenklempnerei traute er den Hamburger Pfeffersäcken nicht zu.

Als sie Carmens großes dunkles Zimmer mit dem Blick auf den parkähnlichen Garten betritt, riecht sie es sofort. Hier ist vor kurzem Opium geraucht worden. Kein Zweifel, Carmen ist wieder voll drauf. Aber wo bekommt sie den Stoff her? Von dem Tischler, der sie früher mit Opium, mit Uppern, Downern und allem Möglichen versorgt hat? Aber Tischler Andrew hat sich doch angeblich von den Drogen losgesagt, und sie gibt sich nun wirklich alle Mühe, ihn in seiner neuen Existenz zu unterstützen. Sie hat ihm den Auftrag zur Restaurierung der antiken Stühle erteilt, und sie hat ihm dafür ein solventes Honorar in Aussicht gestellt. Jetzt stellt er offenbar noch weitere Forderungen. So hatte sie nicht gewettet mit ihm. Was bildet er sich eigentlich ein, dieser sogenannte Tischler mit seinem lächerlichen Dutt?

Vivian durchsucht Carmens Privatbadezimmer. Statt nach Opium duftet es hier nach Patschuli. Auf einem Regal stehen unzählige Fläschchen, keine Drogen, nur irgendwelche Duftwässerchen. Sie kramt in einem Wäscheschrank. Nichts Verdächtiges. Dann nimmt sie sich das Zimmer genauer vor. Die ganze Villa ist nicht besonders licht und freundlich. Aber Carmens Zimmer mit den hohen Decken, den schweren Gardinen, den asiatischen Bildern und Reliefs, die sich von der braunen Tapete kaum abheben, ist besonders dunkel. Durch die hohen Bäume, von denen der Regen tropft, kommt wenig Licht in den Raum.

Sie durchsucht die Schubladen des Schreibtischs und sämtliche Schrankfächer. Zwischendurch horcht sie immer mal kurz nach Geräuschen. Vivian fühlt sich absolut im Recht, trotzdem möchte sie bei dieser Aktion nicht so gern überrascht werden. Sie tastet sich durch etliche Wäschestapel, zerrissene Hosen und Shirts, Indienblusen und Tops mit Spitze. Irgendwo muss Carmen doch etwas versteckt haben. Und dann spürt sie zwischen verschiedenen Hemden etwas, das da nicht hingehört. Aber das ist kein Chandoo, kein Opiumklumpen. Das ist Papier. Sie zieht etwas aus der Wäsche heraus und hält ein Bündel Geldscheine in der Hand, ein dickes Bündel neuer Zweihunderteuroscheine. Zwei Shirts darunter liegt ein weiteres Bündel. Es sind jeweils fünfzig Scheine, zehntausend Euro, also insgesamt zwanzigtausend. Ob das Bündel vollständig ist, kann sie so schnell nicht erkennen. Sicherlich liegen hier irgendwo noch mehr solcher Geldbündel herum. Bis jetzt war Vivian unruhig, weil sie sich um Carmen sorgt. Aber von einem Moment zum anderen ist sie vollkommen aufgewühlt.

Es ist nicht so, dass sie nicht schon mal einen solchen Geldbetrag in der Hand gehabt hat. Sie hat des Öfteren mit größeren Barbeträgen zu tun. Und noch etwas anderes ist ihr sehr vertraut. Die Scheine sind mit einer Banderole der Privatbank »Calenberg und Cousin« gebündelt. Das ist die Bank, über die die Steenwoldts ihre Finanzgeschäfte abwickeln. Genau diese Geldbündel hat sie vor kurzem in der Hand gehabt. Fünfzig solcher Bündel hat sie an einer Brücke am Hafenrand hinterlegt, um Carmen wieder freizubekommen. Und jetzt findet sie zwei davon in Carmens Wäscheschrank. Das kann doch kein Zufall sein.

Normalerweise bekommt Carmen von ihr monatlich Geld zugewiesen. Aber sie hat aus gutem Grund keinen

Zugang zu größeren Beträgen, schon gar nicht zu dicken Päckchen mit der Banderole vom Bankhaus »Calenberg und Cousin«. Vivian weiß jetzt ganz genau, wie das gelaufen ist. Die Drogen sind nicht Carmens einziges Verhängnis, das andere war der dicke Wim de Vries. Aber das Problem sind sie zumindest los.

36

Vom »Silver Palace« sind Thies und Nicole gleich zur Detektei von Phil Krotke gegangen. Das Auto haben sie stehen lassen. Die Detektei liegt gleich um die Ecke, und der Regen ist vorübergehend weniger geworden. Wegen seiner Fingerabdrücke in de Vries' Wohnung ist Krotke für die Hamburger Kollegen im Augenblick der Hauptverdächtige im Mordfall de Vries. Aber es gibt auch andere Fingerabdrücke, die noch ausgewertet werden müssen. Statt auf die Kriminaltechnik verlässt sich Thies lieber auf sein Bauchgefühl.

»Lassen Sie uns nicht lange drum herumreden«, kommt Nicole gleich zur Sache, als sie in Krotkes schäbigem Büro sitzen. »Sie sind im Apartment des Reeders Wim de Vries gewesen.«

»Wenn Sie das glauben, will ich Sie davon nicht abbringen.« Der Privatdetektiv wirft einen interessierten Blick auf Thies' imposanten Nasenverband. »Die Handschrift kommt mir tatsächlich irgendwie bekannt vor. Das war doch bestimmt mein spezieller Freund mit dem Springmesser.«

»Ach so.« Thies sieht sofort den Zusammenhang zu Krotkes Veilchen, das inzwischen in dezenten Gelbtönen schillert. »Und dat war der Dicke mit der platten Nase und ...«

»… dem Mettbrötchenohr«, führt Krotke den Satz zu Ende.

Die Kommissarin hat wenig Lust, sich mit den Krankengeschichten der beiden Männer aufzuhalten, und auf Krotkes Sprüche ist sie auch nicht ganz so gut zu sprechen wie Thies.

»Nach der bestehenden Sachlage müssten wir Sie eigentlich mitnehmen.«

»Nichts dagegen, bei so charmanter Begleitung.« Krotke zündet sich eine Chesterfield an.

Nicole rümpft die Nase. »Sie haben ja bereits ein ganz nettes Vorstrafenregister beisammen.«

»Das ist auf Sankt Pauli schnell passiert.« Er wirkt nicht sonderlich beeindruckt.

Thies dafür umso mehr. »Wir wollen einfach nur wissen, wat Sie in dem Apartment gemacht haben.« Der Fredenbüller Polizeiobermeister schlägt einen ungewöhnlich moderaten Ton an.

»Gehört zu meinem Job, mich mal umzusehen«, knurrt Krotke. »Deshalb hab ich den dicken Glencheck aber noch lange nicht über die Klinge springen lassen.«

»Interessant«, geht Nicole schnippisch dazwischen. »Woher wissen Sie denn, dass de Vries tot ist?«

»So was spricht sich auf dem Kiez schnell rum …« Er nimmt einen tiefen Zug und schnippt Asche auf einen alten Pizzakarton, der mit ein paar abgegessenen Teigrändern auf dem Schreibtisch liegt. »Vor allem wenn derjenige tot im ›Silver Palace‹ zwischen den Enten hängt.«

»Wo waren Sie denn gestern in der Zeit zwischen dreiundzwanzig Uhr und ein Uhr nachts?« Nicoles Ton wird schärfer.

»Man ist so unterwegs.« Krotke steckt sich eine Filterlose an der anderen an. Er wird jetzt doch ein bisschen nervös.

»Wir wissen auch, wo du unterwegs warst.« Auch Thies wird jetzt ungeduldig. »Und wir wissen, wann«, behauptet er einfach mal.

»Ich leugne ja gar nicht, dass ich in dem Apartment von dem Glencheck war«, gibt der Detektiv zu. »Wir wollen doch offenbar dasselbe. Wir wollen wissen, wer meinen Partner auf dem Gewissen hat.«

»Wann waren Sie dort, und was haben Sie dort vorgefunden?« Nicole lässt sich nicht irritieren.

Krotke zupft an seinem Ohrläppchen. »Das muss so gegen Mitternacht gewesen sein. Der karierte Typ hing mit einem Eispicker in der Brust vor seinem Sofa auf einem Flokati, und die jüngere Steenwoldt-Tochter saß völlig stoned auf dem Sofa. Die war jenseits von Gut und Böse.«

»Und auf die Idee, die Polizei zu rufen, sind Sie nicht gekommen?« Die Kommissarin sieht ihn vorwurfsvoll an.

»Ich hab das Mädel erst mal nach Hause gefahren. Erste Hilfe. Die Familie Steenwoldt war schließlich Auftraggeber meines Partners.«

»Sie hätten uns trotzdem rufen müssen.«

»Das wollte ich auch.« Krotke nimmt einen Zug aus seiner Zigarette. »Ich bin dann wieder in die Wohnung zurückgefahren, aber der Glencheck war inzwischen nicht mehr da.«

»Und das sollen wir Ihnen glauben?« Nicole ist skeptisch.

»Ich bin ein ehrlicher Mensch. Aber erzählen Sie es keinem weiter.« Er grinst schief, und die Chesterfield hängt dabei zwischen seinen Lippen.

»Und ich bin ein geduldiger Mensch, aber langsam bin ich mit meiner Geduld am Ende«, kontert die Kommissarin.

»De Vries war also nicht mehr da«, versucht Thies zu moderieren. »Haben Sie irgendetwas gesehen? Irgendjemand muss ihn ja weggeräumt haben.«

»Den Abtransport hab ich nicht gesehen.« Krotke zündet sich die nächste Filterlose an. »Als ich gerade mit dem Fahrstuhl zu dem Glencheck hochfahren wollte, stiegen aus dem anderen Fahrstuhl gegenüber unsere zwei Freunde, mit denen wir beide schon Bekanntschaft gemacht haben, aus.« Er sieht Thies an und fasst sich dabei an die Nase.

»Der Boxer und der Dünne mit dem Stiletto«, ergänzt Thies.

»Die haben in der Wohnung gründlich saubergemacht«, vermutet der Detektiv. »Beide hatten gelbe Gummihandschuhe an, und der Boxchampion hatte den zusammengerollten Flokati unterm Arm, auf dem de Vries es sich vorher gemütlich gemacht hatte.«

»Flokati? Diese Teppiche mit den langen Haaren?« Thies wundert sich. »Da war kein Flokati in der Wohnung.«

»Eben. Den hatte der Dicke ja unterm Arm.«

Für Nicole klingt die Sache ziemlich abenteuerlich. »Das sind ja tolle Geschichten, die Sie da erzählen.« Nicole schnieft. »Jetzt will ich Ihnen mal erzählen, wie ich die Sache sehe ... Sie sind selbst ganz dick in den Fall verwickelt.«

»Sie brauchen mir nichts zu erzählen. Es genügt, dass Sie mir Fragen stellen, die ich nicht beantworten kann.«

»Na ja.« Thies überlegt und geht dann kurzerhand zum Du über. »Eins würd uns aber doch interessieren. Wat machen deine Fingerabdrücke auf dieser komischen Skulptur im Wohnzimmer?«

»Wie gesagt, ich hab mich in der Wohnung umgesehen.«

»Dat war wohl mehr als 'n büschen umsehen. Da waren so viele Fingerabdrücke von dir drauf, als hättest du dat Ding selbst geschnitzt.« Zur Abwechslung zupft sich Thies am Ohrläppchen. »Kann es sein, dass in dem Hohlraum der Figur wat versteckt war?«

Phil fingert sich die nächste Chesterfield aus der Packung. Er zögert einen Moment. Dann geht er mit der kalten Zigarette zwischen den Lippen an einen Aktenschrank und zieht ein gerolltes Papier heraus. Er streicht es glatt und reicht es den beiden.

»Gefahrgutentsorgung Süderelbe ...«, liest Nicole vor. »... Zweihundert Liter Gefahrgutklasse Sieben E.«

»Hier ...« Thies blickt seiner Kollegin über die Schulter. »... Fünfzig Liter Gefahrgutklasse Acht. Nicole, das is dat Gift in den Kanistern, die in dem Container waren.«

Als die beiden Polizisten die Detektei verlassen, fühlt sich Thies in seinen Vermutungen bestätigt. De Vries ist in illegale Schiebereien mit hochgiftigem Abfall verwickelt. Weil Krotkes Partner Kröger dahintergekommen war, musste er dran glauben. Aber warum musste de Vries sterben? Hatten die beiden Mordfälle doch nichts miteinander zu tun? Und war jetzt, nachdem er die brisanten Frachtpapiere entdeckt hatte, auch Phil Krotke in Lebensgefahr?

Nicoles Begeisterung für den ketterauchenden Privatdetektiv hält sich in Grenzen. Thies dagegen gefällt seine Art. »Er ist eben kein Schnacker.«

»Ich weiß nicht, diese Philip-Marlowe-Sprüche aus den alten Detektivfilmen kann ich langsam nicht mehr hören.«

Aber verhaften will Nicole ihn dann auch nicht. Dass er ihnen die dubiosen Frachtunterlagen gleich ausgehändigt hat, entlastet ihn. Und welches Interesse soll er an dem Tod seines Partners haben?

»Statt Marlowe sollten wir uns lieber diese beiden Schläger mal vorknöpfen«, findet der Polizeiobermeister. Mit der Bomberjacke und dem Stiletto haben Krotke und auch Thies ein Hühnchen zu rupfen.

37

Andrew hat immer noch die antiken Stühle mit den chinesischen Rückenlehnen in Arbeit. Im Augenblick sitzt er allerdings reichlich lethargisch daneben. Er hat wenig Lust zum Vergolden. Eigentlich soll er gleich Nicoles Jungen von der Kita abholen. Er darf das nicht schon wieder verpassen. Gleichzeitig macht es ihn sauer. Was bildet sich Nicole eigentlich ein. Meint sie, nur weil er keine Kohle hat, weil er nicht weiß, wie er die nächste Stromrechnung bezahlen soll, kann sie ihn als billigen Babysitter ausnutzen? Er ist es einfach leid, auf Nicoles Beamtenknete angewiesen zu sein.

Aber die Zeiten sind jetzt vorbei. Seine finanzielle Situation hat sich schlagartig verbessert, seit Carmen Steenwoldt vor vierzehn Tagen wieder bei ihm aufgetaucht ist. Dieser kleine verwöhnte Junkie hat ihn reichlich mit druckfrischen Scheinen versorgt. Früher war sie Stammkundin bei ihm gewesen. Sie hatten sogar mal so etwas wie ein Verhältnis gehabt, das über die normale Beziehung von Dealer und Junkie hinausging. Sie hatten Sex gehabt, rauschhaften Sex, im wahrsten Sinne des Wortes. Andrew hatte nur eine verschwommene Erinnerung daran. Denn sie waren dabei beide immer vollkommen dicht gewesen. Ihr gemeinsames Interesse waren vor allem die Drogen gewesen: Opium, Heroin und alles Mögliche, das er besorgt hatte. Dann hatte er mit Drogen Schluss gemacht, als Dealer und auch mit dem eigenen Konsum, und brav die Tischlerlehre durchgezogen.

Aber was blieb ihm angesichts seiner angespannten finanziellen Lage jetzt schon anderes übrig, als ihr den Stoff zu besorgen. Als sie kürzlich gleich in der Werkstatt gierig ihre Opiumpfeife angezündet hatte, konnte er nicht widerstehen und hatte eine Pfeife mitgeraucht. Der Stoff war erster Güte. Carmen hatte zu imaginärer Musik in ihrem Kopf zu tanzen angefangen. Ihr Shirt war ihr von den Schultern gerutscht, und die chinesischen Schriftzeichen auf ihrer nackten Haut waren durch die mit Holzstaub erfüllte Werkstatt geschwebt. Anschließend waren sie stoned in seinem Schlafzimmer gelandet. Mit dem Opium in jeder Faser ihres Körpers konnten sie gar nicht anders. Carmen hatte genug von ihrem dicken Freund in seinem idiotischen karierten Anzug, seit sich herausgestellt hatte, dass er vollkommen blank war. Und als er durch seinen miesen kleinen Entführungsplan einen hübschen Stapel Scheine aufgetrieben hatte, wollte sie das Geld für sich haben. Dieses verzogene Steenwoldt-Mädchen ist reichlich durchtrieben. Junkies sind durchtrieben, das weiß keiner besser als Andrew.

Bei dieser Session hatte sie ihm alles erzählt. Es war nur so aus ihr herausgesprudelt. Seitdem hatte sie dann ständig bei ihm auf der Matte gestanden. Den Stoff aus dem chinesischen Esszimmerstuhl hatten sie längst aufgeraucht. Aber der Kontakt zu seinen alten chinesischen Freunden im »Silver Palace« und in der ehemaligen Opiumhöhle am Pinnasberg war schnell wiederhergestellt. Das Bündel

Scheine in seinem Werkzeugkasten war ein hübsches Startkapital. In seinem Werkzeugschrank zwischen Schleifpapier versteckt lagerte schon wieder ein schöner kleiner Vorrat feinsten Stoffes.

Auch Andrew ist schon wieder halb drauf. Er hat große Zweifel, ob er die kleinbürgerliche Idylle mit der braven Polizistin und ihrem Gör wirklich fortsetzen will. Und jetzt hatte sich auch noch dieser halbdebile Dorfpolizist bei ihm eingenistet. Will er so den Rest seiner Tage verbringen, wenn er stattdessen die schwerreiche Reederstochter und ihre Kohle haben kann? Carmen ist bereit, mit ihm zu teilen, wenn er ihr den Stoff besorgt. Auch ihr gefällt es, wenn sie Pläne aushecken, wie sie ihre feine Familie ausnehmen können. Warum sollte nicht etwas Geld der Steenwoldt-Familie bei ihm landen? Die hat schließlich reichlich davon. Und der nervige karierte Dicke war jetzt auch aus dem Weg geräumt.

Andrew müsste los und Finn aus der Kita abholen. Aber er hat wirklich überhaupt keine Lust dazu. Stattdessen ist ihm gerade eine viel bessere Idee gekommen.

38

»Die Hamburger Spusi is ’n büschen schneller als dein Freund Börnsen in Kiel«, stellt Thies fest.

Die Kollegen von der Kriminaltechnik haben neue Erkenntnisse. Sie haben die Fingerabdrücke etlicher Personen aus dem Umfeld des Toten genommen, unter anderem auch von den Mitgliedern der Familie Steenwoldt. Ein großer Teil der Abdrücke konnte Carmen Steenwoldt zugeordnet werden.

»Wat die Aussagen von unserem Freund Krotke bestärkt.« Thies fühlt sich in seiner Meinung über den Privatdetektiv bestätigt. »Auf jeden Fall müssen wir uns das junge Fräulein Steenwoldt mal vornehmen.«

So haben sich Thies und Nicole auf den Weg nach Blankenese gemacht. Die Feuchtigkeit sprüht heute als Nieselregen auf die Windschutzscheibe. Aber auf der Elbchaussee stehen immer noch dicke Pfützen. Auf den Fußwegen und in den Rinnsteinen suhlt sich nasses Laub. In dem Teich vor der Steenwoldt-Villa leuchten die Koikarpfen orange zwischen den Rhododendren. Es sieht fast so aus, als schwimme ein Karpfen bäuchlings an der Wasseroberfläche.

Der Butler öffnet auf das Läuten. Als sie die Halle betreten, hören sie laute Stimmen aus dem Salon, die sie zunächst noch niemandem zuordnen können. »Nein, Dad, es geht nicht um Geld«, meinen sie zu verstehen. Dann kommt der alte Steenwoldt aus dem Raum. Thies und Nicole wundern sich. Bei ihrem gestrigen Besuch im Treibhaus machte Steenwoldt den Eindruck, dass er seinen Rollstuhl gar nicht mehr verlassen könne. Jetzt kommt er auf einen Stock gestützt erstaunlich entschlossen in die Halle gestelzt. Seine Spinnenfinger krallen sich um den verzierten silbernen Knauf des Stockes. Der Javaneraffe Mister Wong folgt ihm.

»Herr Konsul, Frau … ähh … Stappen… ähh … und ihr Kollege von der Kriminalpolizei sind noch mal …« Der Butler steht steif und etwas hilflos zwischen ihnen.

»Ja, wir kennen uns bereits. Womit können wir denn heute dienen?«, fragt der Reeder mit ärgerlichem, ironischem Unterton.

»Wir müssen Ihre Töchter, vor allem Ihre Tochter Carmen sprechen«, entgegnet Nicole.

»Außerdem is Ihr vermisster Affe in Nordfriesland aufgegriffen worden. Der sieht zumindest so aus wie der hier.« Thies mustert Mister Wong. »Jo, könnte hinkommen.«

»Wo?«, will Vivian Steenwoldt, die aus dem Salon jetzt dazukommt, wissen. »Wo ist Mai-Li?« Sie trägt heute wieder ihr Samtjäckchen mit den asiatischen Stickereien, in dem sie aussieht wie aus dem Ei gepellt.

»Die sitzt zu Hause bei uns in Fredenbüll auf'm Sofa, und Heike flippt aus.«

»Wer ist denn Heike? Freden…? Ich verstehe kein Wort.« Vivian blickt ihn verärgert an.

»Fredenbüll«, nimmt Steenwoldt Thies die Antwort ab.

»Nordseeküste oben vor der dänischen Grenze.« Seine wasserblauen Augen sehen heute nicht mehr trübe, die Lippen nicht mehr so blutleer aus. Im Gegenteil, das Gesicht ist fleckig gerötet. Steenwoldt macht heute nicht den Eindruck, als vegetiere er nur noch in seinem Treibhaus dem Tod entgegen.

»Was macht Mai-Li denn in Nordfriesland?«, fragt Vivian, klingt aber nicht mehr ganz so erstaunt.

»Das haben wir uns auch gefragt«, bemerkt die Kommissarin spitz.

»Der Affe war in demselben Container wie der tote Detektiv.« Thies zupft an seinem Ohrläppchen. »Aber die Kollegen haben schon 'n Tiertransport in die Wege geleitet, damit er wieder zu seiner Familie zurückkommt. Die melden sich dann bei Ihnen.«

»Wir müssen Ihre Tochter Carmen sprechen«, insistiert Nicole ungeduldig.

»Meiner Schwester geht es nicht gut.« Die bleiche Vivian sieht aus, als ginge es ihr nicht viel besser.

»Dat können wir uns denken, aber deswegen muss sie uns trotzdem 'n paar Fragen beantworten.«

»Sagen Sie, wissen Sie überhaupt, wer wir sind?«

»Wieso? Ja, die Steenwoldts«, antwortet Thies prompt.

Vivian wirft den beiden einen kühlen, überheblichen Blick zu. »Und meinen Sie, da kann man einfach so hereinplatzen und Verhöre veranstalten?«

»Bring die Herrschaften bitte zu Carmen hinauf«, lenkt der alte Steenwoldt ein.

»Dad, Carmen ist ... krank, du weißt«, versucht Vivian dazwischenzugehen. Mister Wong versucht derweil, Nicole das Handy aus der Tasche zu klauen. Aber die Kommissarin hat aufgepasst. Dabei fällt ihr wieder der dicke hässliche Ring auf, mit dem der Affe gestern im Treibhaus schon gespielt hat. Jetzt fuchtelt er damit vor ihrer Nase herum. Was ist das für ein Ring, der angeblich keinem der Steenwoldts gehört und auch wirklich nicht zu ihnen passt? Wem gehört der Ring? Dem Mordopfer de Vries?

Ohne dass Nicole es bemerkt, lässt Mister Wong das hässliche Teil in ihre Tasche fallen.

39

Als sie das Zimmer von Carmen im ersten Stock betreten, müssen sich die beiden Polizisten erst an die Dunkelheit gewöhnen. Der schwere Duft von Patschuli, Räucherstäbchen und noch etwas anderem, was die beiden nicht kennen, hängt im Raum. Eine der üblichen Kräutermischungen von Bounty ist es nicht. Aus den Lautsprechern perlt psychedelische Musik. Die hat Thies allerdings schon mal bei Bounty gehört, glaubt er zumindest. Carmen hängt in einem antiquarischen Herrenoberhemd ohne Kragen und den obligatorischen Vintagejeans in einem ebenfalls antiquarischen Loom Chair. Thies und Nicole erkennen das Mädchen von ihrer kurzen Begegnung in der Tischlerwerkstatt sofort wieder. Vor allem sehen sie auf den ersten Blick, dass sie schwer berauscht ist. Und dann fällt ihnen gleich der frische, unverheilte Kratzer auf ihrer Wange auf.

»Fräulein Carmen ...«, beginnt der Butler förmlich.

»Oh! Besuch! Wie nett«, flötet Carmen Steenwoldt euphorisch, aber mit unüberhörbaren Artikulationsproblemen.

»Die Herrschaften kommen von der Polizei und haben ein paar Fragen«, versucht der Diener die erste Begeisterung etwas zu dämpfen.

Carmen wühlt sich aus dem Stuhl und torkelt Thies

gleich in die Arme. »Hoppla!«, säuselt sie und hält sich an seiner Schulter fest.

»Jo, hoppla is gut.« Thies dreht den Kopf, um seine lädierte Nase in Sicherheit zu bringen. Dabei rutscht ihm die Polizeimütze halb vom Kopf.

»Du bist ja ein richtig netter Junge …«, lallt sie. Thies ist die Situation sichtlich unangenehm. Nicole verdreht die Augen. »Und so eine lustige Uniform. Ich mag starke Jungs in Uniform.«

»Wat heißt denn lustig?« Thies nimmt sich die Polizeimütze ab.

»Ganz so lustig sollten Sie die Sache nicht nehmen.« Nicole wirft ihr einen strengen Blick zu.

»Wer ist sie denn?« Carmen mustert die Kommissarin von oben bis unten. »Missis Spielverderber, oder was?«

»Carmen, bitte!«, wird sie von ihrer Schwester Vivian, die jetzt hinterhergekommen ist, ermahnt.

»Was haben Sie für ein Verhältnis zu Wim de Vries?« Nicole will allmählich zu ihrer Befragung kommen.

»Was soll meine Schwester mit Herrn de Vries zu tun haben?«, funkt Vivian gleich dazwischen.

»Das würden wir gern von Ihrer Schwester erfahren.« Dann wendet die Kommissarin sich wieder Carmen zu. »Frau Steenwoldt, wir haben in der Wohnung von Herrn de Vries Ihre Fingerabdrücke gefunden …«

»… und zwar nicht zwei oder drei, eher 'n paar hundert«, führt Thies aus. »Sieht ganz danach aus, als ob Sie da öfter zu Besuch waren.«

Carmen hängt immer noch halb bei ihm im Arm. Ihr Hemd ist verrutscht, sodass man ihr chinesisches Tattoo sehen kann. Inzwischen hat sich auch der alte Steenwoldt die Treppe heraufgequält.

»Meine Schwester hatte Kontakt zu Herrn de Vries«, bestätigt Vivian.

»Dat würden wir eigentlich gern von ihr selbst hören.« Thies versucht vergeblich, sich dem Mädchen zu entziehen.

»Was haben Sie da denn für einen Kratzer im Gesicht?« Nicole sieht sie streng an.

»Ach das! Das war wohl Mister Wong. Keine Ahnung.«

»Keine Ahnung?« Thies wirft seiner Kollegin einen vielsagenden Blick zu.

»Wo waren Sie gestern in der Zeit zwischen dreiundzwanzig Uhr und ein Uhr nachts?«, fragt Nicole weiter.

»Ein Uhr nachts?« Carmen sieht die Kommissarin verständnislos an, als lägen die Ereignisse zehn Jahre zurück. »Keine Ahnung.« Ihr Blick ist verschwommen. Die Finger einer Hand hat sie in Thies' Polizeijacke gekrallt, und jetzt hängt auch noch der Javaneraffe an seinem Hosenbein.

»Meine Schwester ist gestern Nacht hier gewesen«, schaltet sich Vivian sofort wieder ein.

»Gestern?«, lallt Carmen.

»Ich kann das bestätigen«, beteuert der alte Steenwoldt mit spitzem Hamburgischem »St«.

»Da haben unsere Ermittlungen aber wat ganz anderes ergeben«, kontert Thies knapp.

»Eigentlich müssten wir Ihre Tochter jetzt mitnehmen«, droht Nicole.

»Oh ja, eine Magical Mystery Tour, wir gehen los auf die Piste«, flötet Carmen und versucht sich jetzt bei Thies unterzuhaken. Ihre Aussprache klingt auf einmal klarer. »Wir machen die Stadt unsicher, das wird richtig toll.«

»Carmen! Bitte!«, will ihre Schwester sie zur Räson bringen.

Die beiden Polizisten wundern sich. Es ist heute bereits das zweite Mal, dass die Aussicht auf eine Festnahme ausgesprochen positiv aufgenommen wird. Aber in diesem Fall hat Nicole wenig Hoffnung, aus der Befragten etwas herauszubekommen. »Fluchtgefahr?«, raunt sie ihrem Kollegen zu.

»In ihrem Zustand? Ich glaub nich. Sie kann ja kaum stehen.« Er fasst sie an den Schultern und setzt sie zurück in den Loom Chair.

»Wir müssen unsere Befragung zu einem späteren Zeitpunkt fortsetzen.« Nicole klingt entnervt. »Sie sollten dafür sorgen, dass sie dann in der Verfassung ist, unsere Fragen zu beantworten.«

»Ihre Fragen kann ich Ihnen auch beantworten.« Vivian gibt sich alle Mühe, ihre Schwester aus den Ermittlungen herauszuhalten.

»Ihre Schwester steht unter Mordverdacht«, blafft Thies sie an. »Oder haben Sie den Mord auch für sie übernommen?«

»Herr Steenwoldt, bei unserer letzten Befragung haben Sie ja ausgesagt, dass Ihre Tochter Carmen eine Weile vermisst wurde«, nimmt Nicole noch mal einen neuen Faden auf. »Ihre Tochter hat ein Drogenproblem, das ist ganz offensichtlich. Da bleibt jemand mal eine Nacht oder auch zwei verschollen … aber Carmen war eine ganze Woche abgetaucht, oder?« Nicole wirft einen Blick auf die jüngere Steenwoldt-Tochter, die mit verdrehten Augen in dem Rattanstuhl hängt. Der alte Steenwoldt und Vivian stehen mit unbewegten Mienen da. »Sind Sie erpresst worden?«

»War sie entführt worden?«, wird Thies deutlicher.

Vivian und auch ihr Vater sind verstummt. Die Hände des Konsuls zittern. Im Raum ist es still. Nur die psychedelische Musik schwirrt unablässig aus den Boxen.

»Sie haben ein Lösegeld bezahlt, und Carmen wurde von den Entführern freigelassen?« Nicole lässt ihrer Fantasie freien Lauf. »Was haben Sie an Lösegeld bezahlt?« Sie tut so, als hätten sie gesicherte Erkenntnisse. Und der alte Steenwoldt geht unwillkürlich darauf ein.

»Es war keine so ganz hohe Summe.« Seine Finger krallen sich um den Knauf seines Stockes. »Sie haben recht, wir sind erpresst worden.« Er seufzt.

»Und warum haben Sie die Polizei nicht eingeschaltet?« Während sie das fragt, merkt Nicole schon, wie überflüssig das eigentlich ist.

»Genau davor haben uns die Entführer gewarnt. Und wie gesagt, es war keine Summe, die wir nicht aufbringen konnten. Wie Sie ja wissen, haben wir stattdessen den Privatdetektiv Herrn Kröger beauftragt.« Jetzt kommt auch Vivian Steenwoldt in ihrem Steppjäckchen ins Schwitzen.

»Ihren Vater haben wir schon gefragt, aber wie ist denn *Ihr* Verhältnis zu Herrn de Vries, Frau Steenwoldt?«, hakt Nicole nach.

»Geschäftlich und auch privat?«, konkretisiert Thies.

»Geschäftlich haben wir gewisse Anteile an Han Min

Shipping, der Reederei, deren Geschäftsführer Herr de Vries war. Es gibt da immer noch ein paar Verbindungen zwischen der Blankenhorn-Reederei, Han Min und uns«, entgegnet Vivian Steewoldt spitz.

»Und privat?«, fragt die Kommissarin nach.

»Das hätte der Herr de Vries wohl gern gehabt.« In ihren asiatischen Gesichtszügen ist schon wieder keine Gefühlsregung zu erkennen.

Für den Moment hat die Hauptkommissarin die Hoffnung aufgegeben, bei ihrem dürftigen Ermittlungsstand irgendetwas aus den Steenwoldts herauszubekommen. Dann bittet sie die Familie noch um ein paar Fotos für weitere Befragungen. Vivian sucht einige Bilder der Familienmitglieder heraus. Thies fallen gleich wieder die Familienfotos im Gewächshaus ein.

»Und Sie sorgen bitte dafür, dass Mai-Li schnell wieder zu uns zurückkommt«, bittet der Konsul.

»Dat Affenmädchen is praktisch schon nach Blankenese unterwegs«, beteuert Thies.

40

»Tadje! Taaadje!«, ruft Heike aufgeregt durchs ganze Haus. »Tadje, wo ist der Affe?« Heike ist außer sich vor Aufregung. Der Transporter des »World Wide Fund for Nature« ist vor dem Haus von Detlefsens am Ortsrand von Fredenbüll vorgefahren. Nicoles Hamburger Kollegen haben den Tiertransport in die Wege geleitet, um den kleinen Javaneraffen zu seinen Besitzern zurückzubringen.

»Tadje, wo ist der Affe? Die Leute von diesem ... ähhh ... dieser Wildlife-Mann is da.« Der Heuwagen auf Heikes hochrotem Kopf ist aus der Fasson geraten.

»Mama, woher soll ich das wissen? Ich denk, Mai-Li sitzt auf'm Sofa.«

»Dafür hab ich schon gesorgt, dass sie da nich wieder auf dem Dreisitzer rumturnt ... Tadje, du solltest auf sie aufpassen! Das darf echt nich wahr sein!«

»Wieso ich? Ich hab mich doch sowieso schon die ganze Zeit um Mai-Li gekümmert«, mault ihre Tochter.

Der Fahrer des Tiertransporters steht in seinem Overall mit den WWF-Buchstaben und dem Pandabären auf dem Rücken daneben und lässt seinen kritischen Blick durch das Wohnzimmer mit der voluminösen Sitzlandschaft schweifen. So recht kann der Naturschützer die Szenerie mit seinen Vorstellungen von artgerechter Haltung nicht in Einklang bringen.

»Hat der Javaner längere Zeit hier bei Ihnen gelebt?«

»Um Himmels willen«, prustet Heike. »Drei Tage! Dat hat mir ehrlich gesagt gereicht.«

»Guck mal, Mama, die Terrassentür steht auf!« Tadje zeigt in den Garten. Aber so erstaunt, wie sie tut, ist sie in Wahrheit gar nicht.

»Warum steht die Tür auf? Und das bei diesem Wetter?«

»Wieso? Regnet doch gar nich mehr.« Die große Regenfront hat sich tatsächlich aus Nordfriesland verzogen.

»Is der Affe da raus?« Heike steht die Panik im Gesicht. »Ich glaub das alles nich!« Dem WWF-Mann geht es ähnlich. Er steht staunend daneben und weiß nicht recht, wie er sich verhalten soll.

Heike tobt durchs ganze Haus, sie rast durch den Garten. Schließlich steht sie außer Atem mit hochrotem Kopf und völlig aufgelöster Frisur vor dem reichlich ratlosen WWF-Chauffeur.

»Ja, ich weiß auch nich, der Affe ist weg!« Sie stößt einen tiefen Seufzer aus.

Mai-Li ist währenddessen unterwegs auf Entdeckungstour durch Fredenbüll. Bürgermeister Hans-Jürgen Ahlbeck beobachtet das Tier noch eine Weile verwundert durch das Schaufenster seines Edeka-Marktes, wie es in der Hoffnung auf ein Spielchen an dem »Explosion Compact« gegenüber vor der verschlossenen Tür der »Hidden Kist« herumlungert. Danach sieht es so aus, als sei der »Krabbenesser« in der Weite des nordfriesischen Deichvorlandes verschwunden. Aber Tadje weiß ganz genau, wo sie nach ihrer neuen Freundin suchen muss. Mai-Li hat ihr Herz erobert. Sie ist fest entschlossen, das Affenmädchen vor einem weiteren Aufenthalt in der Seehundstation oder dem Gefängnis in irgendeinem Zoo zu bewahren. Und ob sie in Blankenese so glücklich ist, hat sie auch ihre Zweifel.

Während die Imbisscrew auf Hamburg-Tour ist, sehen Tadje und Lasse jeden Tag mal kurz nach Bountys Ziege Jimmy. Zweimal haben sie das Affenmädchen schon mitgenommen. Mai-Li und Jimmy haben sich sofort angefreundet. Dabei ist die nach Bountys großem Idol Jimmy Hendrix benannte Ziege ein ausgesprochener Einzelgänger. Aber das flippige Affenmädchen hatte irgendwie gleich den richtigen Ton getroffen. Jetzt hocken die beiden einträchtig, aber leicht lethargisch in Bountys Kräutergarten, wo sie sich ganz offensichtlich reichlich bedient haben.

Mai-Li springt freudig auf, als sie Tadje sieht. Sie gibt ein verzögertes »Uh-uh« von sich und sieht Tadje bekifft an. Als sie auf den Apfelbaum klettern will, fällt sie gleich wieder herunter und bleibt auf dem Rücken liegen. Für einen Moment bleibt ihr die Luft weg. Verwundert sieht sie am Baum hoch.

»Sagen Papa und Antje auch immer: Nich so viel von Bountys Kräutern!«, fällt Tadje ein.

»Echt, die beiden sind voll stoned.« Lasse grinst so breit, als hätte er ebenfalls einen Spezialtee aus Bountys Kräutergarten intus.

»Was machen wir denn jetzt bloß mit dir?« Tadje sieht das Javaneräffchen fragend an.

»Wollen wir sie nich einfach hierlassen?«, schlägt Lasse vor.

Jimmy gibt ein beschwingtes Meckern von sich.

»Bei Regen kann sie sich doch einfach im Schuppen unterstellen«, meint Lasse. Tadje überlegt.

»Besser als bei uns zu Hause. Hier bei Bounty ist es doch irgendwie voll artgerecht.«

Lasse blickt seine Freundin prüfend an. »Na ja, im Gegensatz zu dem blöden Dreisitzer bei euch im Wohnzimmer.«

41

Als Thies abends ohne Nicole in »Mannis Matjeshalle« kommt, ist die komplette Mannschaft aus der »Hidden Kist« versammelt. Antje samt Hündin Susi, Alexandra und Marret, aber auch Klaas, Bounty und der Schimmelreiter haben noch mal einen Tag drangehängt. Das Hotel war frei und hat ihnen einen Sonderpreis gemacht. An einem anderen Stehtisch genehmigt sich Phil Krotke einen Matjesburger. Thies nickt ihm zu, was der Privatdetektiv mit einem lässigen Augenzwinkern erwidert.

Antje ist in angeregter Diskussion mit Wirt Manni über die geheimsten Geheimrezepte für Fischbrötchen. »Ihr werdet in der ›Hidden Kist‹ eine Revolution des Fischbrötchens erleben.« Klaas, Piet Paulsen und den anderen schwant Böses. Auch Susi wirft Frauchen einen skeptischen Blick aus den Augenwinkeln zu. Antje holt sich bei Manni erschreckend viele neue Anregungen, und ein bisschen hat sie sich wohl auch in den Hamburger Fischbudenbetreiber verguckt. »Manni ist ein Magier!«, schwärmt sie.

»Nu wollen wir mal nicht übertreiben«, dämpft Piet die Euphorie. »So ’n Matjesbrötchen is keine Zauberei.«

»Ist aber nahe dran«, raunt Alexandra. Nur mit Daumen und Zeigefinger hält sie das Brötchen mit dem Matjes und Zwiebelringen geschickt zusammen. Ein Klecks Spezialsoße läuft ihr über die lackierten Fingernägel.

»Die Marinade ist dat Besondere«, stellt Marret mit Kennermiene fest.

Bounty hat sich als Dessert ein schönes Tütchen gebastelt, das er draußen vor dem Imbiss unter einem regengeschützten Vordach genießt. Phil Krotke leistet ihm Gesellschaft und hängt sich, statt seiner Chesterfield, Bountys selbstgedrehten Joint lässig zwischen die Lippen. Der Althippie beobachtet das kritisch und stimmt dann die berühmte Zeile aus dem ›Easy Rider‹-Song an: »Don't bogart that joint, my friend«. Er sieht den Philip Marlowe von Sankt Pauli auffordernd an, damit er das erlesene Gewächs aus seinem Kräutergarten nicht verpafft und wirkungslos in seinem Mundwinkel verglimmen lässt. Krotke nimmt einen tiefen Zug, hält die Luft an und reicht ihm den Joint zurück.

Drinnen am Stehtisch hat das Thema gewechselt. Statt um Matjes geht es inzwischen um Mord.

»Wat macht dein Fall eigentlich, Thies?« Alexandra zeigt ungewöhnliches Interesse an den Mordfällen.

»Hat diese Vivian Steenwoldt nun damit zu tun?«, fragt Marret in einer Lautstärke, dass sich gleich die halbe Matjeshalle umdreht.

»Nich so laut«, ermahnt Thies sie mit vollem Mund. »Dat sind laufende Ermittlungen … top secret.« Ihm fällt vor Schreck eine Zwiebel aus seinem Brötchen. »Woher kennt ihr …«, er senkt die Stimme, »… Vivian Steenwoldt überhaupt?«

»Liest du keine Zeitung?«, wundert sich Marret. »Die Steenwoldt is doch dauernd in der Gala.«

»Gala? Ja … nee.« Das Hausblatt des Friseursalons »Alexandra« liest Thies nicht so regelmäßig. »Aber wieso is die da denn drin?«

»Die is bekannt …« So recht weiß Marret es aber auch nicht.

»Sie macht Charity-Events«, fällt Alexandra ein. »Neulich für die Opfer von dieser Überschwemmung in … war dat Indonesien?«

»Sie is ja Kundin bei mir, sie und auch die Schwester«, schaltet sich Matjes-Meister Manni ein. »Der alte Steenwoldt eher selten. Nehmen immer alle Bismarck statt Matjes.«

»Dat is ja fast so erlesene Kundschaft wie in der ›Hidden Kist‹«, krächzt Piet Paulsen dazwischen.

»Die Schwester soll ja wohl Probleme mit Drogen haben«, tuschelt Marret hinter vorgehaltener Hand. »Schlimm, so was.«

Thies wundert sich, wie gut Alexandra und Marret informiert sind.

»Bei dem Thema können wir in der ›Hidden Kist‹ auch mithalten.« Piet zwinkert Bounty zu, der sich nach der gemeinsamen Raucherpause mit Phil Krotke wieder im Imbiss eingefunden hat.

Dann bricht die Diskussion urplötzlich ab. Der bullige Eierkopf und der Kleine mit dem Stiletto entern den Imbiss. Thies und auch Phil Krotke, der wieder am Tresen steht, verstummen und beobachten, wie die beiden ebenfalls eine von Mannis Spezialitäten ordern. Das Mettbrötchenohr des Dicken leuchtet rosarot in der Tresenbeleuchtung. Die beiden Männer tun so, als würden sie Thies und auch Krotke überhaupt nicht bemerken. Aber sie haben sie ganz genau gesehen, da sind Thies und Krotke sich sicher. In seiner Uniform ist Thies schließlich nicht zu übersehen.

»Wat kann ich für euch beide Hübschen tun?«, brummt Manni. »Schönen Matjes-Burger und für dich 'n Doppelburger?«

»Matjes?« Der Eierkopf tut so, als wäre das eine Zumutung. »Krabben«, grunzt er.

»Ebbenso!« Auch der Kleine mit den dicken Brillengläsern will Krabbenbrötchen.

»Oder vielleicht doch lieber 'n Mettbrötchen?« Krotke deutet auf sein Ohr und grinst ihn leicht bekifft an.

»Habbt ihr zwei Vöggel immer noch nicht genugg?«, blafft das Springmesser Krotke an und wirft durch seine dicke Brille einen vielsagenden Blick auf Phils Veilchen und Thies' verpflasterte Nase.

»Ihr beiden kommt uns wie gerufen«, entgegnet Thies ihm.

»Wir kommen immer, wenn man uns ruft.« Der Eierkopf grinst breit, und der Kleine kichert hysterisch.

»Meine Kollegin und ich haben 'n paar ganz dringende Fragen an euch.« Thies überlegt. »Aber dat is jetzt blöd, die Kollegin is gar nich da ...« Er weiß nicht recht, wie er vorgehen soll. Am liebsten würde er die beiden gleich festnehmen. Aber erstens ist er hier in Hamburg gar nicht zuständig, und dann fühlt er sich angesichts der beiden Schläger allein auch etwas überfordert.

Aber die beiden scheinen sich in »Mannis Matjeshalle« ebenfalls nicht mehr so wohlzufühlen. »Chef! Bröttchen einpacken«, befiehlt der Kleine über den Tresen hinweg. »Zum Mitnemmen!«

»Matjes to go, oder was?«, grinst Manni und kramt in aller Seelenruhe eine Pappbox aus der Schublade.

»Nix Matjes!«, faucht das Stiletto.

»Ja, is schon klar«, brummt der Wirt und verstaut die beiden Krabbenbrötchen in der Schachtel. Auch Schäfermischling Susi verfolgt das interessiert.

Thies versucht verzweifelt, Nicole auf dem Handy zu erreichen. Er hat nur die Mailbox dran. Auch in ihrem Kommissariat bekommt er nur die Notbesetzung ans Telefon, die über eine Festnahme nicht entscheiden kann. Der Fredenbüller Polizeiobermeister wird nervös, als das Schlägerduo mit den Krabbenbrötchen den Imbiss verlässt. Er tauscht mit Phil Krotke nur einen Blick, dann springen die beiden auf. Und auch Susi erhebt sich von ihrem Platz unter dem Stehtisch.

»Nehmen wir deinen Wagen?«, schlägt Krotke vor. »Bei ’ner Verfolgung vielleicht besser als meine alte Kiste.«

»Ja nee, ich bin ohne Auto da.«

Wortlos zückt Phil die Schlüssel von seinem Capri. »Ja, worauf warten wir noch?«

42

Nicole ist auf hundertachtzig, als sie zu ihrem Freund Andrew nach Hause kommt. Mitten in der Befragung hatte sie einen Anruf von der Kita bekommen, dass Finn mal wieder nicht abgeholt worden war. Und sie hatte Andrew nirgends erreichen können. Notgedrungen mussten Antje, Piet Paulsen und der Schimmelreiter einspringen. Nicole mag sich gar nicht ausmalen, wenn die Mannschaft aus der »Hidden Kist« mal nicht mehr vor Ort ist. Dass Finn allerdings jeden Nachmittag mit dem rekonvaleszenten Piet Paulsen in »Mannis Matjeshalle« verbringt, findet sie eigentlich auch nicht so toll. »Ach, dat ist für den Lütten ganz gut, wenn er mal wat anderes zu sehen kriegt als die schicken Kitakinder aus Ottensen und ihre übereifrigen Ladde-Machiato-Mütter«, hatte Piet gemeint, als Nicole ihren Sohn in dem Fischimbiss abgeholt hatte.

Zu Hause trifft sie Andrew zunächst auch nicht an, nicht in der Wohnung und nicht in der Werkstatt. Nur die idiotischen Haubenhühner, die heute offenbar noch kein Futter bekommen haben, pesen ihr auf dem Hof zwischen den Beinen herum. Auf der Suche nach dem Hühnerfutter entdeckt sie in dem großen Regal in der Werkstatt, zwischen Dosen mit Schrauben, Nägeln und präparierten Holzkeilen, in einem offenen Fach Geldscheine. Zuerst sieht sie nur die gelbe Farbe. Als sie es herauszieht, hat sie ein kleines Bündel Zweihunderteuroscheine in der Hand. Eigentlich liegt es ihr fern, die Räume ihres Freundes zu durchsuchen. Aber allmählich fragt sie sich doch, was ihr lieber Andrew so alles treibt.

»Du erzählst mir, du hast keine Aufträge«, fährt sie ihn an, als er wenig später mit leicht glasigem Blick zu Hause aufkreuzt. »Wo kommst du her? Und wo kommt auf einmal das ganze Geld her?« Nicole hat natürlich sofort den Verdacht, dass Andrew wieder dealt.

»Was interessiert dich, wie ich mein Geld verdiene!«, blafft er zurück.

»Du hast mir hoch und heilig versprochen, dass du von den Drogen los bist.« Nicole muss niesen.

»Ich bin clean, absolut clean.« Aber seine müde, verzögerte Aussprache lässt einen ganz anderen Schluss zu, und seine Pupillen sind so groß wie die Zwanziger-Unterlegscheiben aus seiner Werkstatt. Heute muss er einen ganzen Drogencocktail intus haben.

»Das kannst du mir doch nicht erzählen!« Nicole ist sauer, aber sie ist nach ihrem Arbeitstag auch irgendwie müde und erschöpft.

»Ich hab einen größeren Auftrag, das weißt du doch, die Neuvergoldungen der Stühle für diese Reederfamilie.«

»Und für das Aufarbeiten von ein paar Stühlen gibt es gleich mehrere tausend Euro?«

»Woher weißt du das denn so genau?« Er sieht sie kurz an und dann sofort an ihr vorbei. »Du hast in meiner Werkstatt rumspioniert?«

»Nein! Ich habe das Futter für deine blöden Haubenhühner gesucht!«, schnaubt Nicole. »Ich weiß, was hier läuft. Du hast Kontakt zu der jungen Steenwoldt-Tochter. Wir haben sie bei dir in der Werkstatt gesehen. Carmen Steenwoldt ist ein Junkie, das ist nicht zu übersehen. Dafür muss ich nicht beim Rauschgiftdezernat sein. Wir haben sie gerade zu unserem Fall befragt … das heißt, wir haben es versucht. Ich weiß ganz genau, wo sie ihren Stoff herbekommt und wie du an die schönen neuen Euroscheine kommst.«

»Scheiße, Nicole, nein, die Kohle kommt nicht von Carmen. Ich hab das Geld von Vivian Steenwoldt bekommen, als Vorschuss für die Restaurierung ihrer Stühle.«

»Für das Aufarbeiten von ein paar Stühlen? Das kannst du mir nicht erzählen! Zehntausend Euro? Oder fünfzehntausend oder wie viel sind das?« Nicole ist jetzt stocksauer, und gleichzeitig ist sie tieftraurig.

»Was bei mir in der Werkstatt steht, das ist nur ein Teil der Stühle«, versucht Andrew sich zu rechtfertigen.

Nicole schüttelt den Kopf. »Aber für das Verticken von ein paar Gramm Opium bekommt man das auch nicht. Du steckst mit drin in dem Fall«, wirft sie ihrem Freund an den Kopf.

Und dann steht Andrew einfach auf. Er brüllt nicht, er schlägt keine Türen, er schleicht einfach aus dem Raum und dreht sich nicht einmal um. Auch Nicole ist auf einmal schrecklich müde. Abgespannt, deprimiert und todmüde. Sie legt sich auf das Sofa in Finns Zimmer. Bevor sie einschlafen kann, schießen ihr die Fragen zu dem Fall kreuz und quer durch den Kopf. Es war vielleicht doch alles ganz anders, als sie bisher gedacht haben. Hatte de Vries Kröger gar nicht wegen irgendwelcher Müllgeschäfte umgebracht? Wie kommt Andrew auf einmal zu diesen Geldbündeln? Durch Carmen? Aber woher hat die das Geld, wenn sie von ihrer Familie offenbar sonst so kurzgehalten wird? Hat sie sich möglicherweise selbst entführt? Und dabei mit de Vries gemeinsame Sache gemacht ... oder sogar mit Andrew? Ist Andrew, mit dem sie hier seit einem halben Jahr zusammenlebt, ein Entführer und Erpresser?

43

Der Regen hat wieder heftiger eingesetzt. Der Scheibenwischer des Fords hat Probleme, die Wassermassen von der Frontscheibe zu fegen. Auf der Rückbank hat es sich Susi gemütlich gemacht. Thies und Phil Krotke hatten es zuerst gar nicht mitbekommen, dass der Schäfermischling ihnen hinterhergelaufen war.

»Nich so ganz optimal, dass wir jetzt den Hund dabei haben«, knurrt Krotke.

»Sag dat nich, Susi hat schon manchen hilfreichen Hinweis geliefert.«

Der Imbisshund sieht unternehmungslustig zu Thies auf.

Die Rückleuchten des alten goldfarbenen Benz, mit dem die beiden Schläger unterwegs sind, glimmen unscharf flackernd in der nassen Scheibe. In dem dichten Verkehr von Sankt Pauli droht Krotke den Benz zwischendurch immer wieder aus den Augen zu verlieren. Sie zuckeln im Stop and Go zwischen parkplatzsuchenden Musicalbesuchern und amüsierwilligen Itzehoern durch die Nebenstraßen. Das lauernde Wummern der Zweikommadreilitermaschine versetzt die Armaturenverkleidung des Capris in Vibration. Thies versucht es auf dem Handy noch einmal vergeblich bei Nicole. Am Millerntor schwenkt das Duo zum Hafen hinunter. Der Eierkopf tritt aufs Gas, der goldene Benz hustet eine Dieselwolke heraus und rast, am Bismarckdenkmal vorbei, zu den Landungsbrücken hinunter. Krotke hat den Wagen wieder fest im Blick. Er fährt jetzt in den Fahrstuhl zum alten Elbtunnel ein. »Kleine Stadtrundfahrt«, grunzt Krotke.

»Interessant mit dem Fahrstuhl«, findet Thies. »Alten Elbtunnel fährt man ja normalerweise nich, oder?« Phil zwängt seinen Ford als letztes Fahrzeug noch eben gerade in den Fahrstuhl.

Der altertümliche Aufzug rumpelt wenige Minuten in die Tiefe unter die Elbe. Das erste Auto fährt zügig aus dem Fahrstuhl in die schmale Fahrspur unter der mit alten Kacheln gefliesten Röhre. Der Benz tuckert mit deutlichem Dieselnageln hinter ihm her. Er verlangsamt das Tempo, sodass der Abstand zu dem vor ihm fahrenden Auto größer wird. Dann leuchten ohne erkennbaren Grund plötzlich die Bremslichter rot auf. Auch Krotke muss bremsen. Ehe er und Thies sich versehen, öffnen sich Fahrer- und Beifahrertür. Die beiden Schlägertypen schwingen sich provozierend bedächtig aus dem Gold-Benz. Eben sah es aus, als wollten sie fliehen. Inzwischen scheinen sie ihre Meinung geändert zu haben. Für einen Moment sind Phil und Thies irritiert, dann steigen sie ebenfalls aus ihrem Auto aus.

Die vier gehen aufeinander zu. Thies hat kein gutes Gefühl, er hat mal wieder keine Waffe dabei. Nicole sagt es ihm nun immer wieder. Er meint, in Fredenbüll brauche er seine Walther nicht. Aber eigentlich stimmt das gar nicht und in Hamburg erst recht nicht.

Der Boxer mit dem Mettbrötchenohr kommt ein Stück

auf sie zu und baut sich provozierend vor ihnen auf. Sein Ohr schillert in der gelblichen Tunnelbeleuchtung, als wäre bei dem Mett das Verfallsdatum abgelaufen. Der Dünne tänzelt von einem Fuß auf den anderen. Seine Schlangenlederschuhe klacken auf dem Asphalt.

»Ihr beiden Sportsfreunde habt also immer noch nicht genug«, brummt der Dicke.

Die Blicke des Kleinen krabbeln nervös an beiden rauf und runter. »Das Nässchen in anderre Leute Angeleggenheiten stecken?«, kichert er. Seine rechte Hand macht sich in der Jackentasche zu schaffen. Krotke ist sich nicht sicher, ob der Vogel außer dem Messer auch eine Pistole dabeihat. Der Eierkopf glotzt sie nur dumpf an. Aber er signalisiert Kampfbereitschaft, in dem er die Fäuste in seine Hüften stemmt.

»Wenn ihr uns anfasst, sind gleich die Kollegen von der Hamburger Polizei da. Müssten jeden Augenblick da sein«, droht Thies.

»Wenn wirr dich anfassen, solltet ihr lieber Krankenwaggen hollen.« Die dicken Brillengläser des Kleinen funkeln im Neonlicht.

»Nu spuck hier mal keine großen Töne, Freundchen.« Auch Thies baut sich jetzt mit demonstrativ breiter Brust vor Krotkes Capri auf. »Ihr beiden steht unter dringendem Mordverdacht.«

»Na, wen sollen wir denn weggeräumt haben?«, knurrt der Eierkopf.

»Dat wisst ihr ganz genau.« Thies gibt sich alle Mühe, cool zu bleiben. Mit einer Walther im Holster fiele ihm das allerdings sehr viel leichter.

»Ihr habt meinen Partner weggepustet«, grunzt Krotke.

»Gepustet? Nee, der ist ertrunken«, korrigiert ihn Thies. »Dat hat die Kriminaltechnik ergeben.«

»Vielleicht klärt ihr beiden Klugscheißer das erst mal unter euch.« Der Dicke sieht die beiden provozierend an. Der Kleine zieht schon wieder sein Messer, lässt die Klinge herausspringen und beginnt damit herumzufuchteln. Thies fasst sich prüfend an die Nase, auf der heute statt des Mullverbandes ein großes Pflaster klebt.

Das andere Auto, das mit ihnen heruntergefahren ist, verschwindet am Ende des Tunnels und wird vom Fahrstuhl auf der gegenüberliegenden Seite verschluckt. Es bleiben etwa zehn Minuten, bis der nächste Fahrstuhl die nächsten Fahrzeuge ausspuckt, das weiß Krotke, der des Öfteren durch den alten Elbtunnel fährt. Zehn Minuten, in denen sie mit den Schlägern irgendwie fertig werden müssen.

44

»So, Sportsfreund, jetzt packen wir unser Fahrtenmesser mal ganz schnell wieder ein.« Thies hat jetzt schon die gleichen Sprüche wie Krotke drauf.

»Ich werrd dir zeigen, was ich mit Farrtenmesser alles drauf habbe.« Der Typ wischt mit seinem Stiletto vor seinem Kopf herum.

Thies meint, sofort ein Ziehen in seiner Nase zu spüren. Aber er lässt sich nichts anmerken. »Ihr seid doch die Handlanger von diesem karierten Typen, den wir im China-Restaurant gefunden haben.«

»Handlanger? Wir sind überhaupt keine Handlanger«, protestiert das Mettbrötchenohr wütend.

»Dat gibt aber 'n Zeugen, dass ihr dat Karojackett aus seiner Wohnung abtransportiert habt.«

»Was für Zeuge?«, kläfft der Kleine, während der Boxer auf Thies losgehen will.

»Nach dem Zeugen müsst ihr nicht lange suchen.« Phil Krotke zieht eine Waffe aus der Tasche seines Regenmantels. »Ich hab auch 'n hübsches Spielzeug dabei.« Er entsichert seine Achtunddreißiger Colt Automatic. »Ihr dreht euch jetzt mal schön um und packt die Hände auf euer Autodach.«

Im selben Moment springt Imbisshund Susi aus dem Capri und blickt neugierig zwischen den vier Männern hin und her. Der Dicke walzt unbeirrt auf Thies zu. Krotke gibt einen Warnschuss ab, der pfeifend durch den Tunnel hallt. Das Geschoss schlägt in eines der historischen Keramikreliefs mit den Schollen und Aalen ein. Ein Fischkopf zersplittert. Susi bellt. Jetzt dreht sich der Dicke kurz zu dem Privatdetektiv um.

»Willst du dir auch noch ein paar falsche Zähne holen?!« Er zeigt seine eigenen mit einem verkniffenen Grinsen.

»Ihr seid doch bei dieser chinesischen Reederei angestellt?«, fragt Thies trotz der ganzen Hektik unbeirrt weiter.

»Ist das hier 'ne Scheißquizshow, oder was?«, knurrt der Dicke.

»Oder seid ihr bei Steenwoldts fürs Grobe zuständig?« Krotke hält demonstrativ seine Automatik in ihre Richtung. Thies klimpert schon mit den Handschellen.

»Als Festmacher und Deckseinweiser bei Han Min … und früher bei Konsul Steenwoldt. Gab immer etwas zu erleddigen. Das Grobbe is Spezialität fürr uns«, antwortet der Kleine und gibt ein meckerndes Lachen von sich.

Thies sieht ihn an. Im selben Augenblick rammt der Boxer ihm unerwartet einen satten Schwinger in den Magen, worauf sich der Polizist zusammenkrümmt.

»Na, Bulle, immer noch Fraggen?«, höhnt der Kleine, der statt des Stiletts plötzlich auch eine Pistole in der Hand hält.

»Vorsichtig, er hat auch ein Eisen dabei«, ruft Krotke.

Der Dicke will Thies in den Schwitzkasten nehmen.

Augenblicklich springt Susi auf ihn zu und fletscht die Zähne.

»Pfeif sofort Polizeihund zurück!«, ruft der Kleine.

»Polizeihund? Quatsch, dat is 'n Imbisshund!«

Der Dünne richtet seine Waffe auf den Schäfermischling und drückt ohne zu zögern ab. Auch dieser Schuss hallt durch den Tunnel und vermischt sich mit dem Aufjaulen des Hundes.

»Um Himmels willen, Susi! Wat is mit ihr?« Die Hündin liegt, alle viere von sich gestreckt, auf der Seite vor dem Capri und jault laut. »Bist du bekloppt, dat is der Hund aus der ›Hidden Kist‹, der hat mit der ganzen Sache nix zu tun.« Thies packt die Wut. Er weiß gar nicht, was er zuerst tun soll. Er will sich um Susi kümmern. Aber dann geht er erst mal auf den Kleinen mit der Pistole los. Im nächsten Moment kommt der Eierkopf schon wieder breitbeinig auf ihn zu. Thies tritt ihm unerwartet und wild entschlossen mitten zwischen die Beine seiner Jogginghose. Der Boxer krümmt sich. Phil Krotke verpasst ihm mit dem Knauf seiner Pistole zusätzlich eins auf sein Mettbrötchenohr. Aber damit ist der Dicke immer noch nicht außer Gefecht gesetzt. Wütend richtet er sich wieder auf und will auf Krotke losgehen. Phil richtet die Automatik auf seine Stirn.

»Ganz ruhig, Sohnemann. Überleg doch mal, du willst gar nicht kämpfen und dein kleiner Freund auch nicht. Ihr nehmt jetzt schön die Hände hoch, und dann machen wir alle zusammen einen hübschen kleinen Ausflug ins nächste Polizeirevier ...«

»Wirr machen garr nix. Wirr möggen Polizeiuniformen

nämmlich nich.« Der Kleine ballert mit seiner Pistole in die Luft und dann Richtung Hund. Die Schüsse und ihre Echos schallen durch den Raum.

Thies stürzt todesmutig auf ihn los und schlägt ihm die Waffe aus der Hand. Mit der Pistole ist er nicht halb so geschickt wie mit seinem Springmesser.

»Kick mir die Spritze rüber«, ruft Phil. Thies schießt sie ihm zu und Krotke nimmt sie an sich, während er die beiden in Schach hält. Thies sorgt sich vor allem um Susi. Das Tier sieht ihn traurig an. Aus seinem rechten Hinterbein suppt das Blut. »Verdammt, wir brauchen 'n Tierarzt, und zwar schnell. Susi is angeschossen. Wie sollen wir das Antje beibringen?« Thies ist verzweifelt.

Dann hören die beiden das stählerne Rumpeln der Fahrstuhltür hinter sich. Die zehn Minuten sind um, auf seine innere Uhr kann Phil sich verlassen. Ein erstes und dann ein zweites Fahrzeug verlassen den Fahrstuhl. Es klingt, als wären es die einzigen. Thies und Krotke sind zu beschäftigt, sich umzudrehen. Aber dann glimmen im Tunnel die schönen alten Fliesen auf einmal blau im Signallicht der Polizeiwagen.

»Endlich, die Kollegen!«, ruft Thies dem Detektiv zu. Er versucht mit einem Taschentuch Susis Blutung zu stillen. Die beiden Polizeiwagen kommen mit quietschenden Reifen zum Stehen. Jeweils zwei Hamburger Polizisten springen mit gezogener Waffe aus den Autos.

»Wurde aber auch Zeit«, ruft Thies.

Zwei der Hamburger Beamten lassen die Handschellen um die Handgelenke des Dicken und des Kleinen klicken. Und völlig überraschend spüren dann auch Phil und

Thies das kalte Metall der Handschellen um ihre Handgelenke.

»Moment mal, da läuft wat verkehrt. Ich bin Kollege.«

Die Hamburger sehen sich an und grinsen. »Kollege?« Sie begutachten Thies' Schleswig-Holsteiner Uniform mit der weißen Polizeimütze. »Soso. Wo ist denn dein Revier, Kollege?«

»Fredenbüll!«, blafft Thies ihn an.

»Freden… wie bitte?« Jetzt brechen erst zwei und dann alle vier in lautes Gelächter aus.

45

›Eight Miles High‹ von den Byrds schwirrt klirrend aus den mit Tüchern verhängten Boxen. Die dicken Regentropfen lassen sich im Takt dazu von den hohen Bäumen fallen. Carmen singt den Refrain laut mit, und sie trifft präzise den Ton. Normalerweise singt sie daneben. Aber jetzt klingt es perfekt, als wäre sie Backgroundsängerin bei den Byrds.

Sie hat das französische Fenster in ihrem Zimmer geöffnet, den alten Loom Chair ans Fenster gestellt und ihre kleine Opiumpfeife angezündet. Ihre feine, spießige Familie muss ja nicht unbedingt mitbekommen, dass sie sich ab und zu mal eine Prise oder ein Pfeifchen gönnt. Ihr kranker Vater und vor allem Vivian sollen endlich Ruhe geben. Der Butler hält sich wenigstens diskret zurück. Sie braucht ihre abendliche Dosis, um runterzukommen. Und jetzt fühlt sie sich auch schon viel besser. Es sind keine acht Meilen, aber ein paar Zentimeter schwebt sie über dem chinesischen Teppich, der in ihrem Zimmer auf dem Parkett liegt.

Gerade eben hatte Carmen einen mächtigen Schreck bekommen. Sie wollte sich ein hübsches kleines Scheinchen aus ihrem Wäschestapel ziehen. Doch zwischen ihrer Unterwäsche waren keine Scheine mehr zu finden. Die satten Bündel waren einfach verschwunden. Das durfte doch alles nicht wahr sein. Panisch hatte sie ihre Schränke durchwühlt. Hatte sie die Kohle in ihrem Rausch irgendwo verkramt? Sie sollte mit der Dosis wirklich vorsichtiger sein. Und dann hatte sie zwischen zwei ihrer nostalgischen Herrenoberhemden eine leere Banderole der Privatbank »Calenberg und Cousin« entdeckt. Mit dieser Banderole waren die Zweihunderteuroscheine gebündelt. Die Scheine waren allerdings nicht mehr da.

Und Carmen weiß genau, wer sie gefunden hat. Sie ist sich zumindest ziemlich sicher, dass es Vivian war. Es passt zu ihr, dass sie mit Absicht, als Zeichen des Triumphes, diese Scheißbanderole in ihrem Wäscheschrank zurücklässt. Sie hätte das Geld besser verstecken müssen. Fünf Scheine in einem Buch sind noch da. Hermann Hesses ›Siddhartha‹ hat Vivian nicht angefasst. Vivian hasst Hesse. Und bei Andrew ist sie auch schon eine schöne Stange losgeworden. Aber der große Batzen, den sie ihrer vornehmen Familie abgeknöpft hatten, ist einfach weg, wieder in den Händen von Vivian und ihrem Vater. Die ganze Aktion war für die Katz.

Aber mit dem Opium im Kopf ist das alles nur noch halb so schlimm. Das ewig lange Gitarrensolo von ›Eight Miles High‹ schwirrt kristallin klar durch den hohen Raum. Ihr ist, als schwebten die Töne aus dem Fenster durch das nasse Laub der alten Bäume des Parks davon. Aber ganz mag sich bei Carmen das übliche innere Glücksgefühl nicht einstellen, ganz so entspannt, wie sie sein möchte, ist sie dann wohl doch nicht. Sie muss sich dringend etwas einfallen lassen. Das Opium muss ihren Geist beflügeln.

Sie muss wieder an Kohle kommen. Eigentlich interessiert sie Geld nicht. Es kotzt sie an, dass es bei ihrem Vater und ihrer Schwester immer nur ums Geld geht. Aber sie braucht die Scheißkohle. Und ihre Familie hat schließlich genug davon. Der Coup mit der Entführung hatte ja wunderbar geklappt. Aber die Nummer kann sie nicht noch einmal abziehen. Sie muss sich etwas Neues einfallen lassen. Zusammen mit Andrew? Hat der noch eine neue Idee? Oder ist er auch nur eine Null? Erst der dicke Möchtegern-Reeder, dann der Tischler. Warum zieht sie nur immer wieder Nieten? Wenn sie nicht bald Geld auftreibt, muss sie in den kalten Entzug. Vivian droht ihr jetzt auch damit. Erst dieses kackfeine Sanatorium und demnächst der »Cold Turkey«. Vivian führt sich auf wie ihre Mutter.

Die letzten Gitarrenfetzen flattern durch das Fenster in die Regennacht. »Meine Güte, sie ist meine Schwester«, lallt Carmen zu sich selbst. »Sie ist nicht meine Mutter!«

46

»Freunde, dat darf nich wahr sein, ich bin ’n Kollege von euch.« Thies versteht die Welt nicht mehr. Mittlerweile klingt er verzweifelt.

Die beiden Schläger wurden nach einer Stunde von einem schnieken Anwalt abgeholt und sind längst wieder auf freiem Fuß. Aber Thies sitzt zusammen mit Phil seit Stunden immer noch im Warteraum der Davidwache. Wenigstens haben die Hamburger Beamten ihnen die Handschellen abgenommen und die berüchtigte enge Zelle im Keller der Wache an der Reeperbahn erspart. Aber er konnte die Hamburger immer noch nicht überzeugen, dass er kein Hochstapler ist, sondern POM Thies Detlefsen aus Fredenbüll in Nordfriesland. Es ist einfach zu blöd, dass er keinen Dienstausweis und nicht mal einen Führerschein oder Personalausweis dabeihat. Zu Hause braucht er so etwas nicht, in Fredenbüll kennt ihn jeder. Und seine schleswig-holsteinische Dienstuniform ist hier in Hamburg offenbar auch nicht so angesagt.

Phil Krotke lässt die Chesterfiled, die er seit Ewigkeiten trocken zwischen den Lippen hängen hat, von einem Mundwinkel zum anderen wandern. »Wenigstens wird meine Kippe nicht nass. Wir sitzen zur Abwechslung mal im Trockenen.«

Thies ist weniger entspannt. Er telefoniert die meiste

Zeit, das heißt, er versucht es. Bei Nicole erreicht er immer nur die Mailbox. Und dann holt er Heike aus dem Bett, die ihm im Laufe des Abends schon hundertmal auf seine Mobilbox gesprochen hat und jetzt sofort wieder hellwach ist.

»Thies, hier brennt der Baum! Der Affe is weg.« Heikes Stimme überschlägt sich.

»Wieso, dat wolltest du doch.«

»Jaa, nee! Der Mann von diesem WWF war doch da! Aber da war Mai-Li nich mehr da. Die is getürmt ... durch die offene Terrassentür ... und dann is der Typ mit seinem WWF-Auto irgendwann natürlich auch wieder los.« Heike ist vollkommen verzweifelt.

»Heike, ich sitz hier aufm Revier ...«, versucht er sie zu unterbrechen.

»Mitten in der Nacht, immer noch im Dienst?«

»Jaa, nee, anders. Die haben Phil und mich festgenommen, mit Handschellen und so ... das heißt, Handschellen haben sie uns jetzt abgenommen.«

»Was denn für 'n Phil? Wieso Handschellen?« Heike weiß überhaupt nicht mehr, wo ihr der Kopf steht. »Und sag mal, muss ich das mit dem Affen irgendwo melden?«

»Heike, ich hab jetzt keine Zeit für diesen Affenzirkus. Ich muss langsam mal sehen, dat Nicole uns hier rausholt.«

Und dann deutet Phil Krotke zu dem Beamten, der übermüdet hinter dem Schreibtisch sitzt und telefoniert. Der hat Nicole jetzt erreicht.

»Frau Stappenbek, meine Kollegen haben hier vier Leute im alten Elbtunnel aufgegriffen. Die haben da wild rumgeballert. Da sind jede Menge Wandkacheln zu Bruch gegangen … die sind historisch.« Er holt kurz Luft. »Zwei von denen sind stadtbekannte Schläger, mehrfach vorbestraft wegen Körperverletzung. Personalien sind aufgenommen. Dann ist da noch einer mit gefälschtem Detektivausweis und ein Typ in ’ner Polizeiuniform aus Schleswig-Holstein. Weiß auch nich, aus welchem Kostümverleih er die hat.« Er überlegt kurz. »Dat sieht mir eindeutig nach Amtsanmaßung, hundertzweiunddreißig StGB aus.« Er wird offenbar von Nicole kurz unterbrochen.

»Wie? Netter Kollege, sagen Sie? Der ramentert hier ganz schön rum. Weiß auch nich, wo der entlaufen ist?!« Es entsteht wieder eine kurze Pause. »Wo soll der herkommen? Freden… büll? Komisch, dat behauptet er auch.« Und auf einmal bekommt der Hamburger Beamte den Kuhblick.

Eine Viertelstunde später erscheint Nicole in der Davidwache, um Thies und auch Phil Krotke zu erlösen.

»Und wer sind die anderen beiden?«, will die Kommissarin wissen.

»Dat waren die hier.« Thies zeigt auf seine Nase. »Die sind dick in die Sache verwickelt. Aber die weitere Befragung haben die Kollegen hier ja leider unterbrochen.«

»Komm, komm, Freundchen!« Der Hamburger Diensthabende sieht Thies ungnädig an.

»Wo habt ihr die beiden denn jetzt?«, fragt Nicole den Hamburger. »In der Zelle?«

»Nee, die beiden hat der Anwalt eben abgeholt.«

»Wie bitte?« Nicole kann es nicht fassen. »Das sind Tatverdächtige in zwei Mordfällen!«

»Dat weiß ich doch nich. Wir haben den Schaden im alten Elbtunnel mit den zerschossenen Fliesen und dann natürlich die Personalien aufgenommen. Die konnten sich mit gültigen Papieren ausweisen ... im Gegensatz zu diesen beiden Herren hier.« Er wirft Thies und Krotke einen verächtlichen Blick zu. »Und dann kreuzte auch gleich unser Freund, der Staranwalt, auf und hat sie abgeholt. Den hatte wohl dieser Reeder Steenwoldt geschickt.«

»Steenwoldt?«, fragt die Kommissarin.

»Haben wir den Namen nicht schon mal gehört?«, nuschelt Krotke dazwischen.

»Und wieso haben Sie nichts gesagt?« Die Kommissarin wundert sich.

»Macht sich nich so gut, wenn ich vor den Bullen den Oberschlaumeier spiele.«

»Nicole, die beiden müssen wir ins Kreuzverhör nehmen.« Thies ist immer noch voller Tatendrang.

»Muss ich unbedingt wieder dabei sein?« Phils Bedarf an Gesellschaft ist für heute gedeckt. »Noch eine rauchen, einen gut eingeschenkten Drink, und dann hau ich mich hin. War ja ein ereignisreicher Tag.« Er bekommt von dem Wachhabenden die Schlüssel für seinen Capri ausgehändigt und verabschiedet sich nach draußen.

47

Auch Thies und Nicole wollen nur noch ins Bett. Als Thies ihr im Auto von der Schießerei mit den beiden Schlägern im Elbtunnel erzählt, hört sie gar nicht richtig zu. Eigentlich will er ihr von seinen neuen Erkenntnissen über deren Verbindungen zu de Vries oder der Familie Steenwoldt berichten. Aber Nicole reagiert nicht. Sie ist nicht nur hundemüde und mal wieder mächtig verschnupft, sie sieht verheult aus, stellt Thies fest.

Tischler Andrew scheint nicht zu Hause zu sein. Nicole sieht schnell nach dem schlafenden Finn, aber dann steht sie gleich wieder neben Thies in der Wohnküche, in der sich auf Tisch und Arbeitsplatte das schmutzige Geschirr mit Essensresten stapelt. Zwischendrin liegt ein halbgegessenes Fischbrötchen.

»Ohne Matjesbrötchen geht dat hier in Hamburg scheinbar nich«, bemerkt Thies.

»Nee. Matjes isst er nicht. Aber wieso liegt das hier herum?« Nicole sieht Thies irgendwie komisch an. Er kann das gar nicht recht einordnen.

»Alles klar bei dir, Nicole?«

»Ja …« Sie zögert. »Alles gut.« Besonders überzeugend klingt es allerdings nicht. »Ach Scheiße, nein, nichts ist gut.« Nervös drückt sie die Zigarette, die sie sich eben gerade angezündet hat, in einer Untertasse wieder aus. So wie gestern fällt sie Thies ohne Vorankündigung wieder in die Arme. Der weiß überhaupt nicht, wie ihm geschieht. Er nimmt sie in den Arm, und sie drückt ihr Gesicht an seine Brust. Er meint, ein leises Schluchzen zu hören.

Unbeholfen streicht er ihr über den Rücken. »Dein Umzug nach Hamburg hat dich … wie soll ich sagen …«, Thies druckst herum, »… so 'n büschen aus der Balance gebracht.«

Aber auch Thies gerät angesichts der Situation ein bisschen aus der Balance. Nicole war doch immer die Starke, und er hat sie bewundert. In ihrem Job hat Nicole immer den Überblick und sagt, wo es langgeht. In diesem Moment sollte Thies etwas sagen. Etwas Hilfreiches.

»Nicole, wart mal ab, dat wird schon wieder.«

Das Schluchzen wird lauter. »Ach, Thies, nichts wird wieder. Mit Andrew, das ging alles viel zu schnell. Ich hab das Gefühl, Finn fühlt sich hier auch nicht wohl.« Sie schnieft, sehr viel lauter als sonst. »Auch die Hamburger Mordkommission, das ist alles so unpersönlich, das sind zig Kollegen. Keiner weiß, was der andere macht.«

»Ja, wenn wir in Fredenbüll ermitteln, is dat übersichtlicher.« Mit der freien Hand fummelt Thies ein Taschentuch aus der Hosentasche.

»Ach, Thies, du bist süß.« Sie dreht ihren Kopf zu ihm. »Sollen wir nicht in Fredenbüll eine Mordkommission aufmachen?« Sie streicht ihm über die Wange, und dann drückt sie unverhofft ihre Lippen auf seine. Thies ist vollkommen überrumpelt. Er will gerade etwas sagen, da spürt er ihre Zunge zwischen seinen Lippen. Er kann gar nicht anders, als ihren Kuss zu erwidern.

Thies kommt es vor wie gestern. Wie damals auf dem Deich nach dem Fredenbüller Feuerwehrfest bei ihrem ersten Fall. Damals hatten sie ordentlich einen im Tee gehabt. Aber ein bisschen durcheinander ist Nicole jetzt vielleicht auch.

Zu weiteren Überlegungen kommt er nicht. Nicole legt ihren Arm um seinen Hals und zieht ihn näher zu sich heran. Er spürt ihre nasse Wange auf seiner, und dann fährt ihm kurz ein Stechen durch seine verletzte Nase. Sie stehen eine ganze Weile in der dunklen Wohnküche und küssen sich. Sie schmeckt nach Zigarette und er nach Matjesbrötchen mit Zwiebeln. Während sie sich küssen, knöpft Nicole seine Polizeijacke auf, einen Knopf nach dem anderen.

»Nicole, ich weiß nich …« Thies gerät in leichte Panik. »… lass mal lieber.«

»Du bist ganz schön vernünftig.« Sie sieht ihn an, schlägt einmal sanft, aber ärgerlich mit der Faust auf seine Brust und wischt sich mit seinem Taschentuch ein paar Tränen von der Wange.

»Ja nee, weiß auch nich …«, stammelt er.

»Du willst nur einfach keinen Stress mit Heike.« Sie blickt ihn herausfordernd an.

»Ach was, nö … na ja.«

»Ist ja echt 'ne klare Ansage.« Sie nimmt den Arm von seiner Schulter.

»Lass uns jetzt mal lieber ins Bett gehen … also, ich mein … jeder in seins.« Thies guckt reichlich bedröppelt. Aber Nicole kann schon wieder ein bisschen lächeln.

48

Thies hat schlecht geschlafen. Nicoles Kuss ist ihm die ganze Nacht nicht aus dem Kopf gegangen. Und jetzt kann er sich kaum auf den Fall konzentrieren. Nicole sieht ebenfalls übernächtigt aus. Thies hat schon einen Kaffee gemacht. Sie streicht ihm flüchtig und irgendwie abwesend über den Arm. Ansonsten tut sie so, als wäre nichts gewesen.

»Gut geschlafen?«

»Na ja, geht so.« Thies pustet verlegen in seinen Kaffeebecher.

Nicole überhört es. »Ich glaube, wir haben dringend ein paar Dinge zu erledigen.«

»Vor allem müssen wir unsere beiden Sportsfreunde zu fassen kriegen, die hängen da ganz dick mit drin, und zwar in beiden Mordfällen.« Thies hat sich voll auf die beiden Schläger eingeschossen.

»Und was sollen die beiden für ein Motiv haben?«, hakt Nicole nach.

»Schon mal wat von Auftragsmord gehört? Zuerst haben sie Phils Kollegen ausgeknipst und dann dat karierte Jackett.« Thies hat den Jargon von Krotke mittlerweile voll drauf.

»Und du weißt natürlich auch, in wessen Auftrag?« Nicole ist von Thies' Theorien leicht genervt.

»Die beiden haben ja gestern im Elbtunnel 'n büschen gesungen. Die arbeiten im Auftrag von Han Min, also von dem karierten de Vries ...«

»... und der hat sie beauftragt, dass sie ihn selbst umbringen, oder was?« Die Kommissarin schüttelt den Kopf.

»Ja, da is wohl irgendwat schiefgelaufen. Anscheinend mehrere Auftraggeber oder so. Früher waren die nämlich bei Steenwoldt angestellt ... sozusagen ...« Thies hat den kritischen Blick seiner Kollegin sofort bemerkt. »Nicole, ich denk mir dat nich aus. Phil kann das bestätigen, der war schließlich auch dabei.«

»Na, wenn Phil dabei war, muss es natürlich stimmen.« Allmählich ärgert sich Nicole über die Bewunderung, die Thies für diesen abgehalfterten Privatdetektiv entwickelt hat. »War alles 'n bisschen viel gestern, oder?« Sie streicht ihm wieder über den Arm. »Erst der Elbtunnel, die Davidwache und dann ...«

Thies bekommt seinen Kuhblick und sagt gar nichts mehr.

Bevor sie noch einmal zu der Steenwoldt-Villa nach Blankenese rausfahren, schauen die beiden erst mal im Präsidium vorbei. Dort sitzt Phil Krotke schon bei Nicoles Kollegen, um die Ereignisse vom gestrigen Abend zu Protokoll zu geben. Als Krotke in Nicoles Zimmer kommt, bleibt er wie angewurzelt vor ihrem Schreibtisch stehen und starrt auf das Plastiktütchen mit dem Ring, den der Affe in Nicoles Tasche fallen gelassen hatte.

»Alles klar bei dir nach unserer Elbtunneltour?«

»Irgendetwas nicht in Ordnung mit dem Ring?« Nicole sieht Krotke fragend an.

»Das ist Rays Ring. Den habt ihr dem Toten abgenommen, oder?«, fragt Krotke ohne den üblichen flapsigen Tonfall.

»Nee, den haben wir diesem Mister Wong abgeknöpft«, erwidert Thies.

»Wie kommt dieser komische Affe an Rays Ring? Freiwillig hätte Ray den niemals hergegeben.« Phil sieht erst Thies und dann Nicole eindringlich an. »Kröger muss tot gewesen sein, sonst hätte der Affe den Ring nicht.«

»Und das hat sich vermutlich alles auf dem Falkensteiner Anwesen der Steenwoldts abgespielt«, überlegt Nicole.

»Und in dem Container bei deinem toten Kollegen saß auch das Affenmädchen«, kombiniert Thies. »Ich sag's euch, diese Affenfamilie hängt da ganz dick mit drin.«

»Vor allem die ganze Familie Steenwoldt«, ergänzt Nicole, »die wir unbedingt noch einmal aufsuchen müssen.«

Als die beiden Polizisten den Kiesweg auf die Villa der Steenwoldts zugehen, bleibt Thies ganz plötzlich neben dem Karpfenteich stehen. Eine Regendusche sprüht über die Oberfläche des Teichs hinweg und lässt wieder kleine Tropfen hochspritzen. Ein orange leuchtender Koikarpfen schnappt nach Luft.

»Hier, Nicole, ich glaub, ich hab's!« Er zeigt auf die Karpfen.

Die Kommissarin sieht ihren Kollegen ungläubig an. »Wollen wir nicht mal sehen, dass wir ins Trockene kommen?«

»Wat haben die Kollegen von der KTU gesagt? Das Wasser in den Lungen des toten Detektivs, dat kommt nich aus der Nordsee, auch nich aus der Elbe …« Thies sieht seine Kollegin triumphierend an. »Dat kommt hier aus dem Karpfenteich.«

»Meinst du?« Nicole überlegt, und dann fällt auch bei ihr der Groschen. »Das würde das Fischmehl und die Sojaextrakte erklären, die unsere KTU in der Lunge des Toten angeblich gefunden hat.«

»Auf jeden Fall sollten wir mal 'ne Wasserprobe nehmen.« Thies läuft kurz zum Auto zurück, wo noch eine leere Wasserflasche herumliegt. Als er die Plastikflasche unter die Oberfläche des Teiches taucht und mit Wasser füllt, kommt der Butler mit einem Schirm aus dem Haus herausgelaufen.

»Was haben Sie denn mit unseren Karpfen vor?«

»Wir ermitteln«, gibt Thies knapp zurück.

»Was haben die Koikarpfen mit Ihrem Mordfall zu tun?«, fragt der Butler pikiert.

»Dat werden die weiteren Untersuchungen unserer Kriminaltechnik ergeben«, raunzt Thies.

Im selben Moment humpelt auch der alte Steenwoldt an seinem Stock in durchaus erstaunlichem Tempo über den Kiesweg.

»Was machen Sie da, bitte?!« Seine Stimme hallt überraschend laut durch den Park. »Was fischen Sie da in unserem Teich herum?« Der Konsul trägt heute Morgen einen seidenen Morgenmantel. »Haben Sie dafür überhaupt eine richterliche Verfügung? Wohl kaum!«

»Vater!«, ruft seine Tochter, die ihm mit einem Schirm in der Hand hinterherläuft. »Komm wieder ins Haus zurück. Du holst dir noch den Tod.«

»Der steht früher oder später sowieso vor meiner Tür«, keift er.

»Wir haben nur ein paar weitere Fragen«, versucht Nicole ihn zu beschwichtigen.

Aber der alte Steenwoldt will sich nicht beruhigen.

»Das ist Diebstahl!«, schreit er. Er ist außer sich, während er sich durch den Kies arbeitet. Sein Morgenmantel ist auf den Schultern inzwischen vollkommen durchnässt.

»Diebstahl?« Thies wirft einen prüfenden Blick auf die Seltersflasche mit dem trüben Wasser. »Dat büschen Wasser?«

»Dat büschen Wasser?«, äfft der Konsul ihn nach. »Von einem Beamten darf man ja wohl erwarten, dass er unser Eigentum respektiert.«

Der Butler räuspert sich und hält den Regenschirm schützend über den Konsul.

Thies und Nicole sehen sich an. Sie fühlen sich in ihrem Verdacht bestätigt, dass das Wasser in den Lungen des toten Detektivs aus dem Steenwoldt'schen Karpfenteich stammt. Aber sie wollen die Situation nicht eskalieren lassen. Wortlos kippt Thies den Großteil des Inhalts aus der Flasche in den Teich zurück. Dabei achtet er darauf, dass ein kleiner Rest in der Flasche bleibt.

Am liebsten würden Vater und Tochter die beiden Polizisten von ihrem Grundstück jagen. Aber dann bittet Vivian die beiden doch ins Haus. Sie bleiben in der Halle vor der großen Treppe stehen.

»Haben Sie uns denn nicht schon genug belästigt?«, blafft Steenwoldt die Kommissarin an. Seine Liebenswürdigkeit bei ihrem vorigen Besuch ist verflogen. »Was wollen Sie denn noch unbedingt wissen?«

»Mein Vater ist ein kranker Mann«, versucht Vivian die Befragung möglichst kurz zu halten.

Nicole zückt zwei Karteifotos der beiden Schläger. »Kennen Sie diese beiden Männer?«

Vivian sieht das Foto an, als würde sie die beiden nicht gleich erkennen. Aber sie erkennt sie sofort, das sehen Thies und Nicole auf den ersten Blick. »Diese beiden Herren haben mal in Ihren Diensten gestanden?« Nicoles Frage klingt mehr wie eine Feststellung.

»Ja, die waren früher Schauerleute bei Steenwoldt«, antwortet der Konsul, ohne zu zögern.

»Haben Sie in den letzten Tagen zu den beiden Kontakt gehabt?«, fragt die Kommissarin weiter.

»Wie kommen Sie denn darauf? Teile der Reederei Steenwoldt sind, wie ich Ihnen schon erzählt habe, von Han Min Shipping übernommen worden und große Teile ihres Personals ebenfalls.« Er streicht sich über seinen durchnässten Morgenmantel. »Und jetzt würde ich, wenn Sie erlauben, gern aus diesem feuchten Ding herauskommen … George, würden Sie …?«

»Gewiss, Herr Konsul …« Die beiden steigen die Treppe hinauf. Nicole und Thies protestieren nicht weiter. Aber Nicole wendet sich noch einmal an Vivian Steenwoldt.

»Haben Sie oder Ihr Vater gestern Kontakt mit einem der beiden Männer gehabt?«, wiederholt sie ihre Frage noch mal.

»Wie kommen Sie darauf?« Vivian reagiert gereizt.

»Die beiden Sportsfreunde sind vor dem Apartment des ermordeten de Vries gesehen worden.« Thies sieht sie provozierend an.

»Und der hatte ja ganz offensichtlich Kontakte zu Ihrer Familie«, führt Nicole aus. »Vor allem wohl zu Ihrer Schwester Carmen.«

»Im Apartment von de Vries?« Vivians Gesicht mit den hohen Wangenknochen verrät keine Gefühlsregung. »Das kann ich mir überhaupt nicht vorstellen.«

»Doch, gestern Nacht im Fahrstuhl, kurz nachdem de Vries ermordet wurde«, wird Thies konkreter. Nicole wirft ihm einen tadelnden Blick zu.

»Das kann nicht angehen. Gestern Abend waren die beiden tatsächlich für mich tätig. Hier auf unserem Grundstück waren ein paar Arbeiten zu machen.« Ihr Gesicht zeigt auf einmal doch eine Regung.

»Dat fällt Ihnen aber spät ein«, stellt Thies lakonisch fest.

49

Die entspannende Wirkung des Opiums, das angenehme Kribbeln unter der Schädeldecke, das leichte Schweben war vorbei. Andrew hatte tief und visionsreich geschlafen. Doch als er heute Morgen durch den Regen in seine Werkstatt zurückkommt, ist alles Relaxte, die Euphorie der letzten Nacht verflogen. Sein Körper spürt leichte Entzugserscheinungen, Gliederschmerzen und den leisen Anflug einer hübschen kleinen Depression. Wenigstens ist er jetzt allein. Nicole, ihr quakender Finn und der Depp von Dorfpolizist sind aus dem Haus. Nur die Haubenhühner laufen gackernd und kollernd über den kleinen Hof, auf dem mittlerweile das Wasser steht. Die wattige Haube hat in dem Regenwetter arg gelitten und hängt den Vögeln in feuchten Fetzen vom Kopf herunter. Er schubst die Viecher mit dem Fuß weg.

Andrew hat die Nacht zusammen mit Carmen in der Opiumhöhle verbracht. Der exklusive kleine Club der Opiumraucher musste vor einiger Zeit umziehen, nachdem das Haus am Pinnasberg abgerissen worden war. Jetzt treffen sie sich im Hinterzimmer eines Tattoo-Studios in der Taubenstraße. Es ist weniger schummrig als der muffige, ständig von Opiumrauch und Räucherstäbchen durchzogene Keller am Pinnasberg, aber deshalb sieht man umso mehr, was für ein verdrecktes, schäbiges Loch es ist. Es sind dieselben Typen, mit denen Andrew schon früher Tage und Wochen im Opiumdunst herumgesessen hat. Ein paar Altjunkies, die sich erstaunlich gut gehalten haben, Dealer, auf deren Stoffqualität man sich noch verlassen kann, und ein alter Chinese, der das Opium so selbstverständlich raucht wie andere Leute Filterzigaretten.

Seine depressive Stimmung hat auch mit der neuen finanziellen Situation zu tun. Carmen und er haben in den letzten Tagen so viel geraucht, er kann richtig beobachten, wie ihre Vorräte schwinden. Und jetzt sollen auch die Bündel mit den gelben Euroscheinen plötzlich verschwunden sein. Carmens Schwester Vivian hat den Schatz offenbar gehoben. Wir müssen uns dringend etwas Neues ausdenken, hatte Carmen gesagt. In ihrem Rausch schien das gar kein Problem zu sein.

Heute Morgen sieht Andrew das allerdings ganz anders. Was hat die verwöhnte, gelangweilte Reederstochter für Vorstellungen? Sollen sie eine Bank ausrauben oder irgend so ein ›Ocean's-Eleven‹-Ding abziehen? Er kann chinesische Stühle restaurieren oder nepalesisches Opium vertickern, aber er dreht keine Supercoups. Da muss Carmens Familie wieder ran. Bei den Steenwoldts sitzt schließlich die dicke Kohle. Die muss doch lockerzumachen sein.

Er muss an den späten Abend denken, als er die antiken Stühle aus der Villa der Steenwoldts abgeholt hatte. Ganz plötzlich hat er die gesamte Familie Steenwoldt und diese beiden Schlägertypen vor Augen. Das Mondlicht fiel zwischen zwei Regenwolken hindurch auf den Karpfenteich. Er hat die Bilder ganz deutlich vor sich. Andrew spürt ein

Kribbeln in seinen Händen. Er schwitzt. Und dann geht ihm auch der alte Chinese aus ihrer Opiumhöhle nicht aus dem Kopf. Er hing früher im »Silver Palace« herum, wo er vor Jahrhunderten mal als Koch gearbeitet hat, und er weiß so einiges über die Steenwoldts, die auch Verbindungen zum »Silver Palace« haben oder hatten. Der Alte hatte so komische Andeutungen über die Familie Steenwoldt und über die chinesische Mutter von Carmen und Vivian gemacht. Vielleicht sollte er diese Spur weiterverfolgen. Er hatte das nicht richtig kapiert. Er war einfach zu dicht gewesen.

50

Nach den turbulenten Hamburger Tagen ist die Belegschaft der »Hidden Kist« auf dem Absprung. Antje und ihre Damen, Bounty, Klaas und der Schimmelreiter wollen heute noch eine Stippvisite auf dem Hamburger Dom machen und danach spät abends die Rückreise nach Fredenbüll antreten. Nur Piet Paulsen muss noch ein paar Tage in der Station »Michel« dranhängen.

Susi ist wieder einigermaßen auf den Beinen. Thies hatte noch gestern Nacht Antje alarmiert, dass Susi angeschossen worden war. Antje wiederum hatte sich völlig aufgelöst an Telje gewandt, die dann kurzerhand die verletzte Hündin in die Ambulanz der Endoklinik gebracht hatte. Den netten jungen Assistenzarzt hatte sie schnell überredet, Susi die Kugel eben mal herauszuoperieren und ihr einen schönen Verband zu verpassen. Jetzt ist der Hund schon auf dem Weg der Besserung, und Antje hat sich wieder etwas beruhigt.

Zum Mittagessen sitzen alle Fredenbüller im »Silver Palace« zusammen und lassen sich Dim Sums, Ente mit chinesischen Nudeln und zu jedem neuen Gang eine Konfuzius-Weisheit servieren.

»Echt lecker«, befindet die Imbisswirtin. Nach der aufregenden Nacht hat sie einen mordsmäßigen Hunger. Die verletzte Susi, die auf einer Decke neben dem Tisch liegt, schnuppert den vegetarischen Reisnudeln hinterher, die am Nebentisch serviert werden.

»War 'n Fehler, dat wir bisher noch nich hier waren.« Klaas versucht vergeblich, eine der Teigtaschen mit den Stäbchen aus dem Bambuskörbchen zu fischen.

»Wel einen Fehlel macht und nicht kolligielt, begeht zweiten Fehlel«, zitiert der dicke Ober Konfuzius und stellt den nächsten Bambuskorb mit gefüllten Hefeklößen auf den Tisch.

»Jajajajaja«, kommt das Stakkato des Restaurantchefs aus dem Hintergrund, gefolgt von einem »Smekt?«.

»Wahnsinnsgewürze«, befindet Bounty.

»Ja, kann man essen.« Der Schimmelreiter klingt richtig euphorisch.

»Wel seine Fehlel nicht elinnelt, wild sie nicht velgessen können.« Der Kellner lächelt weise, der Schimmelreiter lässt sich das Konfuzius-Zitat noch ein paar Mal gründlich durch den Kopf gehen.

»Und wenn ich jetzt gar nix mehr erinnere? Wie soll dat denn gehen?«, fragt er sich nach reiflicher Überlegung.

»Geheimnisvolle Weisheit des Ostens.« Jetzt grinst auch Bounty den Schimmelreiter breit an und schiebt sich ganz entspannt ein mit Haifischflossen gefülltes Dim Sum in den Mund.

Bounty hat die anderen erst überreden müssen, den Ort des Schreckens, an dem Antje, Alexandra und Marret den toten de Vries entdeckt hatten, noch einmal aufzusuchen. Jetzt befindet sich die Fredenbüller Runde bei Pils und Pekingsuppe »sauel schalf« in angeregter Diskussion über die aktuellen Morde. Der erste Tote ist ja schließlich in

Fredenbüll aufgefunden worden, und ihr Dorfpolizist Thies Detlefsen ist ganz maßgeblich in die Ermittlungen eingespannt.

»Ich hab dat ja ausführlich mit Telje beschnackt, dat geht um illegale Müllgeschäfte.« Piet Paulsen hat sich intensiver in die Problematik eingearbeitet. »Dat wird alles nach Afrika verschifft.«

»Dat is illegale Fracht, eine Riesensauerei«, bestätigt Postbote Klaas, der schließlich auch im Logistikbereich tätig ist.

»Angeblich sollen ja auch Drogen im Spiel sein«, hat Alexandra gehört.

Alle sehen vielsagend Bounty an.

»Ja nee, nichts aus meinem Kräutergarten.« Er hebt beschwichtigend die Hände.

»Und was is eigentlich mit dem Affen?«, fällt Marret auf einmal ein. »Wisst ihr da wat Neues?«

»Der is wohl flüchtig«, nölt Bounty, der mit der heißen Teigtasche im Mund kaum zu verstehen ist.

»Bei Heike aus der Terrassentür raus, und dann war er weg.« Antje ist auf dem neusten Stand. »Der findet sich bei uns in Nordfriesland doch gar nicht zurecht.«

»Das soll ja wohl eine ganze Affenfamilie sein, die in den Fall verwickelt ist«, raunt Alexandra mit ernster Miene.

»Die wohnen alle in Blankenese bei dieser Reedersfamilie.« Der Schimmelreiter hat den Kampf mit den Stäbchen aufgegeben und nimmt jetzt die Hände zur Hilfe. »Eine Tochter war doch mal in der Matjeshalle. Die sieht auch so 'n büschen chinesisch aus.«

»Das ist Hamburg«, verkündet Friseurmeisterin Alexandra mit Kennermiene. »Das ist eine ganz andere Welt als Fredenbüll.«

»Für Thies is dat auch nich so einfach.« Antje stößt einen Seufzer aus. »Dabei hat er ja eigentlich 'n guten Riecher.«

»Aber jetzt mit seiner Nase«, gibt Marret zu bedenken. »Er hat ja immer noch 'n dickes Pflaster.«

»So ein Schnitt an der Nase ist langwierig«, vermutet Alexandra.

»Da geht dat mit meinem Knie ja schneller voran.« Piet Paulsen nagt mit seinen zu groß geratenen dritten Zähnen an den kleinen Rippchen in schwarzer Bohnensoße.

»Und mit ihrem Fall kommen Thies und Nicole auch nich voran«, stellt Marret mitleidig fest. »Die haben hier in Hamburg mit ganz schön viel Hindernissen zu kämpfen.«

»Um an die Quelle zu kommen, muss man gegen den Stlom swimmen.« Der Kellner lächelt. Bounty nickt. Klaas kämpft derweil immer noch mit den Stäbchen.

»Komisch, hat irgendwie alles mit China zu tun.« Bounty sieht in die Runde und dann den dicken Kellner an. »Ein Toter in einem Container mit der Aufschrift Han Min, der nächste Tote hier im ›Silver Palace‹, zwei Halbchinesinnen einer Reedereifamilie. Sagen Sie mal«, wendet sich Bounty an den Ober, »was hat es mit dieser Familie Steenwoldt eigentlich auf sich?«

»Familie Steenwoldt gute Fleunde von Chef.« Der Ober deutet zum Restaurantbesitzer. »Tochtel von Chef Sekletälin von Mistel de Vlies in kalielte Anzug. Alles Fleunde, vol allem von chinesische alte Flau Steenwoldt. Alle besuchen sie in Sanatolium in Lünebulgel Heide. Alte Flau bisschen dulcheinandel.«

»Wer wollte alles zu ihr?«, fragt Antje.

»Tote Plivaltdetektiv in Containel von Han Min, tote Mann de Vlies zwischen Pekingenten und jetzt zweite Plivatdetektiv.« Der Ober räumt die ersten leeren Bambuskörbchen ab.

»Dieser Phil Krotke, mit dem Thies immer zugange is?«, will Klaas wissen.

»Mistel Klotke, ja, wollte auch zu alte Flau Steenwoldt in Lünebulgel Heide.«

»Scheint ja tatsächlich 'n komplizierter Fall zu sein«, konstatiert Alexandra. »Thies und Nicole tappen da ja noch ordentlich im Dunkeln.«

»Die wissen garantiert auch nich viel mehr als wir«, vermutet der Schimmelreiter.

»Wollen wir mal abwarten, wie sich dat weiterentwickelt.« Klaas hat sich inzwischen eine Gabel bringen lassen und kann die Ente auf chinesischen Nudeln jetzt richtig genießen.

»Wat hat der Ober eben gemeint?« Der Schimmelreiter ist inzwischen von Konfuzius regelrecht beseelt. »Wenn du ans Ziel kommen willst … wie war dat … dann musst du auch mal die Gegenfahrbahn nehmen.«

Piet Paulsen überlegt kurz. »Hatte er nich irgendwat von Schwimmen gesagt?«

51

Thies hat sich zusammen mit Nicole sofort auf den Weg in die Lüneburger Heide gemacht, nachdem ihm Antje brühwarm berichtet hatte, was der dicke Kellner im »Silver Palace« ihnen über die chinesische Frau Steenwoldt erzählt hatte.

Die beiden Polizisten fahren eine ganze Weile durch den Regen, ehe sie das im Wald versteckte Sanatorium gefunden haben. Die Oberschwester macht den Eindruck, als erwarte sie die Polizei schon seit längerem.

»Frau Steenwoldt hat auffällig häufigen Besuch. In den letzten zehn Tagen waren mehr Leute bei ihr als in den ganzen Jahren vorher. Eigentlich hat sie bisher kaum Besuch bekommen. Nur von ihrer Tochter.«

»Wie lange ist Frau Steenwoldt denn schon bei Ihnen?«, will Nicole wissen, nachdem beide ihre Dienstausweise gezeigt haben.

Die Schwester bittet die beiden in das Sprechzimmer. »Frau Steenwoldt ist seit etwa zehn Jahren bei uns.«

»Warum ist sie damals zu Ihnen gekommen?«, fragt Nicole nach.

Die Oberschwester zögert einen Moment. »Am Anfang wussten wir es selbst nicht so genau. Sie wirkte ein bisschen sediert …« Sie überlegt. »Wir hatten zuerst den Eindruck, dass da möglicherweise Drogen im Spiel waren. Inzwischen können wir von einer fortschreitenden Demenz sprechen. Aber sie hat auch immer wieder ihre lichten Momente, das ist schwer vorhersehbar.«

»Vielleicht ham wir ja dat Glück und erwischen so einen Moment«, bemerkt Thies trocken.

»Vorher würde uns aber noch interessieren, wer Frau Steenwoldt alles besucht hat«, unterbricht seine Kollegin ihn gleich wieder.

»Wie gesagt, normalerweise bekommt sie nur regelmäßigen Besuch von ihrer Tochter.«

»Welche Tochter meinen Sie denn?«, will Nicole wissen.

»Normalerweise ist es Vivian Steenwoldt.« Die Schwester überlegt kurz. »Das ist die ältere Tochter, glaube ich.«

»Und die jüngere, Carmen, kommt nicht?« Thies wundert sich.

»Nur sehr selten.« Sie macht eine kurze Pause. »Dafür hatte sie anderen ungewöhnlichen Besuch, ein Mann mit so einem Ausweis für Privatdetektive …« Das Wort geht ihr nur zögerlich über die Lippen.

»Phil Krotke?«, fragt Thies gleich nach.

»Nein, das heißt, der war jetzt auch gerade da. Aber zunächst ein Detektiv namens Kröger und dann ein korpulenter Mann in so einem auffälligen Anzug.«

»Große Karos? Nicole, wie heißt dat?«

»Glencheck.«

»Genau, der war gleich mehrmals da.« Die Oberschwester hält kurz inne. »Wissen Sie, was das Seltsame ist? Wenig später lese ich in der Zeitung, dass diese Leute tot sind, angeblich ermordet.«

»Wat heißt angeblich?«, weist Thies sie zurecht. »Dat

war Mord, das haben unsere Ermittlungen eindeutig ergeben.« Er holt die Tatortfotos aus der Tasche und zeigt sie ihr.

Die Oberschwester mag die Bilder der Toten im Müllcontainer und zwischen den Enten im China-Restaurant gar nicht ansehen. Aber sie identifiziert beide sofort.

»Sie sagen, es war noch ein zweiter Privatdetektiv bei Ihnen, ein Herr Krotke?«

»Ja, nachts, vor ein paar Tagen schon und dann gerade gestern noch mal. Ist der auch ermordet worden?«

»Um Himmels willen, nein«, protestiert Nicole. Thies bekommt schlagartig seinen Kuhblick. Er schaut Nicole besorgt an. Und dann werden sie in das Zimmer von Frau Steenwoldt geführt.

Die Oberschwester klopft. Als sie auch nach wiederholtem Klopfen keine Antwort bekommt, öffnet sie die Tür. Die alte Chinesin sitzt in dem dunklen Raum auf einem Sessel und starrt aus dem Fenster in den Regen. Sie reagiert nicht auf die Besucher. Thies und Nicole müssen sich erst an die schummrige Beleuchtung gewöhnen. Dann können sie sehen, dass der ganze Raum mit chinesischen Leuchten und Lampions voller Troddeln und bunter Schriftzeichen und Drachen vollgehängt ist. Es sieht aus wie im China-Restaurant. Thies ist fast versucht, die Nummer dreiundzwanzig, Dim Sum mit Krabben, zu bestellen.

»Frau Steenwoldt, Sie haben Besuch«, spricht die Oberschwester sie an. »Die beiden Herrschaften sind von der Hamburger Polizei.«

»Da wenden Sie sich bitte an meinen Mann, er ist für alles Geschäftliche zuständig.« Die kleine Frau starrt zunächst weiter aus dem Fenster, dann dreht sie den Kopf halb zu ihnen. »Aber zurzeit ist er in unserer Niederlassung in Hongkong … oder ist er in Accra?«

»Die Polizei möchte aber gern mit Ihnen sprechen«, erklärt die Schwester.

»Erledigen Sie das doch bitte!« Ihr Ton wird unwirsch. »Wozu sind Sie denn da? Frau ähhh … was tragen Sie überhaupt für ein albernes Kostüm?«

»Ich fürchte, wir haben einen der weniger günstigen Momente erwischt«, flüstert die Oberschwester den beiden zu.

Nicole runzelt die Stirn. »Frau Steenwoldt, wir haben nur ein paar wenige Fragen.«

Thies holt die Fotos heraus. »Wir wollen Ihnen nur ein paar Bilder zeigen.«

»In der Abwesenheit meines Mannes wenden Sie sich doch bitte an meine Tochter.« Frau Steenwoldt zeigt wenig Bereitschaft, auf ihre Fragen einzugehen.

»Ist dieser Mann in letzter Zeit bei Ihnen gewesen?« Nicole hält ihr das erste Foto hin. »Ist er Ihnen überhaupt bekannt?«

»Wieso, das ist Herr de Vries«, antwortet sie, ohne lange zu überlegen. »Was macht er denn da im ›Silver Palace‹ zwischen den Enten?«

Auch Krotke erkennt sie gleich wieder. Während sie das Foto des toten Ray Kröger in dem Container begutachtet, staunt Thies über die reiche chinesische Dekoration in dem Zimmer. Frau Steenwoldt erkennt auch Kröger zwischen den Kabeln und ausgedienten Fernsehschirmen wieder. Thies' Blick bleibt derweil an einem Foto auf dem

Nachttisch hängen. Auf dem Familienfoto sind die chinesische Frau Steenwoldt, der alte Steenwoldt und Vivian, alle in jüngeren Jahren, zu sehen. Carmen fehlt auf dem Bild, und irgendwie sieht das Bild merkwürdig aus. Es wirkt, als wäre ein Teil des Fotos abgeschnitten worden. Ist Carmen aus dem Bild herausgeschnitten worden? In Thies arbeitet es. Irgendwie sieht das Foto seltsam aus.

»Schönes Familienfoto«, bemerkt er knapp. »Aber Ihre zweite Tochter fehlt auf dem Bild?«

Die Frau reagiert auf die Frage überhaupt nicht.

»Was ist denn mit Ihrer anderen Tochter?«, fragt Thies noch mal.

Frau Steenwoldt sieht die beiden Polizisten versteinert an.

»Was ist mit Ihrer anderen Tochter Carmen? Besucht die Sie auch hin und wieder?«, wiederholt Nicole die Frage.

»Ich habe keine andere Tochter.« Dann wendet die alte Chinesin sich ab und stiert wieder aus dem Fenster in den Regen.

Die Oberschwester zuckt mit den Schultern. »Ab und zu, aber selten kommt Carmen Steenwoldt auch zu Besuch«, flüstert sie den beiden zu. »Das letzte Mal durfte ich sie gar nicht zu Frau Steenwoldt vorlassen.« Thies nickt Nicole bedeutsam zu.

Als sie das Zimmer verlassen und die beiden Polizisten gerade zum Ausgang wollen, fällt der Oberschwester noch etwas ein. »Gerade noch war ein weiterer Besucher bei ihr. Ich dachte zunächst, es wäre ein Handwerker. Aber wir hatten keinen Handwerker bestellt …«

»Ein Handwerker?«, fragt Thies.

»Ja, er trug so eine Art Zimmermannsanzug und hatte so einen komischen Dutt auf dem Kopf. Sah irgendwie ungewöhnlich aus.«

Nicole erstarrt kurz, dann zückt sie ihr Portemonnaie und zeigt der Oberschwester das Foto in der Sichthülle.

»Ja, das ist der Mann.«

52

Vor ihm liegt ein eingepacktes Fischbrötchen, das nach dreitägiger Lagerung in dem Chaos auf seinem Schreibtisch nicht unbedingt besser riecht. Phil Krotke fühlt sich zu müde zum Essen, er ist zu müde zum Denken, zu müde für diesen verworrenen Fall. Und auch die idiotischen Türme vor seinem Fenster haben eine Tanzpause eingelegt. Gestern Nacht, nach der halben Flasche Whiskey, die er sich nach dem Besuch in der Davidwache noch gegönnt hatte, hatten die beiden Türme noch einen munteren Tango hingelegt.

Es ist ein ausgesprochen unerfreulicher Fall. Am wenigsten erfreulich daran ist das Ausbleiben der üblichen zweihundertfünfzig Euro plus Spesen. Nicht einmal das läppische Kilometergeld von Sankt Pauli nach Falkenstein kann er abrechnen.

Phil Krotke fragt sich, warum er immer noch an diesem Fall dranbleibt. Sicher, er ist es seinem Partner Ray Kröger schuldig. Sein Tod ist kein Fall für die Behörden, für irgendeinen anonymen Staatsanwalt. Aber dann ist da auch noch Vivian Steenwoldt. Gestern Nacht, nach mehreren Drinks, ging ihm die Reederstochter in ihrer samtenen Hausjacke mit den chinesischen Stickereien nicht mehr aus dem Kopf, ihre hohen Wangen, der arrogante Blick aus den leicht geschlitzten Augen. Er hatte den muffigen Dunst der mondänen Villa mit Elbblick in der Nase. Der Muff der alten Möbel hatte sich mit Vivians betörendem Parfümduft gemischt. Vivian Steenwoldt hatte ihn von oben herab behandelt, sie hatte ihn regelrecht abblitzen lassen. Irgendwie hat ihn das beeindruckt. Sollte er wirklich eine masochistische Ader haben? Er muss sich über sich selbst wundern. Aber Vivian ist eine Frau, für die Privatdetektive Morde begehen würden. Unsinn. Er natürlich nicht.

Krotke zieht tief Luft ein. Doch statt Vivians Parfüm hat er den Geruch des Matjes in der Nase. Und der Kaffee, den er sich gerade aufgebrüht hat, riecht beißend nach Schweiß. Er schenkt sich einen Becher ein. Das Gesöff ist so stark, dass der Löffel darin stehen bleibt. Es kann ihn trotzdem nicht in Schwung bringen. Es hilft nichts, er ist einfach zu müde für diesen Fall.

Vom Millerntor funkeln die Lichter des gerade eröffneten Doms herüber, das leere, sich drehende Riesenrad, eine Achterbahn und eine Krake, die ihm mit einem blinkenden Tentakel über die Häuserdächer zuwinkt. Der Regen hat etwas nachgelassen. Im Augenblick sprühen nur noch gelegentliche kleine Duschen über Sankt Pauli hinweg.

Der schrille Klingelton seines Telefons schreckt ihn aus seinen Gedanken hoch. »Krotke, private Ermittlungen«, meldet er sich, und es klingt, als drohe er während dieser drei Worte einzuschlafen. Aber als sich Vivian Steenwoldt am anderen Ende meldet, ist er sofort hellwach. Ihr gelingt, was der Kaffee eben nicht geschafft hat, sie bringt seinen Kreislauf in Schwung.

»Sie sind bei meiner Mutter gewesen?«, kommt Vivian gleich zur Sache.

»Wer hat Ihnen das denn erzählt?« Krotke wundert sich. Vermutlich hat die strenge Oberschwester geplaudert.

»Das spielt doch jetzt keine Rolle. Was wollten Sie bei ihr?« Ihr Ton klingt scharf. »Was zum Teufel haben Sie bei meiner Mutter zu suchen?«

Krotke druckst herum. Er weiß gar nicht, warum. Solche Recherchen gehören zu seinem Job.

»Habe ich Ihnen nicht schon deutlich gesagt, dass der Auftrag für mich und meine Familie erledigt ist? Hat Ihnen unsere großzügige Entlohnung nicht gereicht?«

Krotke weiß wirklich nicht, was er sagen soll. »Es geht in diesem Fall nicht um Geld.« Phil kommt sich bei diesem Satz, der eigentlich nicht zu seinem rhetorischen Repertoire gehört, idiotisch vor. »Mein Partner ist ermordet worden, und die Polizei scheint bei der Aufklärung des Mordes nicht weiterzukommen.«

»Wir müssen darüber reden.« Vivian Steenwoldts Stimme klingt jetzt einschmeichelnd und eindringlich. »Wir sollten uns noch mal treffen.«

Krotke hat keine Ahnung, was sie von ihm will. Hat sie ihm etwas Wichtiges mitzuteilen? Will sie ihm Geld anbieten? Er hat keinen blassen Schimmer. Aber einem Treffen mit ihr ist er nicht abgeneigt. Vivian Steenwoldt kann er nichts abschlagen.

»Wollen Sie wieder zu mir ins Büro kommen?«, schnarrt er in den Telefonhörer.

»Nein, wir treffen uns auf dem Dom in ›Godzilla's Garden‹.«

»In ›Godzilla's Garden?‹«, fragt Phil nach. »Klingt ja nach einem lauschigen Örtchen für ein Rendezvous.«

»Das Fahrgeschäft auf dem Dom, in einer halben Stunde. Der Dom ist ja bei Ihnen gleich um die Ecke.« Dann legt sie auf, ohne seine Antwort abzuwarten.

Krotke weiß nicht, was er von dem Anruf halten soll. Er war bei seinem Besuch in dem Sanatorium in der Lüneburger Heide hinter ein brisantes Familiengeheimnis der Steenwoldts gekommen. Ist das der Hintergrund für die Morde? Hatte Kröger das möglicherweise ebenfalls herausgefunden? War er deshalb umgebracht worden? Hatte aus demselben Grund auch der dicke Glencheck dran glauben müssen? Hatte de Vries die Familie vielleicht erpresst? Schmutzige Skandale können die feinen Steenwoldts mit ihren Verbindungen zur Hamburger Gesellschaft, dem Engagement des Alten im Überseeclub und Vivians Auftritten bei Charity-Partys ganz sicher nicht gebrauchen. Aber wer hatte die beiden umgebracht? Vivian, Carmen oder der alte Steenwoldt? Oder erledigten das Mettbrötchenohr und das Stilett die Drecksarbeit für die Familie?

Der scharfe schwarze Kaffee brennt in seinen übersäuerten Magenwänden. Phil überlegt, ob er seinem neuen Freund Thies oder Kommissarin Nicole von seinem Verdacht erzählen soll. Er verwirft den Gedanken gleich wieder. Er ist nicht bei der Polizei, er ist Privatdetektiv. Auf das Wörtchen »Privat« legt er größten Wert. Er ist nicht den Behörden oder irgendeiner Allgemeinheit verpflichtet, sondern seinem Auftraggeber oder seinem Partner … und sich selbst. Phil Krotke hat seine eigene Moral. Er will den Mord an Ray Kröger selbst lösen. Und jetzt hat er erst mal ein Date mit der geheimnisvollen Vivian Steenwoldt. Und da wird er zur Stelle sein, selbst wenn er vielleicht als Nächster auf der Abschussliste der Steenwoldts stehen sollte. Er wischt alle Bedenken beiseite, er hat überhaupt keine Lust, ausgerechnet gegenüber der schönen Vivian die Zimperliese zu spielen.

Phil wirft das eingewickelte Matjesbrötchen in den Papierkorb. Er schüttelt eine Chesterfield aus der Packung, zieht sich seinen Regenmantel über und verlässt das Büro durch den stärker werdenden Regen Richtung »Godzilla's Garden«.

53

Thies ist wie elektrisiert, seit er das Foto auf dem Nachttisch der alten Chinesin entdeckt hat. Und dann hat er sich auch gleich an das vergilbte Bild im Gewächshaus des alten Steenwoldt erinnert, Vivian Steenwoldt mit einem Baby auf dem Arm.

Für Thies ist der Fall auf einmal ganz klar. Auf ihrer Fahrt von der Lüneburger Heide zurück in die Stadt erläutert er Nicole seine Theorie.

»Die Frau is ja vielleicht 'n büschen tüdelig, aber sie hat nur *eine* Tochter. Als sie das gesagt hat, war sie völlig klar.« Seine Kollegin sieht ihn prüfend an. »Der alte Steenwoldt hat zwei Töchter, und seine Frau hat nur eine«, fährt Thies mit seinen Überlegungen fort.

»Das soll vorkommen, dass ein Mann Kinder von zwei verschiedenen Frauen hat.« Nicole kennt das Thema schließlich. Der Vater von Finn, Studienrat Doktor Niggemeier, hat auch noch eine andere Familie.

»Nee, dat is keine zweite Familie wie bei deinem Niggi, dat bleibt alles in einer Familie!« Thies sieht seine Kollegin bedeutungsvoll an. »Beide Töchter sehen chinesisch aus, aber Vivian eindeutig chinesischer als Carmen. Und, Nicole, wat sagt uns das?«

»Ja, ich weiß, worauf du hinauswillst.« Nicole wirkt irgendwie müde.

»Carmen ist Vivians Tochter«, fährt Thies fort. »Dat is der große Familienskandal, den niemand wissen soll. Sie ist ihre Tochter …«

»… und ihre Schwester … du hast bestimmt recht.«

»Nicole, dat ist doch nich normal.« Thies sieht seine Kollegin an. »Bei uns in Fredenbüll zumindest nich.«

»Und in Blankenese vermutlich ebenso wenig. Die Steenwoldts sind schließlich Teil der Hamburger Gesellschaft. Die haben alles getan, damit niemand von diesem Inzest erfährt. Wer hinter das schmutzige Familiengeheimnis gekommen ist, wurde ermordet. Aber von wem?« Nicole überlegt, welches der Familienmitglieder dafür am ehesten in Frage kommt. »Von dem alten Steenwoldt, der seine Tochter missbraucht hat?«

»Oder von Vivian, die dat immer noch nich wahrhaben will?«

»… oder Carmen, die dieses Trauma in die Drogensucht geführt hat. Sie haben alle ein Motiv.« Allmählich ist auch Nicole wieder bei der Sache. »Kröger hat den Skandal bei seinen Ermittlungen herausbekommen, deswegen musste er dran glauben. Hat er die Steenwoldts vielleicht sogar erpresst?«

»Kröger? Ich weiß nich.« Thies kann sich das bei Krotkes Kollegen eigentlich nicht vorstellen. »Der dicke Glencheck kommt für Erpressung schon eher in Frage. Dat war doch ’ne windige Type … und, Nicole, ich will ja nix sagen …«, Thies druckst herum, »… aber deinem Tischler würde ich dat auch zutrauen.«

»Andrew? Das meinst du nicht wirklich?« Aus Nicoles Gesicht ist auf einmal alle Farbe gewichen. »Er dealt vielleicht wieder, aber deshalb hat er nicht gleich etwas mit den Morden zu tun«, entrüstet sie sich.

»Und wat hat Carmen dann bei ihm in der Werkstatt zu suchen? Dein Tischler is 'n Windhund. 'n Schnacker und 'n Windhund. Musst dir bloß diese Haubenhühner angucken, dann weißt du doch Bescheid.«

»Nun hör aber mal auf, da tust du Andrew unrecht.«

»Wenn du dich da man nich täuschst. Vielleicht hat dein Andrew die Steenwoldts von Anfang an erpresst. Kröger und de Vries sind ihm dazwischengekommen, und dann hat er die beiden ...«

»Nun mach aber wirklich mal einen Punkt. Andrew ist doch kein Mörder!« Nicole sieht schockiert aus.

»Nicole, bei unsern Ermittlungen müssen wir persönliche Gefühle außen vor lassen.«

»Was heißt hier denn persönliche Gefühle? Wenn das stimmt, was du dir gerade zusammengereimt hast, dann ist Andrew in Lebensgefahr!«

»Mag ja sein. Phil Krotke auch ... und, wenn du so willst, wir ebenso.«

Die beiden fahren sofort noch mal zur Tischlerwerkstatt, wo sie Andrew allerdings nicht antreffen. Auch Krotke ist nicht in seinem Detektivbüro. Im Präsidium setzen sie alles in Bewegung, um den Aufenthaltsort der beiden herauszufinden.

Thies erreicht Krotke auf dessen Handy, aber die Verbindung ist schlecht. Der Detektiv kann ihn offenbar kaum verstehen. Thies hört aus dem Hintergrund ein ohrenbetäubendes Durcheinander von reißerischen Lautsprecherdurchsagen, Musikfetzen, Rumpeln, Kreischen und allerlei anderem undefinierbaren Jahrmarktskrach. Nach kurzem reißt die Verbindung ab, und dann bekommt er keinen Anschluss mehr. »Der ist auf'm Dom«, stellt Thies lapidar fest.

Inzwischen haben die Kollegen im Präsidium auch das Handy des Tischlers geortet. Mitten auf dem Hamburger Dom zwischen der Achterbahn »Kuddel der Hai« und der Geisterbahn »Godzilla's Garden«. »Das Zielobjekt bewegt sich«, beobachtet der Kollege im Präsidium. »Es bewegt sich in die Geisterbahn hinein.«

»Was macht Andrew auf dem Dom?« Nicole wird immer bleicher.

»Vor allem, wat will er in der Geisterbahn?«

54

Phil Krotke läuft an Schießbuden, Kettenkarussells und Ständen mit Schmalzgebäck vorbei. Es ist schon fast dunkel, und der Regen ist wieder stärker geworden. Warum verdammt muss es in dieser Stadt immer regnen? Warum hat er seine Detektei in Hamburg? Warum nicht in L. A. oder San Francisco, wie andere vernünftige Privatdetektive?

Einige Unentwegte laufen in Regenjacken über den Hamburger Dom. Eine angetrunkene Männergruppe auf Junggesellenabschiedstour hat auf die Regensachen gleich ganz verzichtet. Die großen Lebkuchenherzen, die einige um den Hals hängen haben, sind schon durchweicht. Und der am Tombolastand gewonnene Riesenteddy in Pink sieht aus wie ein begossener Pudel. Viele Leute stehen dicht gedrängt an den überdachten Rändern des Autoscooters. Der Losverkäufer läuft eiligen Passanten mit seinem Topf hinterher. Eine Wagenreihe mit schreienden Besuchern in gelbem Ölzeug stürzt kreischend die steile Abfahrt der Achterbahn hinunter. »Hier geht es gleich wieder los«, hallt die verzerrte Echostimme des Marktschreiers aus den Lautsprechern von »Kuddel der Hai«. »Da heißt es dabei sein, da heißt es mitfahren. Sofort zusteigen, wir haben noch Plätze frei. Hier gleich einchecken. Das ist deeeeer Hammamamamer!« Rooaooooiiing.

Die Imbissrunde aus Fredenbüll hat unter dem Dach eines Standes mit Süßigkeiten Unterschlupf gefunden. Antje und ihre Freundinnen halten jede einen Stab mit Zuckerwatte in den Händen. Marret klebt bereits ein kleines Zuckerbärtchen auf der Oberlippe. Piet Paulsen steht mit beschlagener Gleitsichtbrille und Krücke daneben und raucht. Bounty genehmigt sich statt Schokoriegel zur Abwechslung mal einen Liebesapfel, den er sich brüderlich mit Imbisshündin Susi teilt, die mit dickem Beinverband neben ihm sitzt und ausnahmsweise mal etwas Süßes darf. Der Althippie hat von der Zuckerglasur knallrote Lippen und Susi eine rote Schnauze. Der Schimmelreiter fährt währenddessen eine Zehnerkarte im Autoscooter ab und hält lässig im Rückwärtsgang Kurs auf zwei Mädchen.

Krotke nimmt die Fredenbüller gar nicht wahr. Dafür bemerkt er an einem Fischstand einen älteren Herrn in einem für einen Dombesuch etwas unpassenden Burberry-Mantel. Er ist in Begleitung der beiden Schlägertypen aus dem Elbtunnel. Wer ist der Mann? Ist das etwa der alte Steenwoldt? Er dachte, der Alte sitzt den ganzen Tag im Rollstuhl und kommt aus seinem Treibhaus nicht mehr heraus. Aber der vornehme, erstaunlich rüstige Herr, dem gerade ein Fischbrötchen vom Tresen heruntergereicht wird, ist der alte Steenwoldt in Begleitung seiner beiden Jungs fürs Grobe. Da ist sich Krotke fast sicher.

»Und wat kann ich für euch Gutes tun?«, fragt das Imbissfräulein die beiden Schläger. »Schönes Matjesbrötchen?«

»Matjes?! Bist du varrrrückt?«, zischt das Klappmesser

empört in seinem osteuropäischen Akzent. »Wir möggen kein Matjes!«

»Bismarck!«, brummt der Boxer mit dem Mettbrötchenohr.

»Also, für alle drei Herren Fischbrötchen mit Bismarck!«

Krotke fragt sich, was der alte Steenwoldt hier zu suchen hat. Aber er läuft sofort weiter. Seinen beiden Freunden muss er nicht unbedingt schon wieder begegnen. Ein Stück weiter hat er gleich die Geisterbahn entdeckt. Der übergroße Gummi-Godzilla über dem Eingang wackelt mit dem Kopf und bleckt vor der Kulisse brennender, einstürzender Hochhäuser fauchend die Zähne. In seinen Augen glühen rote Birnen. Darüber blinkt in Leuchtbuchstaben »GODZILLA'S GARDEN – King of the Monsters«. Zwei Kabinen kommen leer aus der sich mit einem Puffen öffnenden Tür im Fuß des Ungeheuers herausgefahren. Phil blickt zu dem keuchenden Monster auf. Warum hat Vivian Steenwoldt ihn hierherbestellt? Und wo ist sie jetzt? Was soll er hier? Was machen ihr Vater und die beiden Schläger nebenan an dem Fischstand? Krotke spürt ein Pochen in seinem Kopf.

Er schleicht zwischen Geisterbahn und einem Schießstand hindurch zur Rückseite des Fahrgeschäfts. In der rechten Tasche seines Regenmantels spürt er das beruhigende kühle Metall seiner Achtunddreißiger »Colt Automatic«. Er muss über mehrere Stahlrohre eines Gerüstes hinwegsteigen. Der Regen tropft von dem Gestänge hinter den haushohen Kulissen. Phil watet durch Pfützen. Jetzt ist er auf der Rückseite von »Godzilla's Garden«. Aus dem

Inneren sind ein metallisches Scheppern, Rattern, ein Heulen, Fauchen und Schreien zu hören … und dann ein durchdringendes Knallen. Es klingt wie ein Schuss. Phil kann kaum etwas sehen. Fast stolpert er über ein dickes Kabel, das aus einem Stromkasten heraus ins Innere des Fahrgeschäfts läuft. Ein Stück weiter steht ein Wohnwagen, dahinter ein Container mit Toiletten. Phil meint, einen Schatten durch die Dunkelheit huschen zu sehen. Gegen die grellen bunt blinkenden Lichter kann er kaum etwas erkennen. Dann ist derjenige in einem Regenschauer wie hinter einem Vorhang verschwunden. War das der Kleine mit dem Stilett? Wahrscheinlich alles nur Einbildung. Aber wo bleibt Vivian? Das Rumpeln aus dem Inneren der Geisterbahn wird lauter. Dann vibriert das Handy in seiner Manteltasche. Vivian ist am anderen Ende der Leitung.

»Was soll ich machen?« Krotke weiß nicht recht, was er mit Vivians Anweisung anfangen soll. »Eine Karte für ›Godzilla's Garden‹ lösen? Und was soll das, bitte sehr? Was soll ich denn in der Scheißgeisterbahn?« Dann bricht die Verbindung schon wieder ab.

55

Thies und Nicole kämpfen sich mit mobilem Blaulicht auf dem Dach des Zivilmondeos durch den mal wieder verstopften großen Elbtunnel. Die Rettungsgasse ist zwischendurch immer wieder versperrt. Als sie das Zivilfahrzeug am Eingang des Doms parken, schwankt ihnen unter dem Riesenrad Carmen Steenwoldt entgegen.

»Was machen Sie denn hier?«, will Nicole wissen.

»Vielleicht mit Andrew verabredet?«, vermutet Thies. Aber als Carmen mit glasigem Blick durch sie hindurchsieht, hasten die beiden Polizisten auf der Suche nach der Geisterbahn weiter.

»Wo is Godzilla?«, ruft Thies im Laufen einem Karussellbremser zu.

»Godzilla? Hier runter und hinter ›Kuddel der Hai‹ rechts.« Er zeigt in Richtung Achterbahn.

Auf dem Weg wird Thies sofort von seinen Fredenbüller Freunden entdeckt. »Huhu, Thiiies«, ruft Antje.

»Ach, seid ihr beiden beim Dombummel auch mit dabei?«, freut sich Klaas.

»Hör bloß auf! Wir sind im Einsatz!« Im nächsten Moment sieht Thies den alten Steenwoldt und seine beiden Freunde aus dem Elbtunnel am Fischstand.

»Da heißt es dabei sein! Da heißt es zusteigen! Das ist

der Hamamamamer!«, tönt es verzerrt von der Achterbahn herüber.

Die beiden Polizisten wissen gar nicht, wie sie sich orientieren sollen. Andrew und Krotke sind nirgends zu entdecken. Vor »Godzilla's Garden« stürmt Nicole sofort zur Kasse und fragt nach ihrem Freund. Sie zeigt der Kartenverkäuferin das Foto aus ihrem Portemonnaie. Die Frau muss sich das Bild nicht lange ansehen. »Ja, der is eben rein.«

»Sind Sie sicher?«

»Ja, bei dem Wetter is ja heute nich viel los.« Sie sieht auf die Uhr, die in ihrer Kasse hängt. »Müsste aber eigentlich schon wieder raus sein. Die Fahrt ist ja nur drei Minuten zwanzig. Aber die allerneusten Effekte.«

»Haben Sie gesehen, in welche Richtung er weggegangen ist?«

»Nö.«

Währenddessen wirft Godzillas Fuß in regelmäßigem Abstand schnaufend die fahrenden Gondeln mit vereinzelten Besuchern aus. Den beiden Teenagern und dem Rentnerpaar steht der Schrecken im Gesicht. »Da drinnen ist geschossen worden«, stammelt die Frau.

»Echt, voll krass«, bestätigt eines der Mädchen.

»Voll krass? Jaja, alles klar«, grinst die Frau aus dem Kassenhäuschen den beiden Polizisten zu. Und dann ernst und voller Stolz: »Wie gesagt, die neusten Effekte!«

»Nee, das war wirklich ein Schuss. Megamonstermäßig«, haucht das Mädchen mit aufgerissenen Augen.

»Da lief jemand mitten in der Geisterbahn zwischen den

Monstern rum und hat geschossen, so was hab ich noch nicht erlebt.« Die Rentnerin steht unter Schock.

Die folgenden Doppelkabinen, die aus der sich immer wieder puffend öffnenden Tür der Anlage herausfahren, sind leer. Und dann sitzt in einer weiteren Kabine ein Mann, eigentlich hängt er halb aus der Gondel heraus. Beim Passieren der Klapptür bleibt er mit einem Arm kurz hängen, dass er fast herausfällt. Abgesehen von dem Zimmermannsanzug sieht er aus wie eine der Puppen, mit denen die Besucher auf ihrer Fahrt durch »Godzilla's Garden« in Angst und Schrecken versetzt werden sollen. Sein Gesicht ist bleich. Die weitaufgerissenen Augen stieren leblos auf die lange Abfahrt von »Kuddel der Hai«, auf der gerade eine kreischende Gruppe in einer Wagenreihe herunterstürzt. Direkt neben dem Auge hat er eine Schussverletzung. Das Blut ist ihm in Strömen über eine Gesichtshälfte gelaufen.

Für einen kurzen Augenblick steht Nicole wie eingefroren da. Sie starrt fassungslos auf die vorbeirumpelnde Gondel. Die beiden Teenager stoßen spitze Schreie aus. Die Rentnerin droht, vor Godzillas Fuß umzukippen. Der leblose Andrew wird durch die Unebenheiten hin und her geschüttelt. Aber er selbst ist zu keiner Regung mehr fähig, das ist deutlich zu sehen. Nach einem kurzen Schockmoment läuft Nicole zu der Rampe, an der die Doppelkabinen vorbeilaufen.

»Sofort anhalten«, schreit sie hysterisch. Ihre Stimme überschlägt sich. Sie läuft ein Stück hinter der Gondel her.

»Freunde, drückt mal die Stopptaste! Aber schnell!«, ruft Thies der Frau an der Kasse zu. Aber da ist Andrew, der Tischler, schon wieder im Inneren von »Godzilla's Garden« verschwunden.

»So einfach können wir die Bahn nich abstellen«, protestiert der dicke Techniker der Geisterbahn, der jetzt dazukommt. »Wie stellt ihr euch das vor? Da sind mehrere Leute drin. Die kriegen den Schock ihres Lebens, wenn ich denen den Saft abdrehe.«

»Da ist vor allem 'n toter Mann drin, dem ham sie schon den Saft abgedreht«, stellt Thies klar. »Dat is hier 'n Mordfall.«

Der schwergewichtige Techniker, der mit einer herunterrutschenden Hose zu kämpfen hat, ist im Augenblick wenig kooperationsbereit.

»Hol erst mal die Blonde da wieder von der Rampe runter!«, blafft er Thies an. »Wer is das überhaupt?«

»Wieso, dat is die Hauptkommissarin vom Mord, deine Geisterbahn is der Tatort, und das Opfer gondelt da zwischen euern Gespenstern rum«, schnaubt Thies, ohne Luft zu holen.

Inzwischen haben sich etliche Schaulustige vor dem Eingang der Geisterbahn versammelt. »Wollen wir hier auch mal ›Godzilla‹ fahren?«, johlt einer der schwer angeheiterten Jungs vom Junggesellenabschied. »Scheint ja voll abgefahren zu sein.«

Der uniformierte Fredenbüller Dorfpolizist stellt sich ihm sofort in den Weg. »Hier kommt keiner durch, dat ist 'n Tatort.«

»Tatort?«, lallt der Typ.

»Wir haben da drinnen 'n Toten.« Thies findet das gar nicht komisch.

»Sag ich doch, dat ist mal 'ne geile Geisterbahn«, johlt der Junge. »Echt mal was anderes. Freddy, hol mal sieben Karten, vielleicht gibt's ja Familientarif.«

»Junggesellentarif!«, grölt ein anderer.

Weiter kommt er nicht. In dem Moment stürzt Vivian Steenwoldt zwischen zwei Doppelkabinen aus dem Ausgang heraus. Statt Lackmantel trägt sie heute einen Trenchcoat. Thies bemerkt sie sofort, und er sieht auch, dass sie eine Pistole dabeihat.

56

»Nicole, dat is eine der Steenwoldt-Töchter«, ruft Thies ihr zu. Die Kommissarin steht inzwischen etliche Meter entfernt vollkommen konsterniert vor der Eingangsöffnung, hinter der ihr Freund Andrew eben wieder verschwunden ist.

»Achtung, Schusswaffe!«, ruft Thies.

Vivian Steenwoldt blickt erstaunt in die inzwischen immer größer werdende Menschenansammlung, die sich in Regenklamotten und mit Schirmen vor der Geisterbahn versammelt. Sie gibt einen Warnschuss Richtung Godzilla ab. Das Ungeheuer faucht, und die um die Geisterbahn herumstehenden Schaulustigen stieben auseinander. Einzelne suchen sofort hinter der Schießbude, einem Stand mit Schmalzgebäck und den Seitensäulen vom »Super Scooter« Zuflucht. »Rooaooooing«, hallt es aus den Lautsprechern. Vivian stürmt los, durch die Leute hindurch an »Kuddel« vorbei Richtung Irrgarten.

»Thies, halt sie auf!«, ruft Nicole ihrem Kollegen zu. »Hast du deine Schusswaffe dabei?« So geistesgegenwärtig ist sie immerhin schon wieder.

»Ja … nee … bei dir in der Wohnung.« Langsam ist es ihm wirklich peinlich, dass er seine Walther P99 schon wieder nicht dabeihat. Er stürmt trotzdem hinter Vivian her.

»Darf doch wieder nicht wahr sein!«, ruft Nicole, die geschockt, aber auch wütend ist, ihm noch hinterher. Auf dem Weg läuft Thies schnell zum Schießstand hinüber und schnappt sich eines der Luftgewehre. »Beschlagnahmt! Polizeieinsatz!«, brüllt er dem protestierenden Schausteller zu. Der Polizeiobermeister hat mittlerweile gelernt, zu improvisieren. Die Fredenbüller Imbissrunde mit Zuckerwatte und der alte Steenwoldt und das Schlägerduo sehen ihnen staunend hinterher.

»Es stimmt, was Georges gehört hat. Meine Tochter ist tatsächlich hier auf dem Dom.« Der Konsul wirkt beunruhigt.

»Die mit der Pistole da, das is Ihre Tochter?« Die Bedienung am Fischstand staunt.

»Unser Butler hat angeblich gehört, dass sie auf den Dom wollte. Ich mache mir Sorgen.« Seine Spinnenfinger krallen sich um den Silberknauf seines Gehstocks.

»Ihr Butler? Soso!« Die Fischfrau kommt aus dem Staunen gar nicht raus. Steenwoldt gibt dem Dicken der beiden Schläger ein Zeichen, dass er Vivian folgen soll.

Vivian läuft durch den Regen über den Dom, und sie ist gut zu Fuß. Sie trägt heute flache Sportschuhe. Sie schlägt Haken um den Luftballonverkäufer herum. Thies kommt kaum hinterher. Den Losverkäufer läuft sie halb über den Haufen, sodass ihm der Eimer mit den Losen aus der Hand fliegt und eine ganze Ladung Papierschnipsel in eine Pfütze segelt. »Hilfe, meine ganzen Lose! Halt sie fest!«, ruft der Mann.

»Bin ja schon dabei!«, keucht Thies im Laufen.

Vivian läuft direkt auf den »Super Scooter« zu und dann

im Zickzack zwischen den Autoscootern hindurch, deren Lichter zu DJ-Bobo über die schimmernde Stahlfläche der Fahrbahn kreiseln.

»Thies, wat machst du denn hier?« Der Schimmelreiter bemerkt ihn natürlich sofort. »Achtung, vorsichtig mit den Beinen! Willst nich lieber bei mir zusteigen?«

»Nee, Hauke, im Augenblick nich. Dat is hier 'ne Täterverfolgung!« Thies springt stattdessen hinten auf die kleine Stehfläche des Wagens und hält sich an der Stange mit dem Stromabnehmer zur Oberleitung fest. »Los, Hauke, da hinterher!« Der Schimmelreiter wechselt in den Vorwärtsgang. Während Vivian zu Fuß über die Fläche läuft, hüpft Thies akrobatisch, in der einen Hand immer das Gewehr aus der Schießbude, auf den nächsten Autoscooter.

»Kommt da mal sofort runter von der Bahn, ihr Süßen!«, schallt es sofort mit Echo aus dem Lautsprecher. »Hier bei uns im Straßenverkehr hat die Polizei nix zu suchen! Hahaha! Und weiter geht die Show hier im größten Autoscooter Europas.«

Vivian hetzt an der großen Dschunkenschaukel, am »Dom Dancer« und der »Wilden Maus« vorbei. Thies ist schon richtig aus der Puste. Er sieht sie noch gerade im »Großen Spiegelkabinett« verschwinden. Verschwunden ist sie eigentlich nicht. Die Besucher des gläsernen Irrgartens sind alle zu sehen. Thies streckt dem Schausteller am Eingang wortlos seinen Dienstausweis entgegen und läuft mit seinem Gewehr in das Spiegelkabinett. Er will Vivian verfolgen, aber durch die gläsernen, teils verspiegelten Wände wird er gleich in eine falsche Richtung geleitet.

Zwei kichernde Teenager kommen ihm entgegen. Sie haben die Hände vor sich ausgestreckt, um nicht gegen eine Glaswand zu laufen. Eines der beiden Mädchen ruft und winkt einem Freund zu, der sich in einem anderen Teil des Labyrinths verlaufen hat.

»Wir haben uns voll verlaufen«, gackert eine der beiden. Vivian Steenwoldt entfernt sich inzwischen immer weiter. Statt ihr näher zu kommen, wird der Abstand zwischen Thies und ihr immer größer. Es wirkt fast so, als würde sie sich in dem Labyrinth auskennen. Dann surrt Thies' Handy in seiner Polizeijacke. Heike ist dran.

»Dat passt im Augenblick gar nich … ich steck hier grad im Irrgarten fest«, keucht Thies ins Telefon. Aber Heike redet einfach weiter.

»Wat sagst du, der Affe is wieder aufgetaucht? Heike, dafür hab ich jetzt überhaupt keine Zeit. Wir stecken mitten in den Ermittlungen. Ich bin hinter 'ner Verdächtigen her und steck hier zwischen den Glasscheiben und Spiegeln fest … ja, dat is so'n Labyrinth, weiß auch nich.« Er legt auf. Vivian Steenwoldt ist mittlerweile am anderen Ende des Irrgartens angekommen. Und am Eingang steht jetzt der Boxer in der Bomberjacke vor den Glasscheiben. Thies wird langsam unruhig. Er schlägt mit der flachen Hand auf eine Scheibe. Zurück findet er auch nicht mehr. Jetzt stehen die beiden Mädchen schon wieder vor ihm und lachen sich tot.

»Sagt mir mal, wie ich hier schnell wieder rauskomm«, fleht er sie an. »Schnell, ich muss da hinterher!«

»Keine Ahnung, Herr Wachtmeister.« Sie blicken auf sein Gewehr und kichern.

»Jaa, ich bin nich zum Spaß hier«, blafft er sie an.

»Hihihi, wir auch nich.« Die beiden können sich vor Lachen gar nicht wieder einkriegen. »Aber wenigstens ist es hier drinnen trocken, hihi.«

Es sieht aus, als würde Vivian den Irrgarten verlassen. Und dann merkt Thies, dass Phil Krotke sich dem Labyrinth nähert. Er versucht verzweifelt, sich ihm verständlich zu machen.

»Phil, bleib bloß draußen!«, schreit er gegen die Glaswände an. Er gestikuliert aufgeregt mit dem Gewehr in der Hand. »Wenn du erst mal hier drin bist, kommst du so schnell nich wieder raus!«

57

Godzilla faucht immer noch und wackelt mit dem Kopf. Aber die Bahn ist abgestellt. Die Kabinenreihe steht. Die Geister im Inneren der Anlage geben Ruhe. Der tote Andrew wird gerade aus der Zweiergondel der Geisterbahn geborgen. Nicole und auch Carmen Steenwoldt, die nach einer Odyssee über den Dom hierhergefunden hat, stehen schluchzend direkt daneben. Nicole ist vollkommen aufgelöst. Sie hat zwar berufsmäßig laufend mit Ermordeten zu tun. Aber mit Andrew ist es natürlich etwas ganz anderes. Irgendwie kann sie gar nicht glauben, was sie da sieht. Sie kann keinen klaren Gedanken fassen. Und auch Carmen ist aus ganz anderen Gründen unfähig zu klaren Gedanken.

Nicole braucht eine Weile, bis sie Carmen überhaupt zur Kenntnis nimmt. »Was machen Sie hier?«, giftet die Kommissarin die Steenwoldt-Tochter an.

»Das kann ich dich genauso fragen!«, zickt Carmen zurück, die sich wohl vor allem um die Bezugsquelle für ihr Opium sorgt und das alles als Horrortrip erlebt.

Antje, Klaas, Bounty und Piet Paulsen haben sich schnellstens der restlichen Zuckerwatte entledigt und kümmern sich um Nicole. Um den Eingang von »Godzilla's Garden« hat sich mittlerweile eine ganze Menschentraube gebildet. Der Anreißer von »Kuddel der Hai« hat eben noch vorsichtige Versuche gemacht, ein paar Leute zur Achterbahnfahrt zu überreden. Aber jetzt werden die Jahrmarktsgeräusche von dem Martinshorn eines Polizeiwagens übertönt. Überall stehen die Leute, neben dem Autoscooter, vor dem Süßwarenstand und der Schießbude.

»Ich hab doch gleich gesagt, dass da Schüsse gefallen sind.« Die Mädchen aus der Geisterbahn fühlen sich bestätigt.

»Vielleicht doch ganz gut, dass sie uns nich mehr reingelassen haben«, lallt ein Teilnehmer des Junggesellenabschieds. Er drückt verschreckt den nassen rosa Riesenteddy an seine Brust.

Ein Peterwagen und mehrere Zivilfahrzeuge der Kriminaltechnik kommen nur im langsamen Schritttempo zu dem Toten vor der Geisterbahn durch. Der Regen wird wieder heftiger. Plötzlich läuft Vivian Steenwoldt mit einer Pistole in der Hand durch die Menschenmenge. Die Schultern auf ihrem Regenmantel haben dunkle nasse Flecken. Phil Krotke ist ihr in einiger Entfernung auf den Fersen. Er hat ebenfalls eine Pistole dabei. In dem ganzen Tohuwabohu bekommt es zunächst keiner mit. Das verschreckte Mädchen aus der Geisterbahn hat Vivian, die am Rand der Scooterbahn hinter einer Säule in Deckung geht, als Erste entdeckt.

»Da ist sie! Mit der Pistole!«, kreischt sie.

»Wo ist Thies eigentlich?«, will Nicole wissen, nachdem sie wieder ein bisschen zur Besinnung gekommen ist.

»Der Junge steckt im Labyrinth fest«, knurrt Krotke, der sich ebenfalls hinter dem Kassenhäuschen verschanzt.

»Im Labyrinth?«, staunt Antje.

»Hat sich wohl verlaufen.« Trotz aller Hektik schüttelt sich Krotke mit einer Hand eine Chesterfield aus der Schachtel. In der anderen hält er die Pistole.

»Die Großstadt, dat ist Thies nich gewohnt«, bestätigt Piet Paulsen, der ja auch kein ausgesprochener Großstadtmensch ist.

Und dann fallen plötzlich Schüsse aus Richtung der Scooterbahn. Viele der Schaulustigen rennen sofort auseinander. Einige ducken sich hinter den Autoscootern, die den Fahrbetrieb eingestellt haben, andere gehen hinter dem Losstand oder den Kulissen der nahe liegenden Fahrbetriebe in Deckung.

»Vorsichtig! Die haben Pistolen!«, ruft einer.

Piet Paulsen und Schäfermischling Susi folgen Antje, Klaas und Bounty beide humpelnd hinter Godzillas Kassenhäuschen. »Schusswaffe?!«, ruft der Landmaschinenvertreter a. D. »Na ja, dat sind wir in Fredenbüll ja gewohnt.«

»Fredenbüll?! Schon wieder? Nein!«, stöhnt der neben dem Peterwagen stehende Beamte, der gestern mit Thies im Elbtunnel und in der Davidwache zu tun hatte.

58

Von ihrer Säule am »Super Scooter« hat Vivian Krotke im Visier. Aber jetzt hat sie auch Carmen bei der Geisterbahn und ihren Vater mit den beiden Schlägern entdeckt. Auch der Boxer in der Bomberjacke hat an den Fischstand zurückgefunden.

»Was machst du hier?«, schreit Vivian, die Waffe im Anschlag, zu ihrem Vater hinüber. »Was hast du hier zu suchen?«

»Was machst du hier mit der Waffe?«, ruft der alte Steenwoldt mit zerbrechlicher und trotzdem durchdringender Stimme zurück. »Vivian, nimm doch Vernunft an!« Der neben ihm stehende Kleine der beiden Schläger hat auf einmal auch einen Revolver in der Hand. »Du stürzt dich ins Unglück«, hallt die brüchige Stimme des Konsuls über den Dom.

»Nein! Du hast mich und die ganze Familie ins Unglück gestürzt!«

»Das ist doch alles lange her, das ist Vergangenheit«, versucht er sie zu beruhigen. »Das lässt sich doch alles regeln.«

Mittlerweile hat sich auch Nicole hinter dem Kassenhäuschen mit ihrer Waffe in Position gebracht.

»Frau Steenwoldt, ihr Vater hat recht.« Die Stimme der Kommissarin klingt immer noch etwas zittrig. »Wir wissen mittlerweile, worum es geht. Wir kennen Ihr Familiengeheimnis!«

»Alle kennen unser Familiengeheimnis!«, faucht Vivian. »Alle können es wissen! Warum denn nicht?!« Ihr Ton wird hämisch. »Und dann ....« Sie gibt einen Schuss in die Decke ab. In dem Oberleitungsnetz der Scooteranlage blitzt und zischt es. »... dann muss eben mal der eine oder andere dran glauben!«

Den Schaulustigen wird angst und bange. Der Weg zwischen »Godzilla's Garden«, dem benachbarten Fischstand und der Schießbude auf der einen und der Autoscooterbahn auf der anderen Seite ist mittlerweile leergefegt. Auch DJ Bobo ist verstummt. Der Uniformierte aus der Davidwache hat inzwischen ebenfalls seine Dienstwaffe gezogen. Aber er weiß nicht genau, auf wen er sie richten soll. Krotke schnippt die Kippe weg und sprintet mit gezogener Waffe zum »Super Scooter« hinüber. Er sucht Schutz hinter einer Säule, ein Stück von Vivian entfernt.

»Wat hampelt der Privatdetektiv denn da schon wieder rum?«, brummt der Dicke mit dem Mettbrötchenohr am Fischstand. Der Kleine nimmt Krotke mit seinem Revolver gleich ins Visier. Mehrere Passanten fliehen mit ihren Fischbrötchen in der Hand von dem Stand.

Phil arbeitet sich innerhalb kürzester Zeit von Säule zu Säule an Vivian heran. Er kann ihr Gesicht jetzt deutlich sehen. Ihre asiatischen Züge schimmern im bonbonfarbenen Neonlicht der Scooterbahn geheimnisvoll. Die nassen Haare kleben ihr im Gesicht.

»Was machst du da?« In der Situation ist er kurzerhand zum Du übergegangen. »Dich trifft doch keine Schuld.«

Beim Anblick der attraktiven Reederstochter schaltet bei Phil Krotke offenbar der Verstand aus. »Es ist doch dein Vater, der für die Morde verantwortlich ist! Erst haben dein Vater und seine Schläger meinen Partner Ray weggepustet und dann den dicken Glencheck gleich hinterher.«

»Mein Vater, der vornehme Hamburger Reeder, ist sich doch viel zu fein dafür!«

Phil überhört das einfach. Für ihn ist sie keine Mörderin. Dass Vivian Steenwoldt gerade eben in der Geisterbahn praktisch vor seinen Augen den Tischler Andrew erschossen hat und auch ihn töten wollte, will er einfach nicht wahrhaben.

Nicole ist es ein Rätsel, was Privatdetektiv Krotke im Schilde führt. Durch den Tod von Andrew hat sie etwas die Übersicht verloren. Irgendwie droht die Situation zu eskalieren.

»Allmählich sollte Thies mal wieder aus seinem Labyrinth herausfinden. Ich brauch ihn hier. Das darf doch alles wieder nicht wahr sein!«

»Sag mal, Nicole, war dat nich eben 'n Mordgeständnis?«, raunt Antje, die mit den anderen Fredenbüllern neben ihr hinter dem Kassenhäuschen der Geisterbahn hockt und sie bei der Ermittlungsarbeit mal wieder ein bisschen unterstützen will.

»Wenn ich mich nich verhört hab, waren dat gleich mehrere Mordgeständnisse«, krächzt es aus dem Innern des Kassenhäuschens, wo Piet Paulsen mit seinem operierten Knie und auch die rekonvaleszente Susi bei der Kassiererin Unterschlupf gefunden haben.

»Frau Steenwoldt, geben Sie auf!« Mittlerweile ist Nicole wieder bei Stimme.

»Nein, die Mörder sitzen da drüben!«, behauptet Krotke immer noch und richtet seine »Automatic« auf den Fischstand.

»Ich mache Siebbb aus dirrr!«, keift das Klappmesser zurück.

»Der feine Herr Steenwoldt hat alles getan, damit die Hamburger Gesellschaft bloß nichts von dem Familienskandal erfährt«, ruft der Detektiv unbeirrt weiter. Mittlerweile steht er in Vivians unmittelbarer Nähe.

»Was für ein Skandal?«, kreischt die opiumberauschte Carmen, die bei Nicole und den Fredenbüllern hinter dem Kassenhaus hockt. Sie scheint von dem großen Familiengeheimnis immer noch nichts zu ahnen.

»Meine Güte!«, schreit Vivian zurück. »Ich bin deine Mutter! Hast du das mit deinem Drogenkopf immer noch nicht mitbekommen?!«

»Du bist gar nicht meine Schwester?«, stöhnt Carmen erstaunt auf.

»Doooch! Deine Schwester … und deine Mutter!« Vivians Stimme überschlägt sich. »Unser eigener vornehmer Vater hat mich …« Der Reederstochter geht das Wort nicht über die Lippen. »Er hat unsere Familie zerstört, mein Leben und das meiner Mutter … die in der Lüneburger Heide dahinvegetiert und nichts mehr mit der Familie zu tun haben will.«

59

»Vivian!«, fleht Carmen. Sie will zu ihr hinüberlaufen, kann aber von Klaas und Bounty gerade eben noch zurückgehalten werden.

»Dein feiner Vater ist ein Vergewaltiger und Mörder!« Krotke ist nicht davon abzubringen.

»Ach, geben Sie doch endlich Ruhe! Ihr Auftrag ist beendet, das haben wir Ihnen doch unmissverständlich mitgeteilt.« Der alte Steenwoldt schwingt seinen Gehstock mit dem Silberknauf.

»Ergeben Sie sich endlich!« Krotke reckt seine Pistole in ihre Richtung. Das Klappmesser gibt einen Schuss in Richtung Autoscooter ab. Mehrere Leute schreien. Susi, der die Schießerei im alten Elbtunnel noch in den Knochen steckt, winselt.

»Ach, er war es doch überhaupt nicht«, unterbricht Vivian ihn. »Der Alte ist doch nicht mal Manns genug, die Konsequenzen zu tragen. Ich musste alles unternehmen, um unseren Familienskandal geheim zu halten. Erst musste ich diesen Privatschnüffler, der alles herausgefunden hatte, aus dem Weg räumen, und dann diese miesen Erpresser, den schmierigen de Vries und deinen verlogenen kleinen Dealer, Carmen!« Jetzt gibt auch Vivian einen Warnschuss ab, der im Gummi-Godzilla landet. Ein Raunen geht durch die Menge. Wieder sind vereinzelte Schreie zu hören.

»Sofort einstellen!«, ruft Nicole. »Lassen Sie alle die Waffen fallen.«

Doch dadurch fühlen sich das Springmesser und Krotke erst recht ermuntert, einen weiteren Schusswechsel zu eröffnen. Jetzt bricht ein größeres Geschrei los. Es droht Panik zu entstehen. Unverhofft reißt sich Carmen, die bei den Fredenbüllern eben noch halbwegs in Sicherheit war, los und läuft über den menschenleeren Weg zwischen Geisterbahn und Autoscooter auf Vivian zu.

»Carmen!«, schreit Vivian und will zu ihrer Tochter stürmen. Krotke hat seine Waffe auf den Fischstand gerichtet. Das Stilett schießt sofort Richtung Autoscooter. Gleichzeitig wirft sich Vivian auf ihre Tochter, reißt Carmen nieder. Beide stürzen zu Boden. Für einen Moment bleiben sie übereinander liegen. Vivian liegt auf ihrer Tochter. Dann wühlt sich Carmen mühselig unter ihr hervor. Vivian bleibt bewegungslos liegen. Sie verdreht die Augen, bevor sie sie schließt. Die blond gefärbten Haare schwimmen neben ihr in einer Pfütze. Carmen kniet daneben. Sie hebt den bewegungslosen Oberkörper ihrer Mutter-Schwester ein Stück aus dem Matsch und schüttelt ihn.

»Vivian! Was ist?!« Im ersten Moment ist keine Verletzung zu sehen. Aber dann erscheint mitten auf dem nassen Trenchcoat ein roter Fleck, der sich langsam auf dem Baumwollstoff ausbreitet. Vivian schlägt die Augen auf, dann fallen sie ihr wieder zu. Auch Phil kauert sofort neben ihr.

»Wir brauchen einen Notarzt!«, ruft er den anwesenden Kriminaltechnikern zu. Nicole ist sofort bei der Schwerverletzten. Sie sieht sie hasserfüllt an. Aber auch sie ruft gleich nach einem Krankenwagen.

»Was habt ihr gemacht?« Konsul Steenwoldt humpelt an seinem Gehstock auf seine Töchter zu und wirkt verwirrt und auf einmal auch wieder sehr hinfällig. Das Schlägerduo verdrückt sich währenddessen heimlich Richtung Domausgang. Der Beamte aus der Davidwache, der sie eigentlich aufhalten soll, sitzt in seinem Einsatzfahrzeug und ist voll damit beschäftigt, Verstärkung anzufordern. Immer mehr Schaulustige bilden einen engen Kreis um die Verletzte, sodass der Notarztwagen kaum zu ihr durchkommt. Es hat jetzt aufgehört zu regnen. Über allem faucht Godzilla unermüdlich.

Dann kommt Thies aus Richtung Labyrinth auf dem leergefegten Weg zwischen Dschunkenschaukel, Losständen und »Kuddel der Hai« auf die anderen zu. Mit dem Luftgewehr aus der Schießbude dirigiert er das mit Handschellen aneinandergekettete Schlägerduo vor sich her und liefert die beiden mit triumphierendem Blick bei dem Kollegen am Peterwagen ab.

Vivian Steenwoldt wird von den Ärzten inzwischen mit mehreren Infusionen versorgt und auf einer Trage in den Unfallwagen verfrachtet.

»Wird sie durchkommen?«, will Phil Krotke besorgt wissen.

»Wenn Sie hier weiter im Weg stehen, sicher nicht«, ranzt der Notarzt ihn an. »Lassen Sie uns bitte unsere Arbeit machen!«

»Sie war es, oder?«, raunt Thies der Kollegin zu. Nicole nickt.

»Wat hab ich gesagt?!«

60

Vivian Steenwoldt hat die schwere Schussverletzung überlebt. Das Projektil in ihrer Brust stammte eindeutig aus der Waffe des Kleinen mit dem Springmesser. Nach längerem Krankenhausaufenthalt wurde die ältere Steenwoldt-Tochter wegen dreifachen Mordes angeklagt. Der Prozess sorgte in der Boulevardpresse für Schlagzeilen und in der Hamburger Gesellschaft für reichlich Gesprächsstoff. Vivian wurde zu lebenslanger Haft verurteilt und sitzt im neu eingerichteten Haus Drei der JVA Hamburg-Billwerder ein. Sie bekommt regelmäßigen Besuch von Phil Krotke, der Gefallen an der platonischen Beziehung zu der aparten Mörderin mit den hohen Wangenknochen findet. Auch die Reederstochter weiß die Aufmerksamkeit des Privatdetektivs, der ihr Fischbrötchen ohne Matjes und Dim Sums aus dem »Silver Palace« mitbringt, auf einmal zu schätzen. Das China-Restaurant ist zur großen Touristenattraktion geworden, seit die Berichte über den Glencheck-Toten zwischen den Pekingenten durch die Presse gingen. Einen Tisch muss man wochenlang im Voraus reservieren.

Carmen befindet sich zu einer längeren Drogentherapie mit einer anschließenden Gärtnerlehre in einem Sanatorium in Nordfriesland. Den Kontakt zu ihrem Vater hat sie abgebrochen. Konsul Steenwoldt verlässt seit den Ereignissen sein Gewächshaus praktisch nicht mehr. Der Konsul verbringt die Tage beim Gin Tonic und träumt von alten Zeiten in Übersee, während er Mister Wong mit Cashewkernen füttert. Der bei Han Min Shipping angestellte vorbestrafte Schauermann mit dem osteuropäischen Akzent wurde ebenfalls wegen gefährlicher Körperverletzung und versuchten Totschlags verurteilt. Er sitzt in einer Zelle zwei Häuser von seiner ehemaligen Chefin entfernt. Sein Kollege mit dem Mettbrötchenohr wurde wegen »Körperverletzung« angeklagt und kam mit einer Bewährungsstrafe davon.

Nicole hat Hamburg verlassen und sich das Rauchen endgültig wieder angewöhnt. Sie hat sich ein Jahr beurlauben lassen, um über den Tod ihres Freundes hinwegzukommen, um sich intensiver um den kleinen Finn zu kümmern und vielleicht auch endlich mal ihre Allergien loszuwerden. Vorübergehend ist sie im Haus ihrer Mutter untergekommen. Aber sie und Finn sind auch immer wieder in Fredenbüll, wo sie in Lara Brodersens Biohof an einem Mutter-Kind-Yoga-Workshop unter dem Motto »Loslassen, stärken, verbinden« teilnehmen. Finn favorisiert momentan allerdings die Devise »Pressen, umschalten und gefährlich vors Tor kommen«, die Piet Paulsen ihm bei den gemütlichen Fußballrunden in der »Hidden Kist« nahegebracht hat. An Spieltagen geht Nicole dann allein zum Yoga, während Finn bei gelber Brause und klein geschnittener Currywurst mit an Stehtisch Zwei sitzt und sich von Klaas und Piet die feinen Unterschiede zwischen erster und zweiter Liga erklären lässt.

Javaneraffenmädchen Mai-Li ist mittlerweile wieder bei

ihrer Familie in Blankenese. Die rasante Fahrt im Mustang des Schimmelreiters hat sie angeschnallt in den roten Rallyegurten richtiggehend genossen. Das Benzingeld für die Fahrt nach Hamburg hatte der kleine Affe durch ein letztes Spielchen auf dem »Explosion Compact« in der »Hidden Kist« selbst beigesteuert. Bountys Ziege Jimmy ist seitdem schwer depressiv und frisst nicht mal mehr die feinsten Kräuter aus dem Garten des Althippies. Den Haubenhühnern aus Andrews Hinterhof blieb das schwere Schicksal in der Legebatterie von Dossmanns Geflügelhalle erspart. Sie genießen inzwischen das Landleben auf dem Biohof von Lara Brodersen und kollern fröhlich, wenn ihnen eine Nordseebrise ins fluffige Federkleid fährt.

Telje und Tadje haben beide mittlerweile ihr Abitur gemacht. Telje hat sich an verschiedenen Unis um einen Studienplatz für Medizin beworben. Tadje hat kurz mit Tiermedizin geliebäugelt, denkt aber jetzt eher an eine Lehre im Reise- oder Hotelfach. Tadje hat immer noch ihren Freund Lasse, aber einen neuen Klingelton auf dem Smartphone. Statt mit dem Lockruf der Löffelente meldet sich das Handy neuerdings mit Mai-Lis »Uh-uh-uh«.

Obwohl Fredenbüll dieses Mal gar nicht das Zentrum der Ereignisse war, hatte Polizistengattin Heike allerlei Scherereien. Der Dreisitzer im Wohnzimmer musste von dem Bredstedter Polsterer mehrmals mit einem Spezialreiniger behandelt werden. Mai-Li hatte das schicke Möbel nicht nur als Turngerät missbraucht, sondern dort auch ein unschönes Häufchen hinterlassen.

Thies ist nach seinem Ausflug nach Hamburg etwas

durcheinander. Nachdem er bei den Beförderungen und auch bei der Vergabe neuer Dienstfahrzeuge wieder leer ausgegangen ist, hatte er kurz überlegt, ob er nicht auch Privatdetektiv werden soll.

Auch der Schimmelreiter kam völlig verändert aus Hamburg zurück. Nach dem Ausflug an die Elbe hat er sich intensiv in die Weisheiten des Konfuzius eingelesen. Für jedes kleine Ereignis in Fredenbüll hat Hauke neuerdings das passende Zitat parat, sogar für die Erdarbeiten am Deich bei Neutönninger Siel. »Der Mann, der den Berg abtrug, war derselbe, der anfing, kleine Steine abzutragen«, zitiert er. »Wieso«, wundert sich Imbissfreund Klaas. »Waren die nur mit einem Mann an der Baustelle?«

Das wohl berühmteste Konfuzius-Zitat hat sich Hauke in leicht nordischer Abwandlung und schillerndem Magenta auf sein Auto gesprayt. »Der Weg is dat Ziel!« fegt seitdem als schillerndes Graffito auf dem tiefergelegten Mustang am Deich entlang durch die Mondnacht.

Piet Paulsen dagegen hat vor allem ein Ziel im Blick: den Barhocker in der »Hidden Kist«. Der Weg dahin bereitet ihm mit seinem neuen Knie noch Probleme. Auch Susi laboriert noch an der Schussverletzung im rechten Hinterbein.

Während Antje eine Limetten-Mango-Chutney-Creme für ihre Fischbrötchen kreiert und dem Putenschaschlik chinesische Akzente verleiht, denkt Hauke plötzlich an seine Zukunft. Er hat im Garten seiner Tante, bei der er wohnt, ein Kohlrabibeet angelegt und überlegt, ob er endlich mal einen geregelten Job annehmen soll. »Wat sagt der alte Chinese?« Der Schimmelreiter muss sich konzentrieren. »Gib einem Mann einen Fisch und du ernährst ihn für einen Tag. Lehre ihn zu fischen, und du ernährst ihn ein ganzes Leben.«

Piet Paulsen sieht von seinem Putenschaschlik auf. »Naja, is nur schlecht, wenn man keinen Fisch mag.«

MATJES UND DIM SUMS

Mannis Matjesburger fast klassisch

Fein geschnittene Speckwürfel auslassen, mit einem Schuss weißem Balsamico-Essig ablöschen, eine Prise Zucker, reichlich roter Pfeffer, in Ringe geschnittene Zwiebeln darin marinieren, eine Weile ziehen lassen und mit etwas Majonäse binden. Brötchenhälften mit etwas Butter bestreichen, darauf Salatblatt, Matjesfilet und die süßsaure Zwiebel-Speck-Soße.

Mannis Mango-Matjes-Stulle

Kräftiges Bauernbrot toasten oder grillen, mit Butter bestreichen und Matjes belegen. Für die Soße Majonäse mit Mango-Chutney, Curry, abgeriebener Limettenschale, einem Spritzer Limettensaft mischen. Kleingehackte rote Zwiebel-, Mango- und Avocadowürfel unterrühren. Mit Schnittlauch garnieren.

Matjesburger »Hidde Kist«

Brötchenhälften angrillen oder toasten, mit Butter bestreichen und Raukeblättern belegen, darauf den Matjes und Antjes Spezialsoße, die sie im Imbiss zu allem Möglichen reicht. Getrocknete Tomate, Chili, Gewürzgurke, Frühlingszwiebel, evtl. hart gekochtes Ei kleinhacken, Zitronenschale abreiben, mit Tomatenketchup und Spritzern Zitronensaft, Sojasoße und Olivenöl verrühren.

Fischburger für Mörder

… und alle, die Bismarckhering dem Matjes vorziehen. Getoastete Brötchenhälften buttern, mit Salatblatt und dem Bismarckhering belegen. Für die Soße saure Gürkchen, Zwiebeln und Apfel kleinhacken. Majonäse mit Curry, Pfeffer, Chili, Spritzern Zitrone und Sojasoße aromatisieren. Wer mag, kann noch ein paar angebratene oder blanchierte frittierte Auberginen- und Zucchinistreifen darauflegen.

Nummer 23 aus dem »Silver Palace«: Dim Sum mit Krabben

Für die Soße Sesamsamen anrösten, mit Limettensaft, Sojasoße und einer Prise Zucker ablöschen. Für die Füllung Ingwer, Chili, Frühlingszwiebeln, frischen Koriander,

Garnelen oder Krabben hacken und mit Sojasoße abschmecken. Die Füllung mittig auf ein Wan-Tan-Blatt (bekommt man im Asia-Laden und oft auch schon im Supermarkt) setzen. Zur Mitte hin falten, die angefeuchteten Ränder zusammenkleben. Im Bambuskörbchen (es geht auch ein Sieb oder Seiher mit Deckel) ca. 8 Minuten über Wasserdampf garen und mit der Soße servieren. Als Variante für Piet Paulsen werden die Krabben in der Füllung mit Putenfleisch gemischt und in die Soße kommen ein paar fein geschnittene Ananaswürfel.